21世纪中等职业教育特色精品课程规划教材
中等职业教育课程改革项目研究成果

Photoshop CS3 基础与案例教程

主　编　龙　钧　赵　蝉　周　斌
副主编　黄　飞　黄进龙
编　委　边召海　范　萍　任月斌
彭　云　刘炳松　罗瑞红

北京理工大学出版社
BEIJING INSTITUTE OF TECHNOLOGY PRESS

内容提要

本书内容完全遵循 Adobe Photoshop 教学大纲的规定进行编写，以“案例带知识”的方式引领读者将理论知识融会于实际操作中。书中除介绍使用 Photoshop 进行创作的基本方法和技巧，还在较高层次上剖析了相关设计诀窍和手段，更从实际出发收录了很多与平面设计相关的知识和概念。

全书共分 8 个模块讲述了 Photoshop CS3 的基础知识、常用工具、路径、图层、通道与蒙版、图像色调及色彩的调整、滤镜及自动化等最常用、最重要的功能和使用方法。

图书在版编目(CIP)数据

Photoshop CS3 基础与案例教程/龙钧，赵蝉，周斌主编. —北京：北京理工大学出版社，2010. 8
ISBN 978-7-5640-3753-6

Ⅰ. ①P… Ⅱ. ①龙…②赵…③周… Ⅲ. ①图形软件，Photoshop CS3 - 专业学校 - 教材
Ⅳ. ①TP391. 41

中国版本图书馆 CIP 数据核字(2010)第 168415 号

出版发行／北京理工大学出版社
社　　址／北京市海淀区中关村南大街 5 号
邮　　编／100081
电　　话／(010)68914775(办公室)68944990(批销中心)68911084(读者服务部)
网　　址／http://www.bitpress.com.cn
经　　销／全国各地新华书店
印　　刷／北京通县华龙印刷厂
开　　本／787 毫米×1092 毫米　1/16
印　　张／10.75
字　　数／295 千字
版　　次／2010 年 8 月第 1 版　　2010 年 8 月第 1 次印刷
定　　价／19.00 元

责任校对／王　丹
责任印刷／母长新

前　言

Photoshop CS3 是 Adobe 公司中的目前版本比较高的图形处理和图形制作的应用软件，是数字与艺术的完美集合，它已由单一的光栅图像处理向着光栅、矢量、Web 页面的综合类图像处理软件方向发展。它的应用范围很广，在图像创作、平面设计等方面都有专业的应用。

Photoshop CS3 是一门实践性非常强的课程，概念的理解要有一个过程，而且也是一个实践的过程，本课程即要注重基础概念，又要强调实践能力的培养，各知识点有分有合、适当交叉、互为补充，使学生在学完本课程后在艺术、计算机运用、思维想象等方面得到全方面的训练，培养学生高尚的审美观和美感，同时能使学生掌握一定的图形图像编辑与制作的技巧，能够解决一些实际的问题。

本书内容完全遵循 Adobe Photoshop 教学大纲的规定进行编写，以“案例带知识”的方式引领读者将理论知识融会于实际操作中。书中除介绍使用 Photoshop 进行创作的基本方法和技巧，还在较高层次上剖析了相关设计诀窍和手段，更从实际出发收录了很多与平面设计相关的知识和概念。

全书共分 8 个模块讲述了 Photoshop CS3 的基础知识、常用工具、路径、图层、通道与蒙版、图像色调及色彩的调整、滤镜及自动化等最常用、最重要的功能和使用方法。

限于编者的知识和经验，书中难免有错误和不当之处，请读者不吝指正。

编　者

目 录

模块1 Photoshop CS3 快速入门

- Photoshop CS3 工作环境；
- 图像文件的基本操作；
- 基本概念与常用文件格式；
- Photoshop CS3 中的系统优化。

自从 Adobe 公司的 Photoshop（简称 PS）软件问世以来，它一直是最受世人喜爱的平面图形图像处理软件之一，它功能强大、操作快捷，并且具有超强的灵活性，目前它的最新版本为 Photoshop CS3。

任务1 Photoshop CS3 的工作界面

启动 Photoshop CS3 软件后，打开任意一幅图像，就会出现图 1-1 所示的界面。

可以看出，Photoshop CS3 工作界面包含了菜单栏、工具选项栏、工具箱、图像窗口、状态栏和控制调板等。下面对各个栏目和选项进行详细的介绍。

1.1.1 菜单栏、图像窗口、状态栏

1. 菜单栏

菜单栏在工作界面的最上方，共包括 10 个主菜单，每个主菜单下又包含多个子菜单，使用菜单命令可执行大部分 Photoshop CS3 的命令。如图 1-2 所示，单击各主菜单就会显示相应的子菜单，然后再在弹出的子菜单中选择相应的命令。还可以通过按住 Alt 键，再按菜单栏命令名称右边带下画线字母的快捷键方式打开菜单和执行命令。比如，按住 Alt 键，再按 F 键，就可打开“文件”菜单，再按 N 键，就可以执行“新建”命令，打开“新建”对话框。

下面说明关于子菜单的一些特定规则。

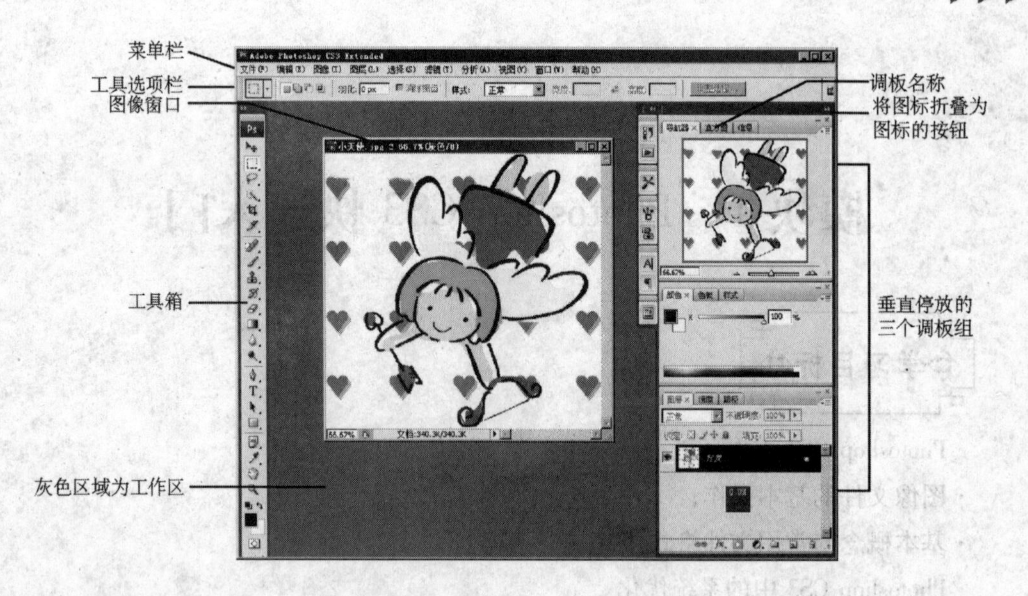

图 1－1　Photoshop CS3 工作界面

如图 1－2 所示，若子菜单名称后边有“…”，表示单击该命令后会弹出对话框；若子菜单名称后边有三角按钮“▶”，表示单击该命令后还会出现下一级子菜单；若子菜单名称呈灰色状态，表示该命令当前不可用；若某一子菜单名称的最右边有快捷键，则按此快捷键方式，系统直接执行此命令，无需在菜单中选择。比如，要新建一个文件，既可选择“文件”|“新建”命令新建文件，也可直接用按 Ctrl＋N 组合键的快捷方式新建文件。

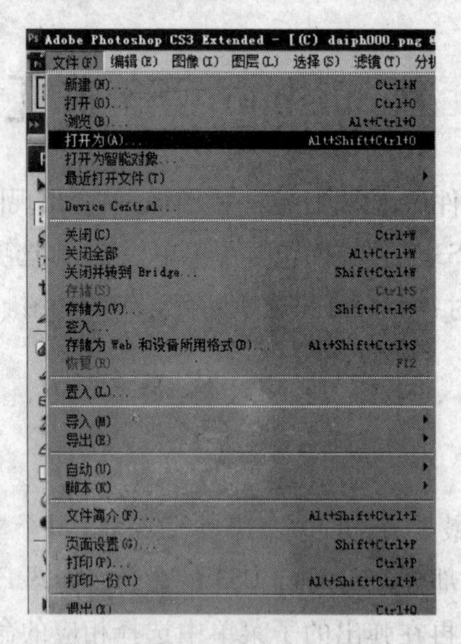

图 1－2　菜单栏与子菜单

2. 图像窗口和状态栏

图像窗口即图像文件的显示区域，如图 1－3 所示。在窗口顶部有文件名称、页面比例的显示，窗口底部的横条即为状态栏，为用户提供当前图像的一些状态信息。图像的各种编辑和操作都在此窗口中进行。

图1－3　图像窗口

1.1.2　工具箱、工具选项栏、控制调板

1. 工具箱

在 Photoshop CS3 中,在默认状态下,工具箱位于工作界面的左侧且为单列状态,不再像以前版本中呈双列状态,参见先前的图1－1所示的"Photoshop CS3 工作界面"。可以通过双击图1－4所示的工具箱左上方按钮,将其展开为双列,若再双击可将其收缩为单列。

通过图1－4的展示,可看到工具箱包含了图像处理时最常用的基本工具。通过这些工具,可以输入文字、选择对象、绘制、取样、编辑、移动、注释和查看图像,还可以更改前景色和背景色,创建蒙版以及改变屏幕显示模式等。如果要显示或隐藏工具箱,则通过选择"窗口"|"工具"命令进行选择。

可在工具箱中单击图标选择所需工具。当把鼠标悬停在任何一个工具按钮上时,都会出现关于该工具的提示信息。如果该工具按钮的右下角有小三角形,可在工具按钮上右击查看其隐藏的工具,如图1－5所示,然后单击需要选择的工具。

2. 工具选项栏

工具选项栏位于工作界面顶部菜单栏的下方。在工具箱中选择某一工具后,选项栏中就会显示出该工具的各个属性选项,比如选择"画笔工具"后,其选项栏如图1－6所示。工具选项栏会随着选择不同的工具而变化,选项栏中的某些设置选项(如绘画模式和不透明度)是几种工具共有的,而有些设置选项则是某一种工具所特有的。

将鼠标指针悬停在工具选项栏的某一设置选项上时,会出现相应的提示,如果要显示或隐藏选项栏,可选择"窗口"|"选项"命令进行选择。

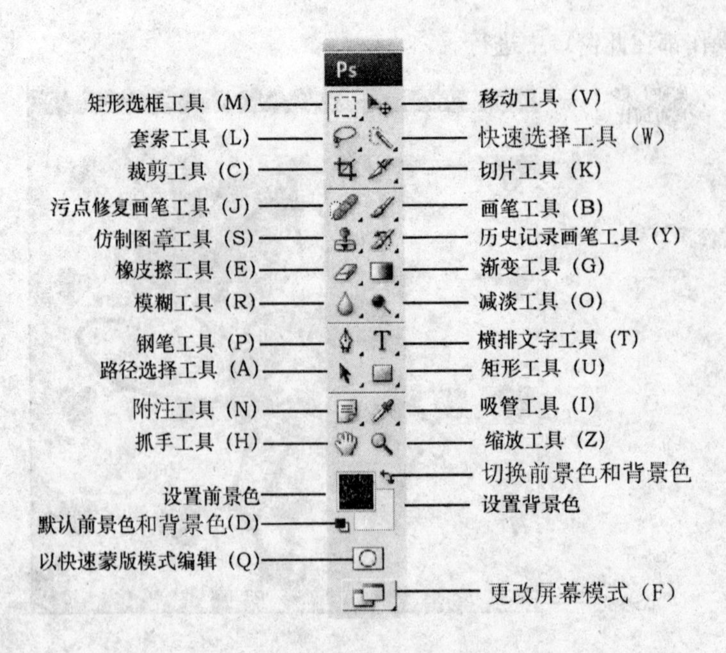

图 1-4　工具箱

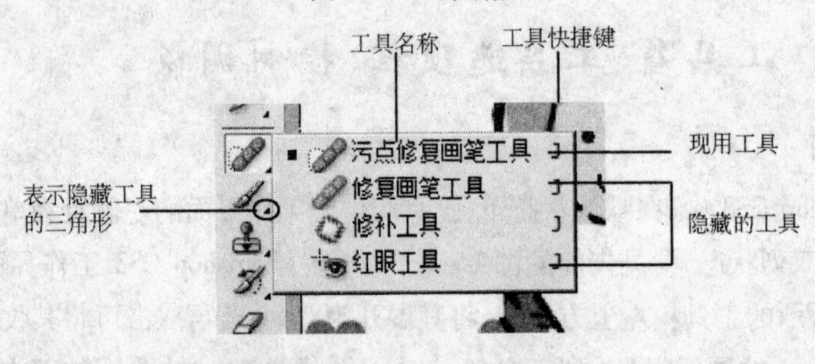

图 1-5　工具箱的使用

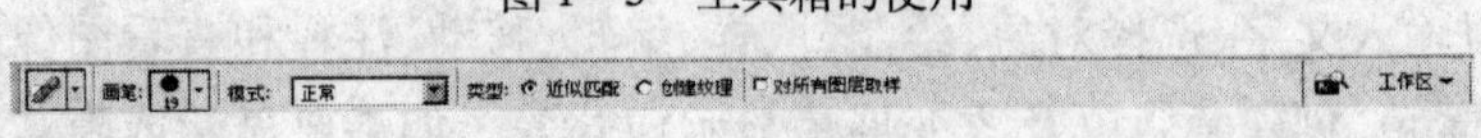

图 1-6　“画笔工具”选项栏

在 Photoshop CS3 的基本操作中，常会对各种对话框或选项栏的参数进行设置，下面以通过选择“编辑”|“调整”|“可选颜色”命令而打开的“可选颜色”对话框中的选项设置为例，说明它们在参数设置方面的共同特点。

如图 1-7 所示，凡对话框或选项栏中的文本框右侧有按钮 ▾ 者，只要单击该按钮就会弹出相应的可选列表。对于需输入数值的选项，方法有三种：①在选项框中直接输入数值后按回车键确认；②在框内单击，用键盘上的↑、↓箭头微调数值；③若有参数滑杆，还可左右拖动滑杆上的滑块来确定数值。请掌握参数的设置方法，这在以后的章节里不再赘述。

3. 控制调板

Photoshop CS3 工作界面右侧有很多浮动的调板，这些小窗口式的调板用来控制和配

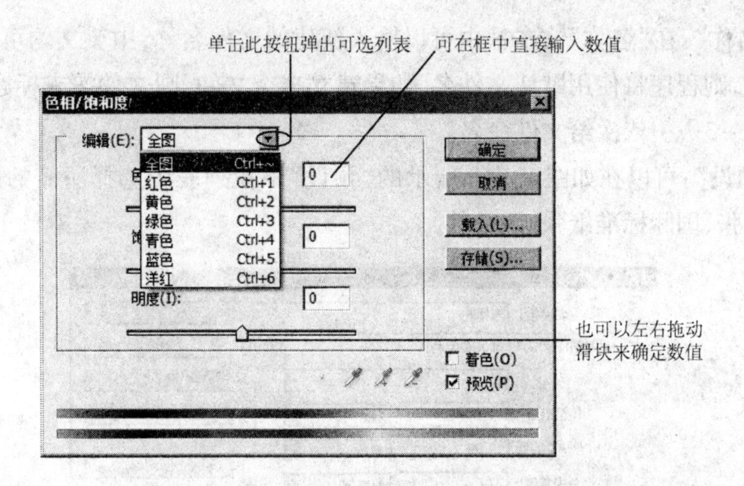

图 1-7 对话框或选项栏参数设置的常用方法

合对图像的各项操作。如图 1-8 所示，向外拖动调板左上角的按钮可将调板拉宽显示名称，若再向回拖动可将调板缩回；若单击调板右上角的按钮可打开调板，再单击可将调板收回。

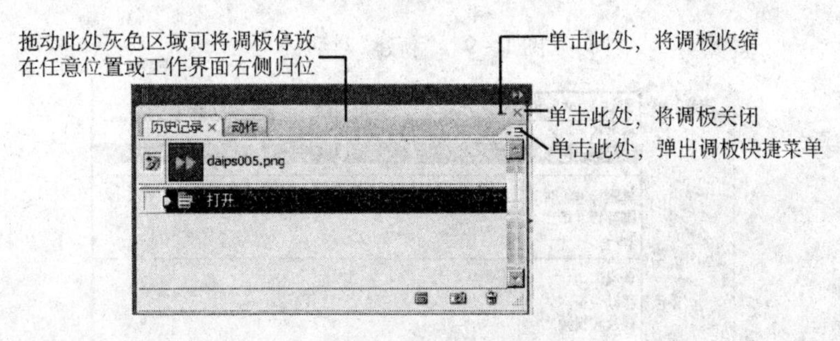

图 1-8 调板的扩展与收缩

此外，还可以通过按 Tab 键来隐藏（或显示）所有正在使用中的调板，若单击调板图标或名称可打开调板组进行编组、堆叠或停放。若在操作过程中，各调板的位置被调整得有些凌乱，可通过选择“窗口”|“工作区”|“复位调板位置”命令将所有调板（包括工具箱）归位。

任务2 图像文件的基本操作

1.2.1 图像文件的创建

要建立一个新的图像文件，请选择“文件”|“新建”命令，或按 Ctrl + N 组合键，弹出如图 1-9 所示的对话框，在此对话框中可以设置新建文件的名称、大小、分辨率、颜色模式、背景内容和颜色配置文件等。

“新建”对话框中的各选项说明如下。

(1)“名称”:在“名称”文本框中可以输入新建的文件名称,中英文均可;如果不输入自定的名称,则程序将使用默认文件名,如果建立多个文件,则文件按未标题-1、未标题-2、未标题-3……依次给文件命名。

(2)“预设”:可以在如图1-10所示的“预设”下拉列表中选择所需的画布大小(如美国标准纸张、国际标准纸张、照片等)。

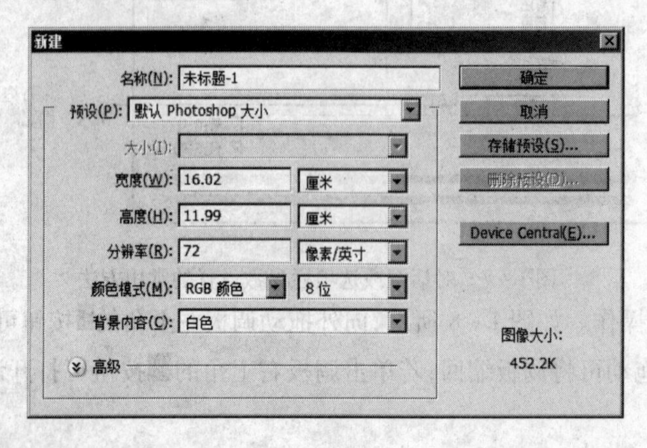

图1-9 “新建”对话框

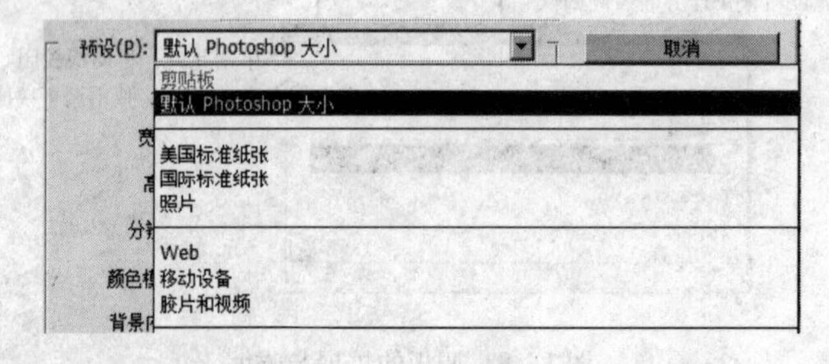

图1-10 “预设”下拉列表

(3)宽度/高度:可以自定图像大小(也就是画布大小),即在“宽度”和“高度”文本框中输入图像的宽度和高度(还可以根据需要在其后的下拉列表中选择所需的单位,如:英寸、厘米、派卡和点等)。

(4)分辨率:在此可设置文件的分辨率,分辨率的单位通常使用“像素/英寸”和“像素/厘米”。

(5)颜色模式:在其下拉列表中,可以选择图像的颜色模式,通常提供的图像颜色模式有:位图、灰度、RGB颜色、CMYK颜色及Lab颜色五种。

(6)背景内容:也称背景,也就是画布颜色,通常选择白色。

(7)“高级”:单击“高级”前的按钮,可显示或隐藏高级选项栏,显示的高级选项如图1-11所示。

(8)颜色配置文件:在其下拉列表中可选择所需的颜色配置文件。

(9)像素长宽比:在其下拉列表中可选择所需的像素纵横比。确认所输入的内容无

误后，单击"确定"按钮或按 Tab 键选中"确定"按钮然后按 Enter 键，这样就建立了一个空白的新图像文件，如图 1－12 所示，可以在其中绘制所需的图像。

图 1－11　"高级"选项

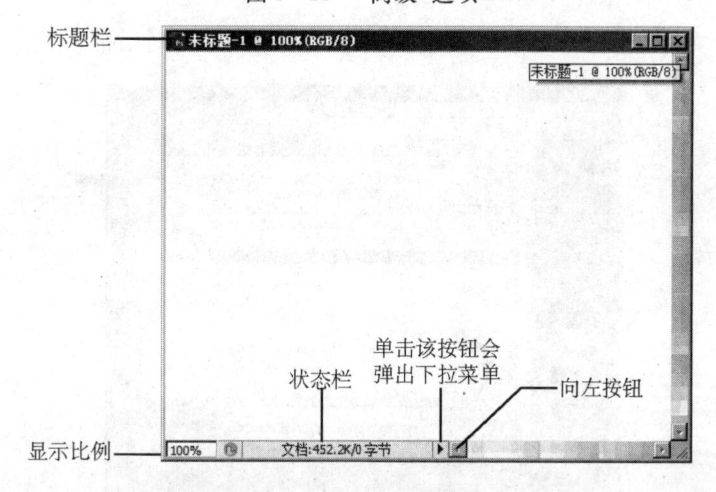

图 1－12　新建的图像窗口

图像窗口是图像文件的显示区域，也是编辑或处理图像的区域。在图像的标题栏中显示文件的名称、格式、显示比例、色彩模式和图层状态。如果该文件是新建的文件并未保存过，则文件名称为"未标题加上连续的数字"来当做文件的名称。

在图像窗口中可以实现所有的编辑功能，也可以对图像窗口进行多种操作，如改变窗口大小和位置、对窗口进行缩放、最大化与最小化窗口等。

还可在图像窗口左下角的文本框中输入所需的显示比例。在其后单击 ▸ 按钮，弹出如图 1－13 所示的状态栏菜单，可在其中选择所需的选项。

图 1－13　状态栏

将指针指向标题栏上按住左键拖动，即可拖动图像窗口到所需的位置。将指针指向图像窗口的四个角或四边上成双向箭头状时按住左键拖动可缩放图像窗口。

如果要关闭图像窗口,可以在标题栏的右侧单击“关闭”按钮,将图像窗口关闭。

1.2.2　图像文件的打开

如果需要对已经编辑过或编辑好的文件(它们不在程序窗口)进行继续或重新编辑,或者需要打开一些以前的绘图资料,或者需要打开一些图片进行处理等,可以选择“打开”命令来打开文件。

1. 利用“打开”命令打开图像文件

(1)选择“文件”|“打开”命令,便会弹出图 1 – 14 所示的对话框。

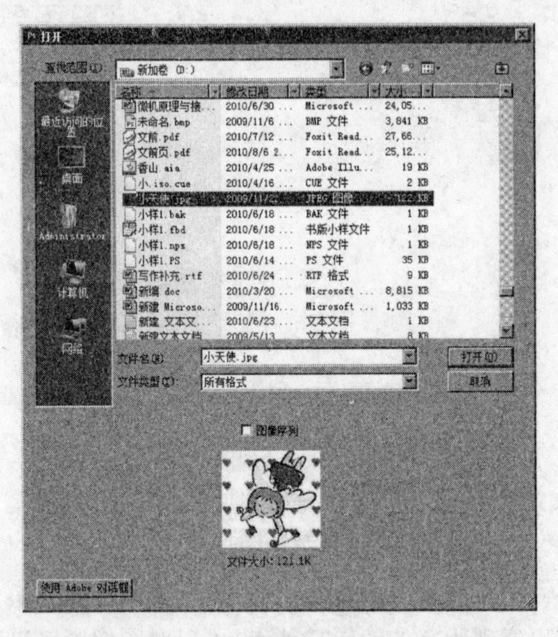

图 1 – 14　“打开”对话框

在“查找范围”下拉列表中可以选择所需打开的文件所在的磁盘或文件夹名称。

在“文件类型”下拉列表中选择所要打开文件的格式。如果选择“所有格式”,会显示该文件夹中的所有文件,如果只选择任意一种格式,则只会显示以此格式存储的文件。

(2)在文件窗口中选择需要打开的文件,该文件的文件名就会自动显示在“文件名”文本框中,单击“打开”按钮或双击该文件,可在程序窗口中打开所选文件,如图 1 – 15 所示。

如果要同时打开多个文件,需在“打开”对话框中按住 Shift 或 Ctrl 键用鼠标选择所需打开的文件,再单击“打开”按钮;如果不需要打开任何文件则单击“取消”按钮即可。

2. 利用“打开为”命令以某种格式打开文件

选择“文件”|“打开为”命令,弹出如图 1 – 16 所示的对话框,并在“文件类型”下拉列表中选择所需的文件格式,再在文件窗口中选择好所需的文件后单击“打开”按钮,即可将该文件打开到程序窗口中。

图 1－15　打开的图像文件

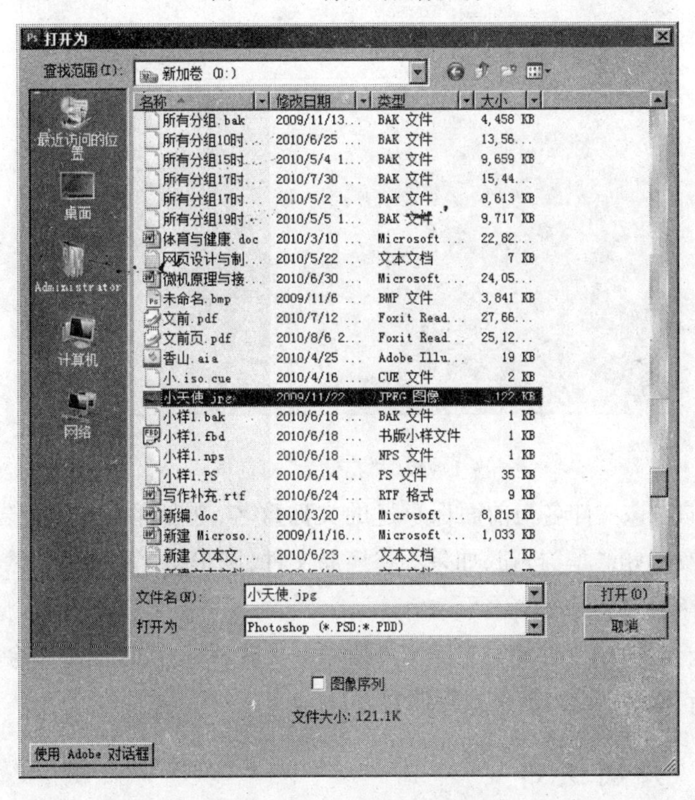

图 1－16　“打开为”对话框

它与“打开”命令不同的是，所要打开的文件类型要与“打开为”下拉列表中的文件类型一致，否则就不能打开此文件。

1.2.3 图像文件的保存

如果图像不再需要编辑与修改,可以选择将其保存,选择“存储为”命令将其另存为一个副本,原图像不被破坏而且自动关闭。选择“文件”|“存储为”命令,弹出如图 1-17 所示的对话框,它的作用在于对保存过的文件另外保存为其他文件或其他格式。

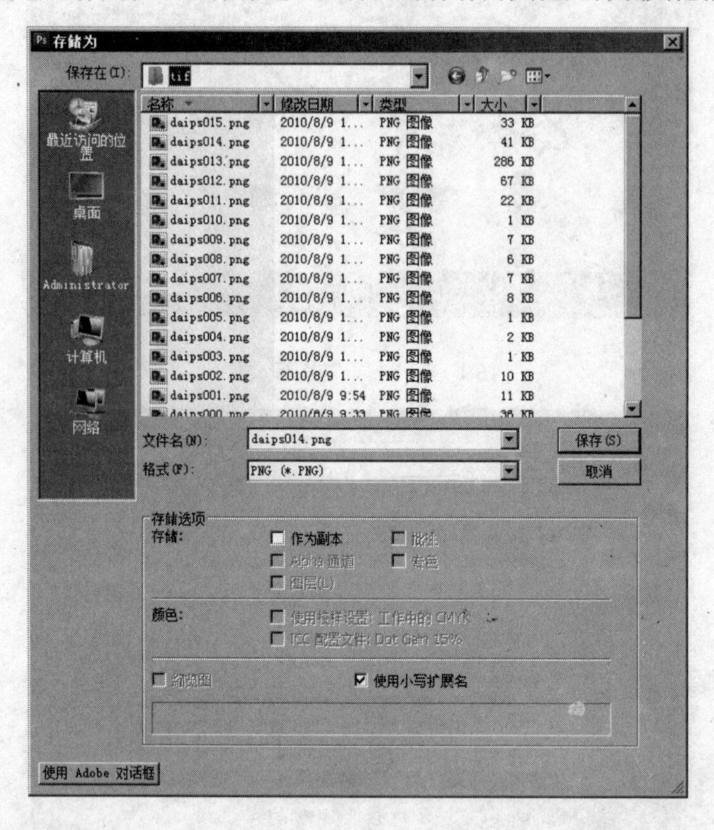

图 1-17 “存储为”对话框

如果在存储时该文件名与前面保存过的文件重名,则会弹出一个警告对话框,如果确实要进行替换,单击“是”按钮,如果不替换原文件,则单击“否”按钮,然后再对其进行另外命名或选择另一个保存位置。

“存储”命令经常用于存储对当前文件所做的更改,每一次存储都将会替换前面的内容,在 Photoshop CS3 中以当前格式存储文件。

1.2.4 关闭文件

当编辑和绘制好一幅作品后需要存储并关闭该图像窗口。

如果该文件已经存储好了,则在图像窗口标题栏上单击“关闭”按钮,或选择“文件”|“关闭”命令即可将存储过的图像文件直接关闭。

如果该文件还没有存储过或是存储后又更改过,那么它会弹出一个警告对话框,询

问是否要在关闭之前对该文档进行存储,如果要请单击"是"按钮,如果不存储则请单击"否"按钮,如果不关闭该文档就单击"取消"按钮。

如果程序窗口中有多个文件并且需要全部关闭,应选择"文件"|"关闭全部"命令。如果还有文件没有保存,那么它会弹出一个对话框,询问是否要在关闭之间对该文档进行存储,可以根据需要单击相关按钮进行存储或不保存而直接关闭。

任务 3　首选项设置

许多程序设置都存储在 Adobe Photoshop CS3 Prefs 文件中,除了前面介绍的参考线和网格、单位与标尺外,首选项设置还包括常规显示选项、文件存储选项、光标选项、透明度选项以及用于增效工具和暂存盘的选项。

如果出现异常现象,可能是因为首选项已被损坏。如果怀疑首选项已损坏,请将首选项恢复为它们的默认设置。

执行下列操作,可将所有首选项都恢复为默认设置。

(1)在启动 Photoshop 或 ImageReady 时,按 Alt + Ctrl + Shift 组合键,系统将提示删除当前的设置。

(2)下次启动 Photoshop 或 ImageReady 时,将会创建新的首选项文件。

1.3.1　常规

其中大多数选项都是在"首选项"对话框中设置的,如图 1－18 所示。

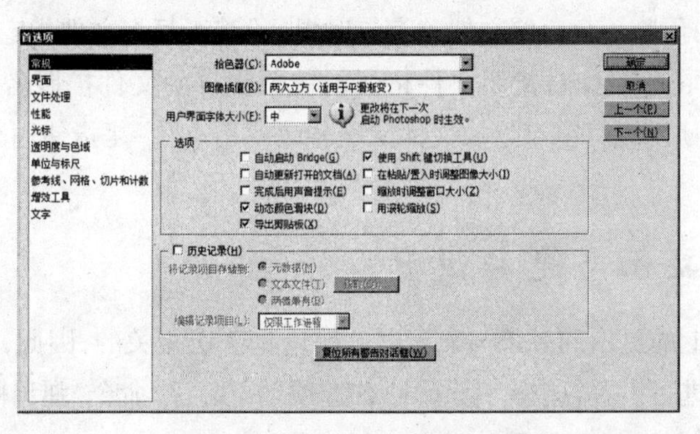

图 1－18　"首选项"常规设置

1. 拾色器

允许在 Photoshop 默认拾色器(Adobe Color Picker)和操作系统拾色器(Windows Color Picker)之间进行选择。一般使用 Photoshop 拾色器即 Adobe。

2. 插值

当对一幅图像重新取样时,用户可设置默认的插值类型,插值(Interpolation)是确定中间值的数学处理方法。改变图像尺寸时,Photoshop 会将原图的像素颜色按一定的内插方式重新分配新的像素。可选的内插方式为邻近(Nearest Neighbor)、两次线性(Bilinear)和两次立方(Bicubic)。其中两次立方是最精确的插值方式,邻近是最快的插值方式。

3. 导出剪贴板

导出剪贴板(Export Clipboard)选项是确定在退出 Photoshop 时,原复制图像是否仍保留在剪贴板中,以备别的应用程序使用。关闭此选项,可节约一些时间,因为 Photoshop 在退出之前不需将图像转换成其他应用程序可读的格式。

4. 显示工具提示

显示工具提示(Show Tool Tips)是当光标移动到工具箱某一命令上时出现的工具描述框,这个工具允许打开或关闭工具提示。

5. 存储调板位置

默认情况下,Photoshop 在用户关闭和重新打开时会记住各种面板的位置,即存储调板位置(Save Palette Location)。如果用户想在每次启动 Photoshop 时使面板恢复默认位置,则可关闭此选项。

1.3.2 文件处理

设置文件存储首选项,可选择“编辑”|“首选项”|“文件处理”命令,弹出的对话框中各选项设置如下。

(1)“图像预览”:存储图像预览选项。其中,“总不存储”存储文件时不带预览;“总是存储”与指定的预览一起存储文件;“存储时提问”基于每个文件指定预览。

(2)“文件扩展名”:针对指明文件格式的三个字符的文件扩展名选取选项。其中,“使用大写”是指使用大写字符追加文件扩展名;“使用小写”是指使用小写字符追加文件扩展名。

1.3.3 显示与光标设置

图像在屏幕上的显示的效果与显示器的颜色是密切相关的,因此,在处理图像时,必须对显示的方式进行设置,选择“编辑”|“首选项”|“光标”命令,弹出的对话框如图 1－19 所示。其中,各选项说明如下。

光标设置有“绘画光标”和“其他光标”两种。

(1)“标准”:将指针显示为工具图标。

(2)“精确”:将指针显示为十字线。

(3)“正常画笔笔尖”指针轮廓对应于工具将影响的区域的大约 50%。此选项的指针轮廓将指示受到最明显影响的像素。

(4)“全尺寸画笔笔尖”指针轮廓对应于工具将影响的区域的几乎 100%。此选项的

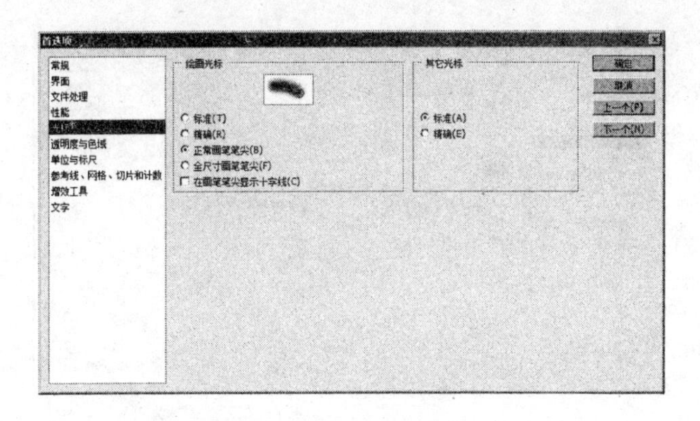

图1-19 “首选项”对话框

指针轮廓将指示受到影响的几乎所有像素。

(5)“在画笔笔尖显示十字线”在画笔形状的中心显示十字线。

在进行一些精确的操作的时候,可以选择精确光标,十字形状光标方便操作定位。CapsLock 键可控制光标在“标准”指针和“精确”指针之间切换。

“绘画光标”选项控制下列工具的指针:

(1)(Photoshop)橡皮擦、铅笔、画笔、修复画笔、橡皮图章、图案图章、涂抹、模糊、锐化、减淡、加深、和海绵工具;

(2)(ImageReady)画笔、铅笔和橡皮擦工具。

“其他光标”选项控制下列工具的指针:

(1)(Photoshop)选框、套索、多边形套索、魔棒、裁剪、切片、修补、吸管、钢笔、渐变、直线、油漆桶、磁性套索、磁性钢笔、自由钢笔、测量和颜色取样器工具;

(2)(ImageReady)选框、套索、魔棒、吸管、油漆桶和切片工具。

1.3.4 透明度与色域

选择“编辑”|“首选项”|“透明度与色域”命令,弹出的对话框如图1-20所示,可以对透明度与色域(Tansparency&Gamu)设计设置图像透明区域及网格的大小,同时设置透明性及色域警告信息。注意,此网格与网格颜色为图像透明区域的网格及颜色,与“参考线、网格、切片和计数”中的网格及颜色不同。

(1)“网格大小”选取透明度棋盘的大小(大、中、小、无)和颜色,当选取“无”时,隐藏透明度棋盘。

(2)“网格颜色”用于设定透明区域的网格颜色,透明区域中的网格是由两种颜色交叉组合而成,可在下面的颜色显示框中改变所要选择的两种颜色,也可在下拉列表中选择需要的颜色。

“色域警告”可以设定色域警告的颜色和不透明度。

(1)色域是指颜色系统可以显示或打印的颜色范围。对于 CMYK 设置而言,可在

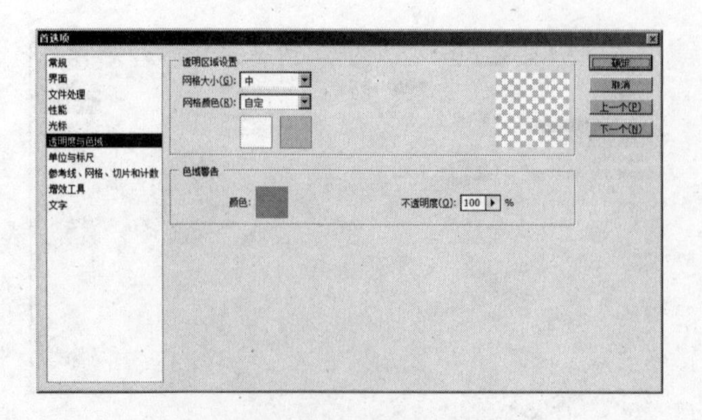

图 1－20 “透明度与色域”选项卡

RGB 模式中显示的颜色可能会超出色域(打印机中无此颜色)，因而无法打印。超出色域范围的颜色叫“溢色”。当选择了一种溢色时，拾色器和“颜色”调板中都会出现一个警告三角形，并显示最接近的 CMYK 等价色。要选择 CMYK 等价色，请单击该三角形或色块。可以使用“色域警告”颜色来标示溢色。为达到最佳的效果，“色域警告”色使用没有在图像中出现的颜色。

(2)“不透明度”文本框中输入一个值，值的范围可以从 0% 到 100%。使用此设置可以或多或少地通过警告颜色显示底层图像。

任务 4 辅助功能的使用

标尺、网格和参考线是操作中常用的辅助工具，可帮助精确地确定图像或元素的位置。网格间距、参考线和网格的颜色及样式对于所有的图像都是相同的。

1.4.1 标尺的设置

打开任意一幅图像，选择“视图”|“标尺”命令(或按 Ctrl + Rxe 组合键)可显示标尺，再次选择该菜单命令可隐藏标尺。如图 1－21 所示，标尺左上角的(0,0)标志为标尺原点，光标移动时标尺上的标记显示光标的位置。选择“编辑”|“首选项”|“单位与标尺”命令，如图 1－22 所示，可在弹出对话框中的“单位”选项组的“标尺”下拉列表中，选择不同的选项来改变标尺的单位。

如果想将图像上的特定点作为标尺原点开始度量，可将光标放在标尺交叉点上，沿对角线向下拖动光标到特定点，这时会出现一组十字虚线，如图 1－23 所示。松开鼠标左键后标尺上就会出现新的原点，若要将标尺原点复位到其默认值，双击标尺交叉点即可。

1.4.2 网格的设置

选择“视图”|“显示”|“网格”命令，在图像窗口中会显示图 1－24 所示的网格。网

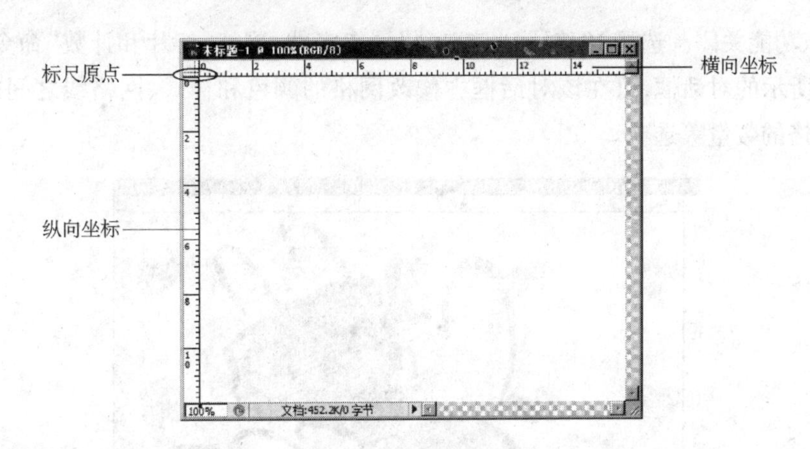

图 1－21　标尺

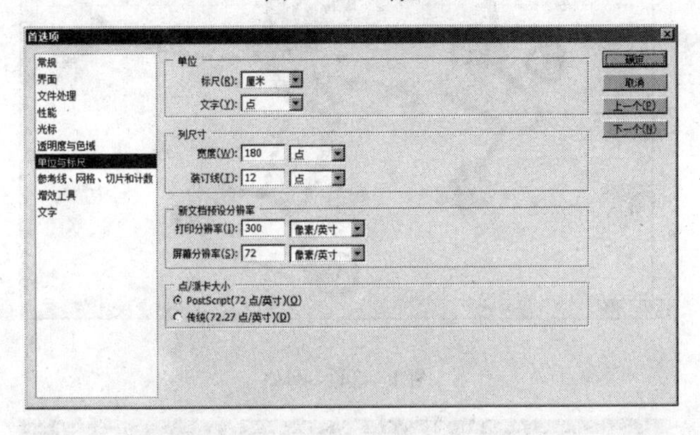

图 1－22　“单位与标尺”选项卡

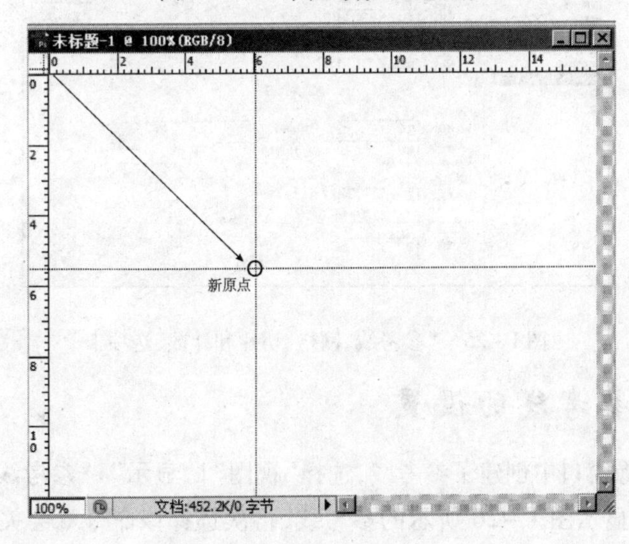

图 1－23　拖动光标到特定点

格对于对称布置图素很有用，在默认情况下网格显示为不打印出来的线条。如果菜单“视图”|“对齐到”|“网格”命令，可使绘制的选区或图形自动对齐到网格，再次选择该命

令,可将该功能关闭。选择“编辑”|“首选项”|“参考线、网格、切片和计数”命令,则弹出图 1 – 25 所示的对话框,可在该对话框中修改网格的颜色和样式、网格线之间的间隔单位和子网格的数量等选项。

图 1 – 24　网格

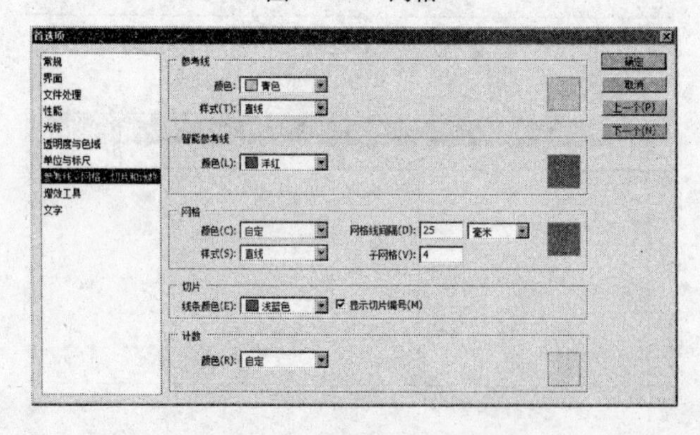

图 1 – 25　“参考线、网格、切片和计数”选项卡

1.4.3　参考线的设置

如果已在图像窗口中创建了参考线,选择“视图”|“显示”|“参考线”命令(或按 Ctrl + 组合键),就会显示图 1 – 26 所示的参考线,再次选择该命令就会关闭显示参考线状态。要创建参考线,首先要将标尺打开,然后将光标放在标尺上,按住鼠标左键向下或向右拖动即可添加参考线。如图 1 – 27 所示,从水平标尺处向下拖动鼠标即可添加一条水平参考线。

图1－26 添加参考线的窗口

图1－27 添加水平参考线

移动参考线的方法是:选择工具箱中的“移动工具”,将光标放在参考线上,当光标变为双箭头时,就可以将参考线拖动到想要的位置。如果一直把参考线拖出图像窗口外再释放鼠标,则删除该参考线。如果选择“视图”|“清除参考线”命令,可将图像窗口中所有的参考线一同删除。如果拖动参考线时按住 Shift 键,可使参考线与标尺上的刻度对齐。在 Photoshop CS3 中,增加了智能参考线来帮助对齐形状、切片和选区。当绘制形状或创建选区、切片时,这些智能参考线会自动出现。

选择“编辑”|“首选项”|“参考线、网格、切片和计数”命令,在弹出的对话框中可修改参考线的颜色和样式等选项。

1.4.4 度量工具

利用度量工具,可精确地确定图像或元素的位置。度量工具可计算工作区域内任意两点之间的距离和直线与水平轴的夹角,或者测量两条直线的夹角。要使用度量工具,可在工具箱中选择“吸管工具”,打开隐藏工具菜单,选择“标尺工具”,如图1－28 所示。

将鼠标移到图像上,会发现鼠标变为一个加号和一个尺子的形状。在图像上,单击测量的起点,并按住鼠标左键,拖动到测量的终点。则图像上会出现一条直线,这不是画在图像上的直线,而是测量用的直线工具。直线的两端各有一个加号。“标尺工具”测量如图1－29 所示。

图1－28 “标尺工具”选择

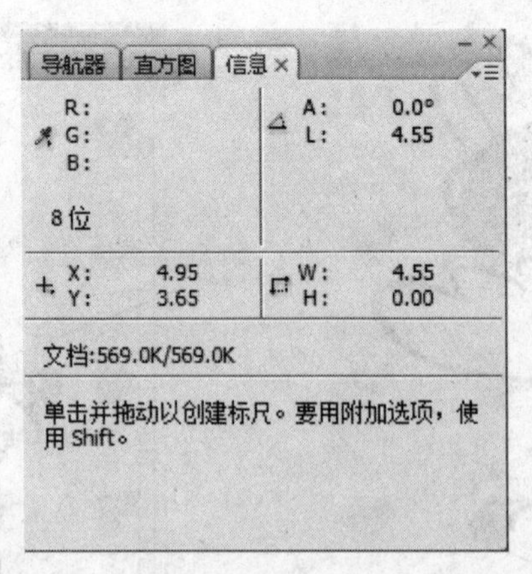

图 1－29 “标尺工具”

“标尺工具”的具体操作如下。

(1)要调整线的长短,可拖移现有测量线的一个端点。

(2)要移动这条线,可将指针放在线上远离两个端点的位置并拖移该线。

(3)要删除这条线,可将指针放在线上远离两个端点的位置,并将该线拖移到图像外。

(4)要隐藏测量线,可单击任意其他工具。

在测量时同时按住 Shift 键,可以沿水平、垂直或 45°方向进行测量。

选项栏和“信息”调板显示信息的意义如下。

(1)X、Y:通常情况下,显示的是光标所在的位置的坐标。当选用了度量工具后,其显示值为测量的起点或终点坐标。

(2)A、D(D1):测量的起点和终点之间连线与 X 轴之间的夹角和两点之间的长度。

(3)W、H:在 X 和 Y 轴上移动的水平(W)和垂直(H)距离,即测量起点和终点间水平和垂直方向的距离。

(4)D:移动的总距离。

(5)D1 和 D2:使用量角器时移动的两个距离。

除角度外的所有测量都以选项卡“首选项”对话框“单位与标尺”选项卡中当前设置的测量单位计算。

如果文档中有一条现有的测量线,那么选择“标尺工具”将会使该测量线显示出来。

任务 5　操作步骤的撤消与恢复

在 Photoshop CS3 中进行编辑时,经常需要对操作步骤进行撤消与恢复。可利用菜单命令或通过“历史记录”调板进行操作步骤的撤消与恢复。

1.5.1 利用菜单命令撤消与恢复操作步骤

刚启动 Photoshop CS3 时，打开菜单栏中的“编辑”命令，如图 1－30 所示，“编辑”下拉菜单中的第一组子命令就是关于对操作步骤进行撤消与恢复的命令，它们分别是“还原”、“前进一步”和“后退一步”三个命令。

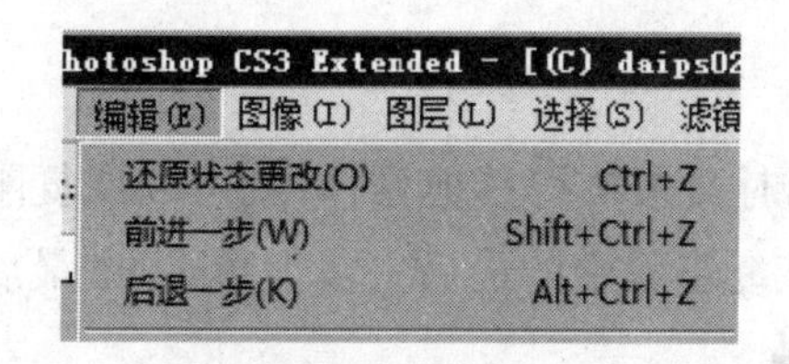

图 1－30“编辑”子菜单

如果在操作中，某一步操作不当，即可通过“还原”命令取消该步的操作。执行“还原”命令后，“还原”命令变为“重做”命令，因此还可通过“重做”命令恢复到还原操作前的状态。“还原”命令的快捷键为 Ctrl＋Z，该命令只能撤消或恢复当前的操作步骤。在实际操作中，更常用的是“前进一步”（或按 Shift＋Ctrl＋Z 组合键）和“后退一步”（或按 Alt＋Ctrl＋Z 组合键）这两个命令，通过这两个命令可对操作步骤连续多次地撤消或恢复。

尤其是这二者的快捷键，因其使用频率高，是必须掌握的命令。

1.5.2 历史记录调板

若要撤消或恢复多步操作，还可通过“历史记录”调板来进行。通过“历史记录”调板，可十分灵活地还原和重做至某一步的操作状态，它提供了更为完善的操作步骤的撤消与恢复功能。

选择“窗口”|“历史记录”命令，即可打开图 1－31 所示的“历史记录”调板。

当打开或新建一个文件之后，“历史记录”调板就会自动将所进行的各个操作步骤如实地记录到调板中。

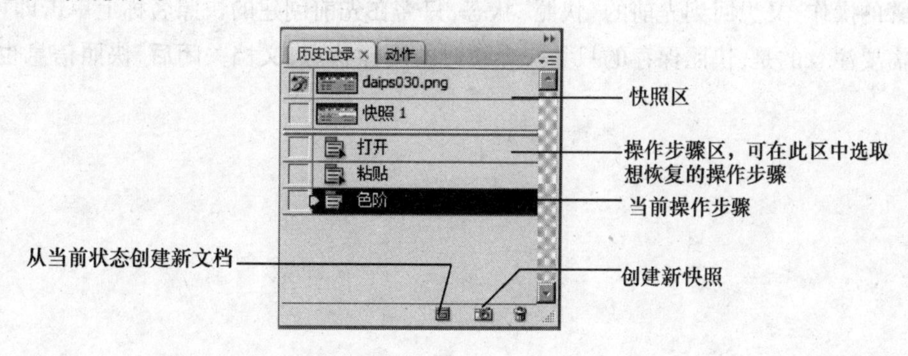

图 1－31 “历史记录”调板

1. 撤消全部操作步骤

当打开一个文件后，系统会自动将该文件的初始状态记录在“历史记录”调板中的快

照区中(即快照区中的第一行),快照名称为文件名。只要在该快照名称上单击,即可撤消打开文件后所执行的全部操作。

2. 执行撤消至指定步骤

只要在“历史记录”调板“操作步骤区”中单击指定的操作步骤,即可撤消至指定步骤。

3. 恢复被撤消的步骤

若撤消了多个步骤,同时又未执行其他操作,就可以恢复刚被撤消的步骤。这时在“历史记录”调板中,在要恢复步骤中的最后一步上单击,则最后一步前的所有步骤均被恢复。

4. 删除某部分操作步骤

在“历史记录”调板中单击选定要删除的步骤后,单击调板下方的“删除”按钮或将选择的步骤直接拖动到“删除”按钮上,即可将该步骤后面的所有步骤删除。被删除后的操作步骤不能再恢复,但撤销的操作步骤可被恢复。

5. 通过“历史记录”调板创建为新文件

通过“历史记录”调板可将处于当前状态的图像复制并创建为新文件,该新文件是独立的,与原来的文件窗口没有任何联系。当对一个图像进行某些编辑操作后,如果想尝试其他操作效果,但又不想影响当前文件,就可以将当前状态创建为一个新文件。

单击“历史记录”调板下方的“从当前状态创建新文档”按钮,系统会自动创建一个新的图像文件。

6. 利用快照功能暂存图像处理状态

创建新快照功能是指当对图像进行一系列操作后,单击“历史记录”调板下方的“创建新快照”按钮,就能将当前状态的图像暂时保存在内存中。如果此后对图像进行了其他步骤的操作,又想回到先前的“快照”状态,只需在先前创建的快照名称上单击即可。

需要注意的是,快照保存的只是一个暂时的图像状态,文档关闭后,快照信息也随之消失。

模块2　图像的选取与编辑

· 学会图像的选择；
· 熟练掌握如何编辑选区与选区的内容；
· 学会查看图像的色调分布；
· 学会图像模式转换。

在编辑与处理图像时，通常需要将图像进行选择、查看图像的色调分布及进行图像模式的转换，以便编辑、处理与查看。在 Photoshop CS3 程序中主要使用缩放工具与抓手工具来缩放与平移图像，不过为了方便快捷，通常配合快捷键(缩放工具按 Z 键，抓手工具按空格键)来使用它们。

任务1　图像的选取

基本选取工具包括选框工具、套索工具和魔棒工具，如图 2－1 所示。选框工具在工具箱上默认的是“矩形选框工具”。

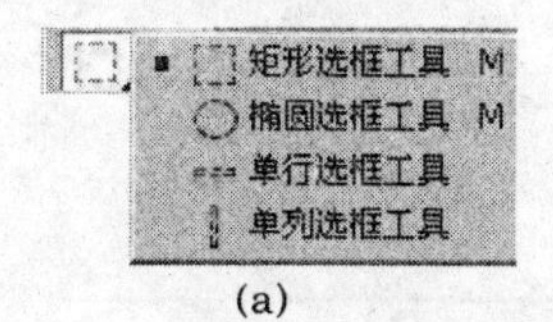

(a)

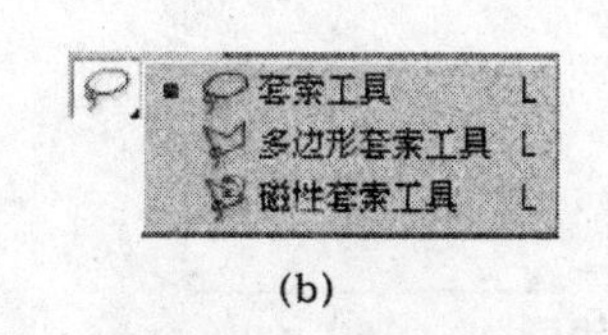

(b)

(c)

图2－1　基本选取工具
(a)选框工具；(b)套索工具；(c)魔棒工具

2.1.1　选框工具

使用选框工具选取图像区域是最常用且最基本的方法。使用“矩形选框工具”“椭圆选框工具”“单行选框工具”和“单列选框工具”可以分别选择矩形、椭圆形、竖线和横线区域，快捷键为 M 键。

1. 矩形选框工具

Photoshop CS3 中文版工具箱中各个工具的选项调板统一归于菜单栏下的工具选项栏,所以选中矩形选框工具后,选项栏也相应变为矩形选框工具的选项栏。矩形选框工具的选项栏分为 3 部分:修改选择方式、羽化与消除锯齿和样式,如图 2－2 所示。

图 2－2　矩形选框工具选项栏

修改选择方式共分 4 种,如图 2－3 所示。

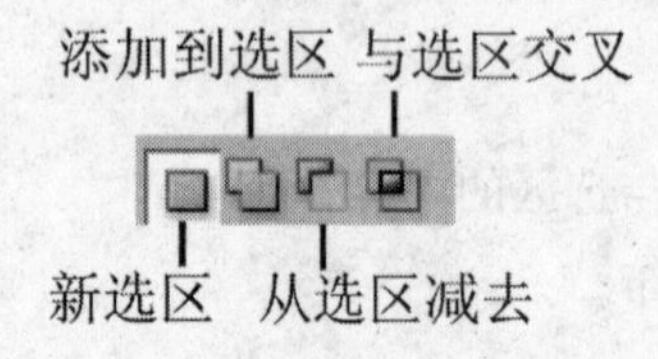

图 2－3　选择方式

1)新选区

“新选区”按钮如图 2－3 所示,单击后清除已有的选区,创建新的选区。

2)添加到选区

“添加到选区”按钮如图 2－3 所示,在旧的选区的基础上,增加新的选区,形成最终的选区。一般常用于扩大选区或选取较为复杂的区域,如图 2－4 所示。

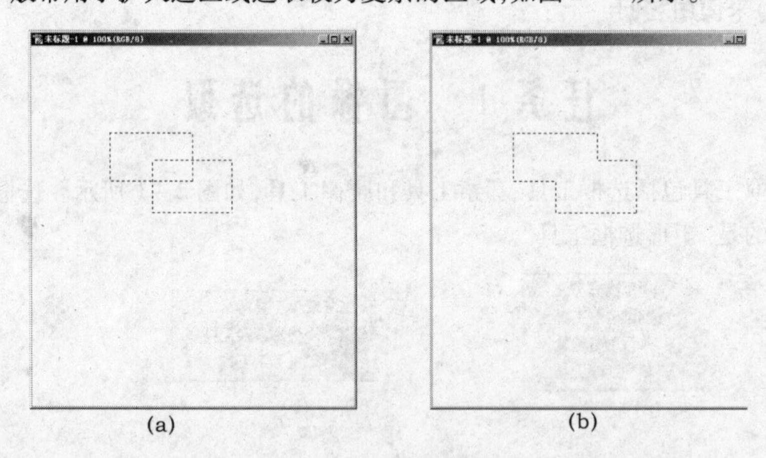

(a)　(b)

图 2－4　添加到选区后的效果

3)从选区减去

“从选区减去”按钮如图 2－3 所示。在旧的选区中,减去新的选区与旧的选区相交的部分,形成最终的选区。一般常用于缩小选区,如图 2－5 所示。

4)与选区交叉

“与选区交叉”按钮如图 2－3 所示。新的选区与旧的选区相交的部分为最终的选

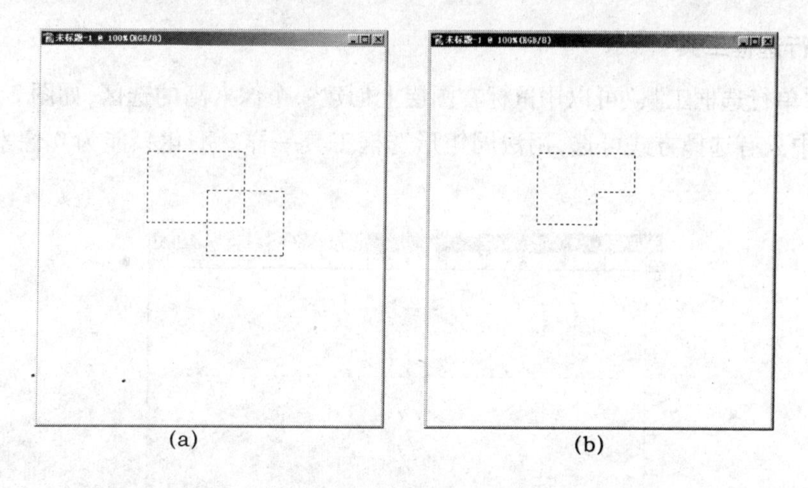

图 2 - 5　从选区减去另一选区后的效果

区,如图 2 - 6 所示。

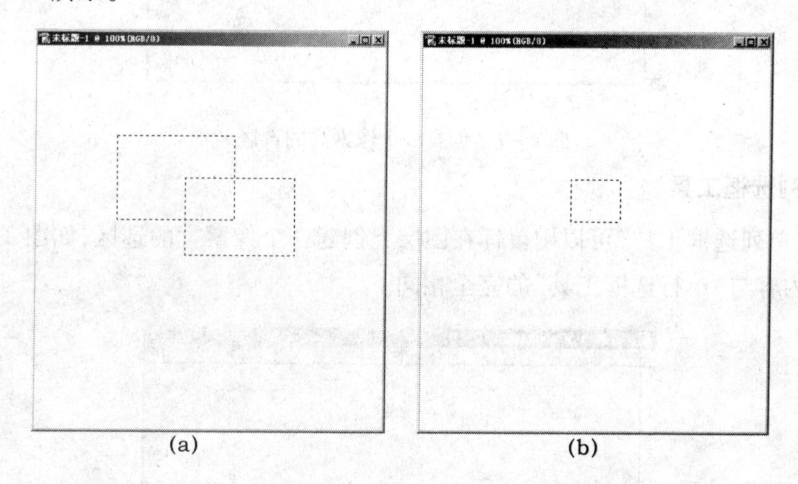

图 2 - 6　选择两选区交叉部分后的效果

“羽化”文本框中可以输入相应的羽化半径值来对选区进行羽化操作,其后的“消除锯齿”复选框是用来消除锯齿的,只作用于椭圆形选择范围。

“样式”下拉列表框中的项目用于决定选区,有以下 3 个选项。

(1)正常:选择此选项后,用户可以不受任何约束,自由创建选区。

(2)固定长宽比:在这种方式下可以任意设置矩形的宽度和高度的比例,只需在文本框中输入相应的数字即可,系统默认值为 1:1。

(3)固定大小:选择此选项后,用户在其后面的“宽度”和“高度”文本框中输入新选区的高度和宽度后可创建新的选区。系统默认值为 64 像素 ×64 像素。

2. 椭圆选框工具

使用“椭圆选框工具”可以在图层上创建椭圆形选区,其选项栏的内容与用法和矩形选框工具中的大致相同,可以参照前面的介绍创建选区。

3. 单行选框工具

使用"单行选框工具"可以用鼠标在图层上创建一个像素高的选区,如图 2-7 所示。其选项栏中只有选择方式可选,用法同矩形选框工具一样。羽化只能为 0 像素,样式不可选。

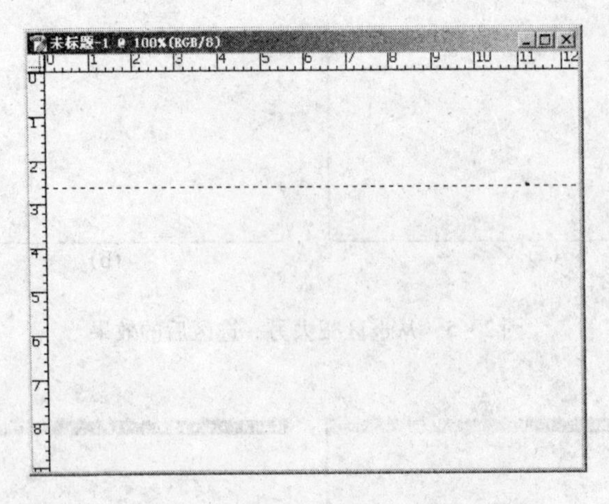

图 2-7　创建一个像素高的选区

4. 单列选框工具

使用"单列选框工具"可以用鼠标在图层上创建一个像素宽的选区,如图 2-8 所示。其选项栏内容与"单行选框工具"的完全相同。

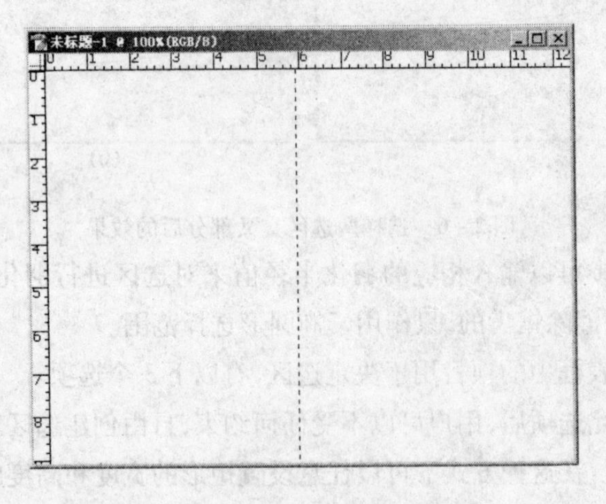

图 2-8　创建一个像素宽的选区

2.1.2　套索工具

"套索工具"也是一种常用的范围选取工具,可用来创建直线线段或徒手描绘外框的选区。它包含 3 种不同形状的套索工具:"套索工具""多边形套索工具"和"磁性套索工具",如图 2-1(b)所示。

1. 套索工具

使用“套索工具”可以绘制出图像边框的直边和不规则的线段,它以自由手控的方式进行区域的选取。使用“套索工具”选取时,一定要注意选取的速度,因为在选取的过程中需要一气呵成。这种工具比较适合于一些不规则或者边缘较为突出的图像的选取,如图2－9所示。

图2－9　使用“套索工具”建立选区

使用“套索工具”建立选区常规步骤如下。

(1)选择工具箱中的“套索工具”。

(2)使用鼠标沿着待操作的图像的边缘拖动进行选取。

(3)移动鼠标指针回到起始点以闭合选区。

小技巧:

(1)如果选取的曲线终点与起点未重合,则 Photoshop 会封闭成完整的曲线。

(2)按住 Alt 键在起点与终点处单击,可绘出直线外框。

(3)按住 Delete 键,可删除最近所画的线段,直到剩下想要留下的部分,松开 Delete 键即可。

套索工具的选项栏如图 2－10 所示。其中只有两个选项,即“羽化”与“消除锯齿”,其用法与“矩形选框工具”相同,这里就不详细介绍了。

图 2－10　“套索工具”选项栏

2. 多边形套索工具

使用"多边形套索工具"可以选择具有直边的图像部分,它以自由手控的方式进行范围的选取,一般多用于不规则的多边形范围选取。但使用此工具所选取的图像都是棱角分明的,如图 2 – 11 所示。

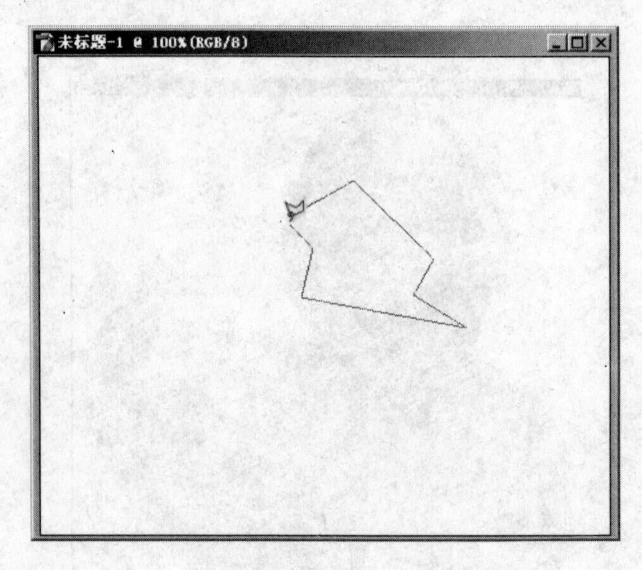

图 2 – 11　选区已经封闭

当使用"多边形套索工具"创建选区且鼠标指针同到起点时,指针下会出现一个小圆圈,表示选择区域已封闭,此时再单击即完成操作。如果终点和起点不重合,在终点双击,则在终点和起点之间将自动连接一条直线,使选区封闭。

小技巧:

(1)按住 Alt 键,可徒手描绘选区。

(2)按住 Delete 键,可删除最近所画的线段,直到剩下想要留下的部分,松开 Delete 键即可。

"多边形套索工具"的选项栏与"套索工具"的完全相同,这里就不介绍了。

3. 磁性套索工具

"磁性套索工具"是一种具有可识别边缘的套索工具,特别适用于快速选择图像的边缘和像背景对比强烈且边缘复杂的对象。该工具具有快速和方便的选取功能。

使用"磁性套索工具"建立选区的步骤如下。

(1)选择工具箱中的"磁性套索工具",选项栏中将显示该工具的各选项,如图 2 – 12 所示。

(2)在图像内单击以设置选区的起点。然后沿着图像的边缘移动选取,如图 2 – 13 所示。

(3)将"磁性套索工具"放在所选区的起点上,这时指针旁边会出现一个闭合的圆圈,单击闭合选区即可选择。

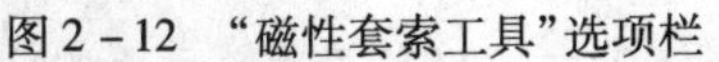

图2－12　“磁性套索工具”选项栏

图2－13　选择中的磁件套索工具

“磁性套索工具”的选项栏(如图2－12所示)与前两种套索工具相比增加了“宽度”“频率”“对比度”和钢笔压力选项。

①宽度:用于设置磁性套索的宽度。可在“宽度”文本框中输入1~40之间的一个像素值,数值越大探查范围越大。

②频率:用于指定选取时的节点数。可输入0~100之间的一个值,数值越高,所产生的节点数越多,如图2－14所示。

③边对比度:用来设置套索的敏感度。可输入1%~100%之间的数值,数值大可用来选取对比锐利的边缘,数值小可用来选取对比较低的边缘。

④钢笔压力:用来设置绘图板的钢笔压力。该项只有安装了绘图板和驱动程序才变为可选。选择此选项,则钢笔的压力增加,会使套索的宽度变细。

2.1.3　魔棒工具

“魔棒工具”可以选择图像内色彩相同或者相近的区域,而无须跟踪其轮廓。还可以指定该工具的色彩范围或容差,以获得所需的选区。在一些具体的情况下既可以节省大量的精力,又能达到意想不到的效果,如图2－15所示。

“魔棒工具”的选项栏中包括“连续”的、“消除锯齿”、“容差”和“用于所有图层”选项,如图2－16所示。

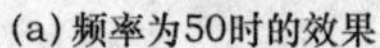

(a) 频率为50时的效果　　(b) 频率为100时的效果

图 2－14　不同套索节点频率的比较

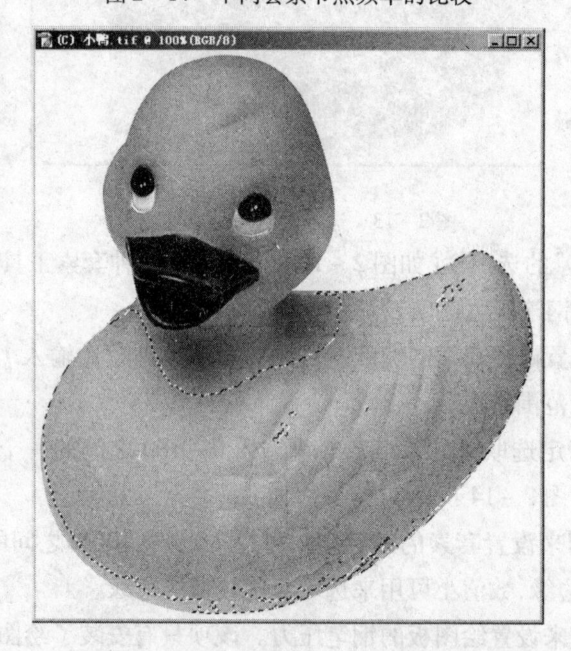

图 2－15　使用“魔棒工具”创建选区的效果

图 2－16　“魔棒工具”选项栏

（1）“连续”的与“消除锯齿”这两个选项不再详细介绍。

（2）“容差”:数值越小,选取的颜色范围越接近;数值越大,选取的颜色范围越大。可输入 0 ~ 255 之间的数值,系统默认值为 32。如图 2－17 所示为容差不同取值时的效果,容差为 20 时的效果与容差为 60 时的对比效果。

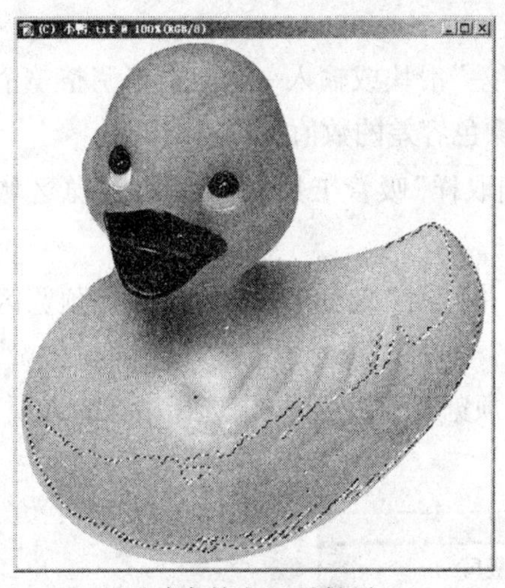

(a)容差为20的效果　　(b)容差为60时的效果

图2－17　不同容差的比较

(3)“用于所有图层”:如果选中,则色彩选取范围可跨所有可见图层;否则魔棒只能在当前图层起作用。

2.1.4　“色彩范围”命令

“色彩范围”命令可以从现有的选区或整个图像内选择所指定的颜色或颜色子集,使用取样的颜色来选择一个色彩范围,然后建立选区。使用此命令建立选区的操作步骤如下。

(1)选择“选择”|“色彩范围”命令,打开“色彩范围”对话框,如图2－18所示。

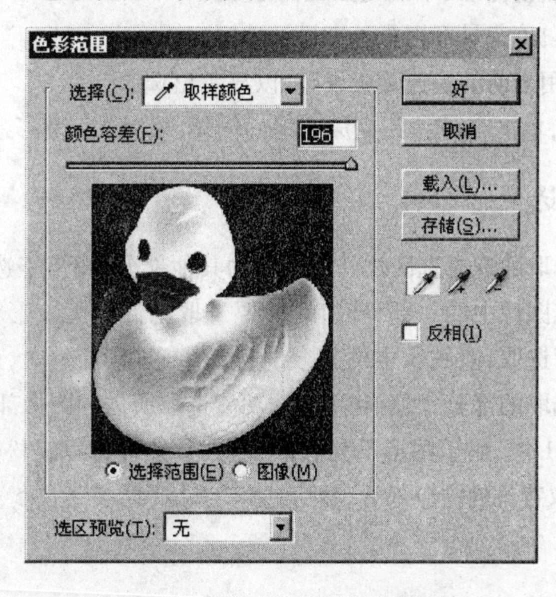

图2－18　“色彩范围”对话框

(2)使用吸管并且将“吸管指针工具”放在图像或预览区域上面,然后单击相近的颜色进行取样。

(3)在“色彩范围”对话框中,拖动“颜色容差”滑块或输入一个数值来调整整个色彩范围。要缩小图像内所选的色彩范围,可减小颜色容差的数值。

(4)要在对话框中添加颜色,选择“添加到取样”吸管工具,然后在预览区域或图像中单击以进行加色的操作。

(5)要在对话框内减少颜色,选择“从取样中减去”吸管工具,然后在预览区域或图像中单击以讲行减色的操作。

(6)要在图像窗口中预览选区,可在“选区预览”下拉列表框中选择相应的选项,如图2-19所示。其中各选项含义如下。

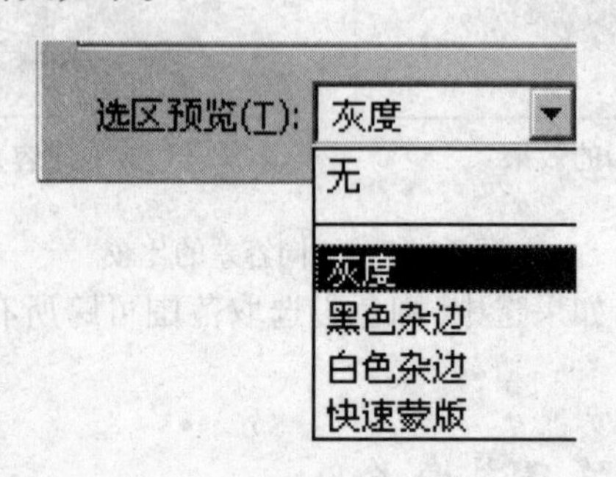

图2-19 “选区预览”下拉菜单中的选项

①无:不在图像窗口中显示预览图。

②灰度:按照图像在灰度通道中所显示的图形来显示选区。

③黑色杂边:在黑色背景下用彩色来显示选区。

④白色杂边:在白色背景下用彩色来显示选区。

⑤快速蒙版:使用当前的快速蒙版设置,以显示出选区。

(7)预览满意后,单击“好”按钮完成选区的创建,如图2-20所示。

2.1.5 反选

反选是指重新选取除现有选区之外的图像的其他部分,相当于选择从图像中减去已选择的部分。在选取图像中的一部分时,有时要选取的部分无论形状、色彩都不便于使用其他选取工具进行选取,但图像中的其余部分却色彩单调,这时,反选就十分有用了。可以选取图像中易选取的部分,然后利用反选功能选取所需的图像部分。

例如,在图2-21中,鸭子图形不易选取,而其背景却可以轻松选取,此时就可以利用“魔棒工具”先选取背景的白色部分,然后选择“选择”|“反选”命令将鸭子图形部分选中。

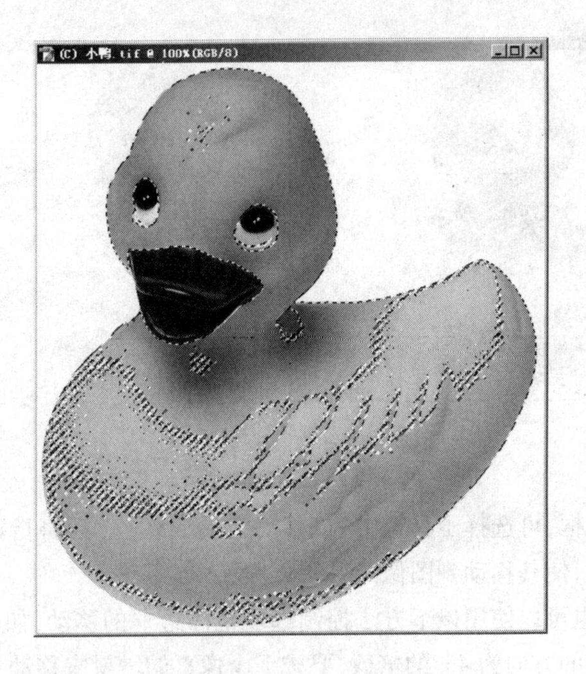

图2-20 完成选区的创建

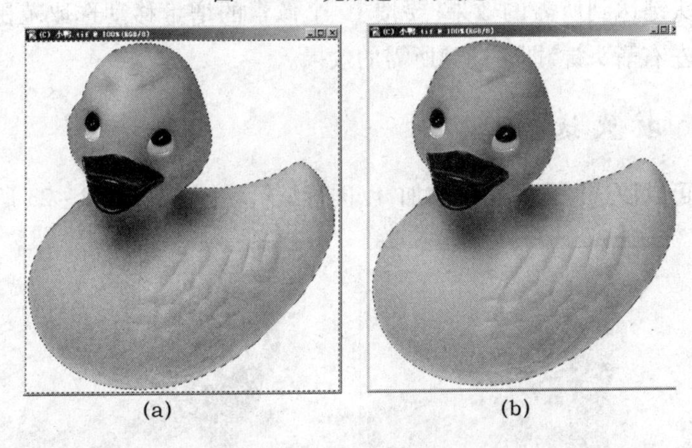

(a) (b)

图2-21 对选区进行反选操作

任务2 编辑选区与选区的内容

在编辑和改变图像的过程中，都会遇到一些调整和修正选区的操作，以真正得到所需的选区。本节介绍如何调整选区，使读者更好地了解调整选区的操作。

2.2.1 移动选区

选区建立以后，用户可以自由地移动图像内的选区，以便于图像内元素与元素之间距离、位置的调整，操作起来也非常便捷，如图2-22所示。

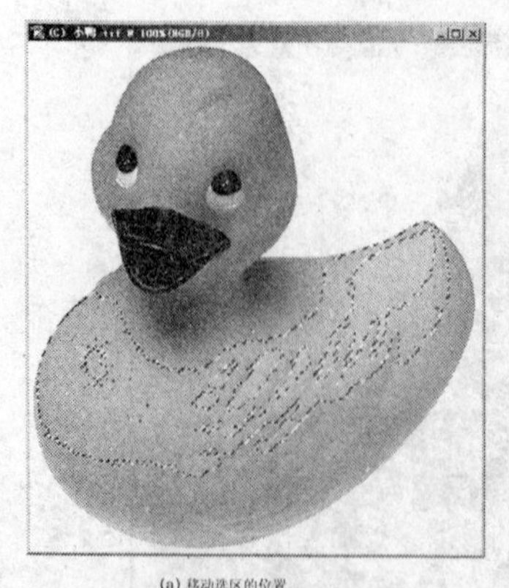

(a) 移动选区的位置

(b) 移动选区后的位置

图 2－22　移动选区

要移动选区边框，可选择工具箱中的“移动工具”。然后将指针放在选区边框内，直接拖动选区边框，使其移动到图像的另一个位置。

小技巧：用户也可以使用以下方法控制选取范围边框的移动，如：按住 Shift 键，可以限制移动选区边框的方向为45°的倍数；要按 1 个像素的增量来移动选取范围边框，可使用上下左右箭头键达到所需的效果；要按 10 个像素的增量移动选取范围边框，可按住 Shift 键按上下左右箭头键，即可达到所需的效果。

2.2.2　扩大选区

扩大选区可以使选区内容得以增加，以进行编辑和修正，如图 2－23 所示。

(a)

(b)

图 2－23　扩大选区

扩大图像内现有的选区的步骤如下。

(1)选择工具箱中的矩形选框工具，然后选择“选择”|“修改”|“边界”命令，打开“边界选区”对话框，如图 2－24 所示。

(2)设置“宽度”为 1～16 间的一个像素值。单击“好”按钮，使选区得到扩大。

除了扩大图像内现有的选区之外，还可以根据颜色来扩大选区。有以下两种操作方

图 2－24　“边界选区”对话框

法：一种是选取相邻的像素，一种是选取相似的像素。

方法一：通过选取相邻像素来扩大选区。

具体的选取操作步骤如下。

(1)选择工具箱中的“套索工具”，并在图像中选取一种相邻的像素。

(2)选择“选择”|“扩大选取”命令，这时图像内的相邻像素将被选取，扩大了选取范围，效果如图 2－25 所示。

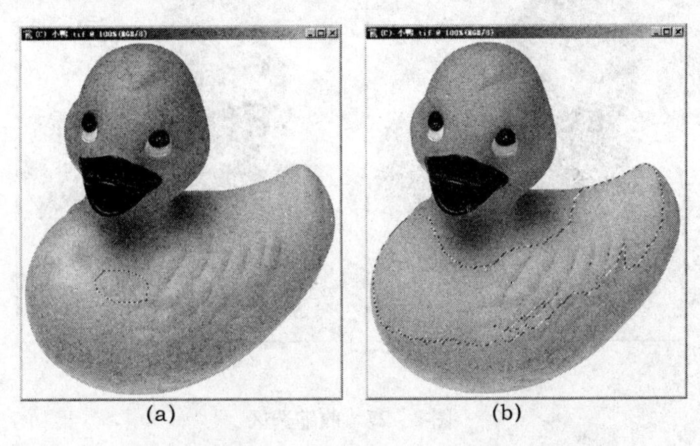

图 2－25　选取相邻像素扩大选区

方法二：选取相似的像素来扩大选区。

选取相似的像素来扩大选区的方法是，建立选区后选择“选择”|“选取相似”命令，图像内的相似像素将被选取，而不是相邻像素被选取。选取相似的像素后的选区效果如图 2－26 所示。

注意：在位图模式下不能使用“扩大选取”和“选取相似”命令扩大选区，因为这两种操作命令不起作用。

2.2.3　收缩选区

收缩选区可以使选区内容得以减少，以进行随后的编辑和修正，如图 2－27 所示，收缩图像内现有的选区的操作步骤如下。

(1)选择“选择”|“修改”|“收缩”命令，打开“收缩选区”对话框，如图 2－28 所示。

(2)设置“收缩量”为 1～16 间的一个像素值。单击“好”按钮，完成收缩命令的操作使图像的选区内容得到减少。

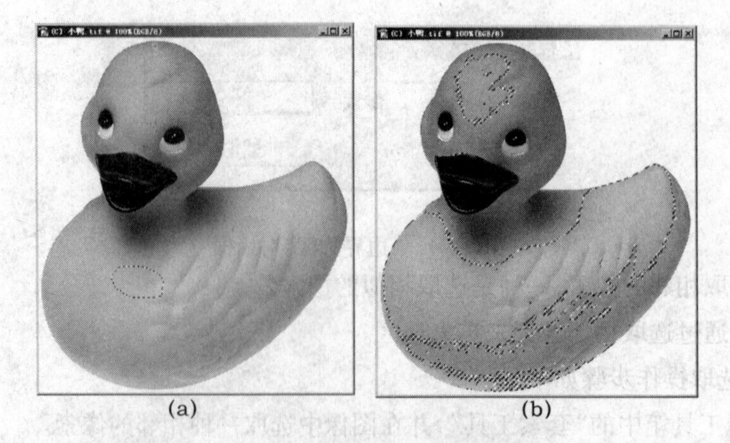
(a) (b)

图 2－26　原选区及选取相似的像素后的选区

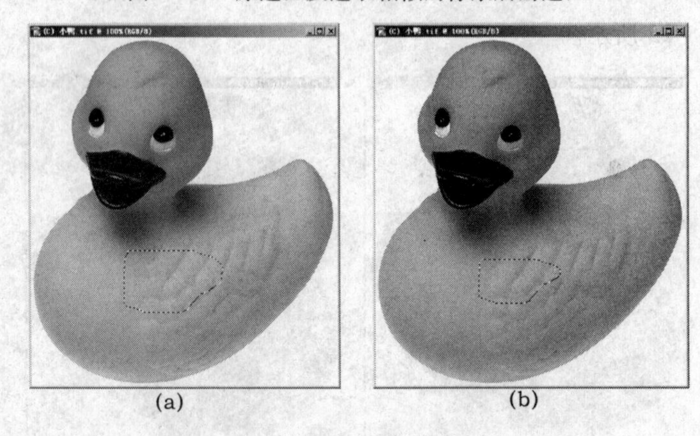
(a) (b)

图 2－27　收缩选区

图 2－28　“收缩选区”对话框

2.2.4　变形选区

Photoshop CS3 中文版能够对选区进行变换和变形。它应用几何变换来更改选取范围边框的形状，能够对整个图层、路径和选区边框进行缩放、旋转、斜切、扭曲，也可以旋转和翻转图层的部分或全部、整个图像或选区边框。

对图像内的选区进行变换和变形时，都要用到“自由变换”命令。对选区进行自由变换时可以使用缩放、旋转、斜切和扭曲操作，而无须从菜单中选择相应的命令。

对选区进行变换和变形的操作方法如下。

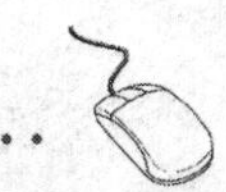

(1)激活选区,选择“编辑”|“自由变换”命令,这时选区的边框会出现可编辑的控制柄。如果需要对选区进行缩放,将指针放到控制柄上,指针将变为双箭头 。拖动控制柄,即可对选取范围缩放,如图2－29所示。

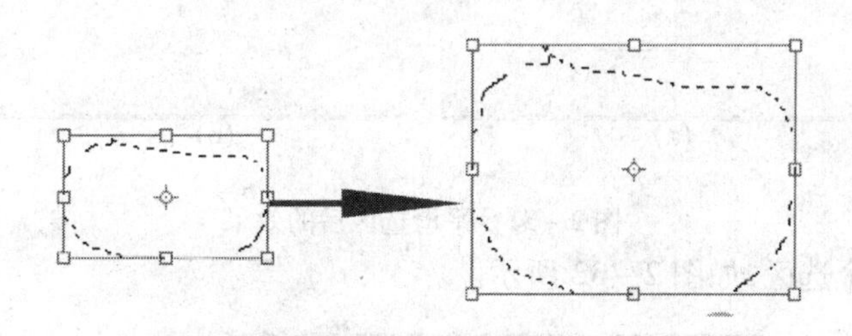

图2－29　拖动控制柄进行缩放

(2)若要对选区进行旋转,将指针移到控制柄的外面,这时指针将变为弯曲的双向箭头 。对控制柄进行旋转拖动,可以使选取范围旋转。

(3)若对选区进行中心点的扭曲,按住 Alt 键,然后拖动控制柄,以达到选区的对称扭曲效果。

(4)若要对选区进行斜切,按 Ctrl + Shift 组合键,然后拖动控制柄。当指针放在控制柄上时会变为带有双箭头的白色箭头。

2.2.5　平滑选区

“平滑”命令可以使选区变得连续且平滑,一般用于修整使用套索工具建立的选区,因为用魔术棒选择时,选区很不连续。对选区进行平滑处理的操作方法如下。

(1)选择“选择”|“修改”|“平滑”命令,打开如图2－30所示的“平滑选区”对话框。

图2－30　“平滑选区”对话框

(2)在对话框中的“取样半径”文本框中输入1～100之间的像素值,这里输入“50”的像素值,然后单击“好”按钮,效果如图2－31所示。

2.2.6　存储与载入

Photoshop CS3 中文版提供了存储选区的功能。存储后的选区将成为一个蒙版保存在通道中,需用时再从通道中载入。

1. 存储的设置

存储选区的操作步骤如下。

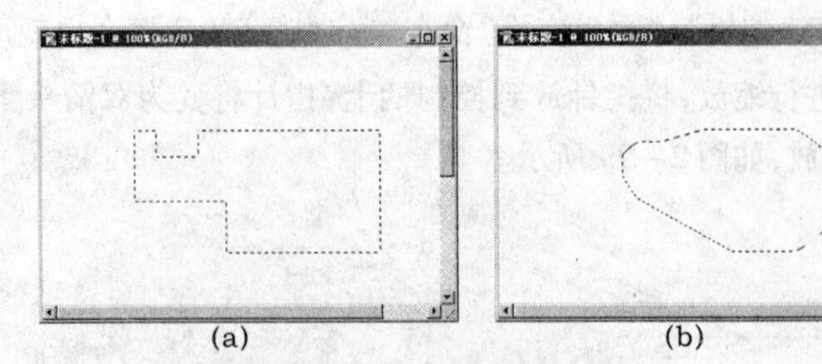

(a) (b)

图 2－31 平滑选区后的效果

(1)建立一个选区,如图 2－32 所示。

图 2－32 建立一个选区

(2)选择“选择”|“存储选区”命令,弹出“存储选区”对话框,如图 2－33 所示。

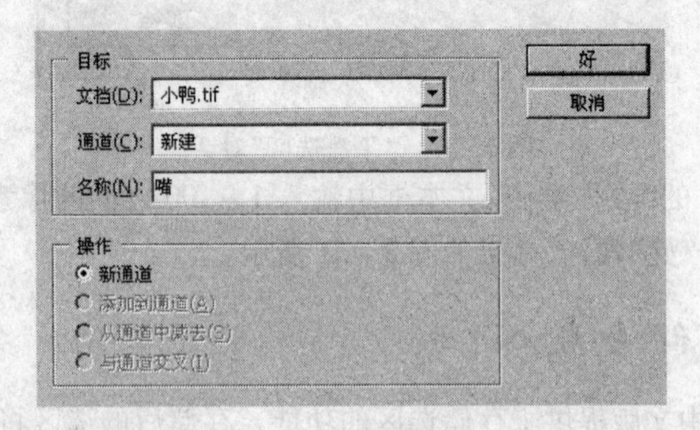

图 2－33 “存储选区”对话框

(3)在其中设置以下参数。

①文档:设置存储选区的文件,默认为当前文件。也可选择“新建”选项新建一个文

档。

②通道:用于设置通道名称。

③名称:用于设置新通道的名称,该选项在“通道”下拉列表框中选择“新建”选项后才有效。

④操作:设置保存的选区和原有选区之间的组合关系。

(4)设置后,单击“好”按钮,即可完成存储,如图 2-34 所示为存储选区后的通道调板。

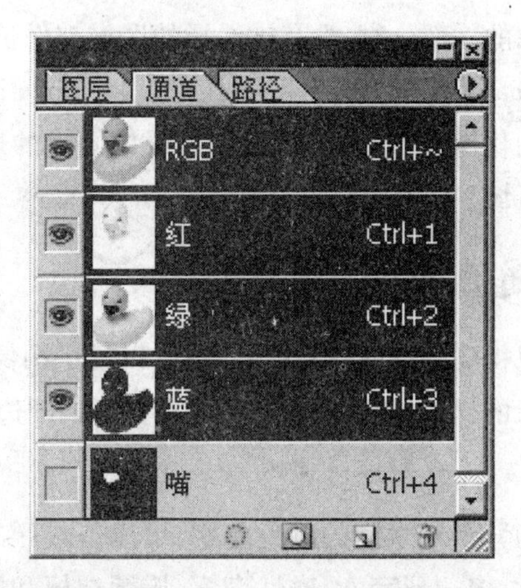

图 2-34　存储选区后的通道调板

2. 载入选区

载入选区的操作步骤如下。

(1)选择“选择”|“载入选区”命令,打开“载入选区”对话框,如图 2-35 所示。

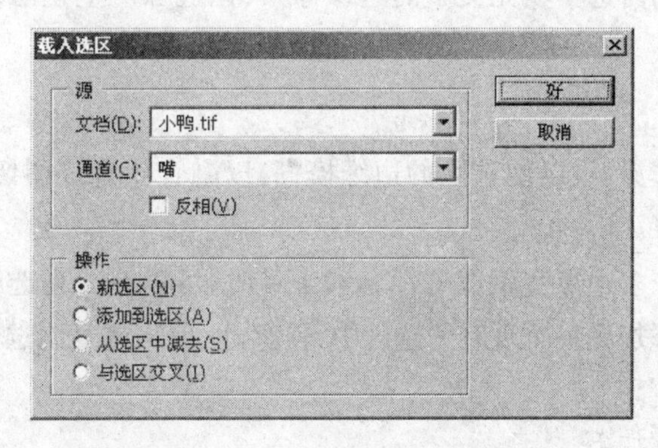

图 2-35　“载入选区”对话框

(2)在“载入选区”对话框中可以设置如下参数。

①文档:用于选择图像文件名,即来自于哪一个图像。

②通道:选择通道名称,即载入哪一个通道中的选区。

③反相:可将选区反选。

④新选区:用新载入的选区代替原有的选区。

⑤添加到选区:用新载入的选区与原有的选区相加。

⑥从选区中减去:用新区的选区与原有的选区相减。

⑦与选区交叉:用新区的选区与原有的选区交叉。

(3)单击“好”按钮即可完成选区载入。

选区保存后,就成为一个蒙版被保存在通道中。编辑图像时,蒙版能隔离和保护图像其余区域。当选择图像的一部分时,没有被选择的区域被保护起来而不被编辑。蒙版可将杂的选区储存在 Alpha 通道中,重新使用时,可以将 Alpha 通道转换为选区,然后用于图编辑。对选区进行羽化操作时,只能看到用虚线框画出的选区的轮廓,而用蒙版则可以看羽化和半透明的区域。

2.2.7 软化选区边缘

软化选区的边缘可以得到平滑或者模糊的效果,以便于图像的编辑和处理。在这里将介绍两种软化选区边缘的操作,使读者更好地平滑选区的硬边缘。

1. 消除锯齿

通过减少每个像素与背景像素间的颜色差别,可以使选区的锯齿状边缘得到平滑。消除锯齿选项只针对套索、多边形套索、磁性套索、椭圆选框和魔棒工具使用,不应用于其他选择工具。

在使用这些工具之前,必须选中工具选项栏中的“消除锯齿”复选框。如果选区已建立,就不能在工具选项栏中设置这个选项。

可以通过消除锯齿选项填充文字的边缘像素,让边缘产生光滑,从而使文字的边缘混合到背景中。

2. 羽化

通过羽化选区边界,可以使选区的边缘模糊,以融合到背景图像中。多用于图像之间的融合和渐隐效果。

使用选框、套索、多边形套索或磁性套索工具时,可以在工具选项栏中定义羽化值。还可以将羽化效果添加到一个现有的选区中,使移动、剪切或复制选区时,羽化效果将变得很明显。

具体的操作步骤如下。

(1)选择工具箱中的“椭圆选框工具”,在图像中绘制出椭圆形选区,如图 2-36 所示。然后选择“选择”|“羽化”命令,设置选择范围的羽化值。

(2)选择“选择”|“反选”命令,对选取范围进行反选操作,并按 Backspace 键删除反选的图像内容。

(3)选择“选择”|“反选”命令,此时效果如图 2－37 所示。

图 2－36　绘制椭圆选择范围

图 2－37　删除多余部分效果后反选

(4)选择工具箱中的“移动工具”,将图像移动到另一幅图像中,使之融合在一起,如图 2－38 所示。

图 2－38　羽化效果

任务3 查看图像的色调分布

在对图像色彩和色调进行调整之前，应首先分析图像的色阶状态和色阶的分布，以决定哪些部分需要进行调整。在 Photoshop CS3 中，常用于图像色彩和色调分析的工具有“信息”调板、“吸管”工具和“直方图”调板。

2.3.1 “信息”调板和“吸管”工具

“信息”调板和“吸管”工具可以用来读取图像中一个像素的颜色值，从而客观地分析颜色校正前后图像的状态。在使用各种色彩调整对话框时，“信息”调板都会显示像素的两组颜色值，即像素原来的颜色值和调整后的颜色值。而且，用户可以使用“吸管”工具查看单独一个区域的颜色，或者使用多达 4 个颜色取样器来显示图像中一个或多个位置的颜色信息。这些取样器存储在图像中，因此在工作时用户可以随时参考它，即使是在关闭后又重新打开图像的情况下也可以。如图 2 - 39 所示的就是在图像文件中使用“吸管”工具选取颜色，同时将颜色信息显示在“信息”调板中。

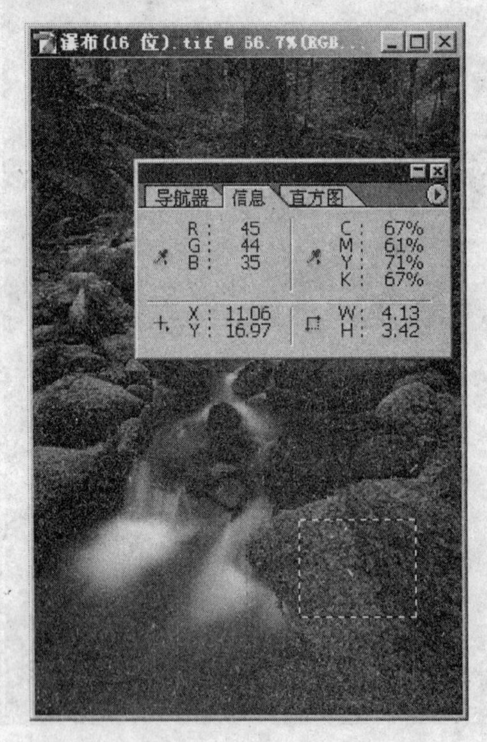

图 2 - 39 使用“信息”调板和“吸管”工具

2.3.2 “直方图”调板

直方图用图形表示图像的每个亮度级别的像素数量，展示像素在图像中的分布情况。它向用户显示图像在暗调（显示在直方图的左边部分）、中间调（显示在中间）和高光（显示在右边部分）中是否包含足够的细节，以便进行更好的校正。

使用直方图查看图像色调分布的方法如下。

(1)打开要查看色调的图像，选择“窗口”|“直方图”命令，可以显示“直方图”面板。单击右上方的小三角可以弹出“直方图”面板菜单。在“直方图”面板菜单中可以选择以下三种视图。

①紧凑视图：此视图为默认视图。在此视图中只显示直方图［如图2-40(a)所示］。

②扩展视图：此视图中不仅显示直方图，还有控制选项和统计信息［如图2-40(b)所示］。

③全部通道视图：在扩展视图的基础上，再显示每个颜色通道的直方图［如图2-40(c)所示］。

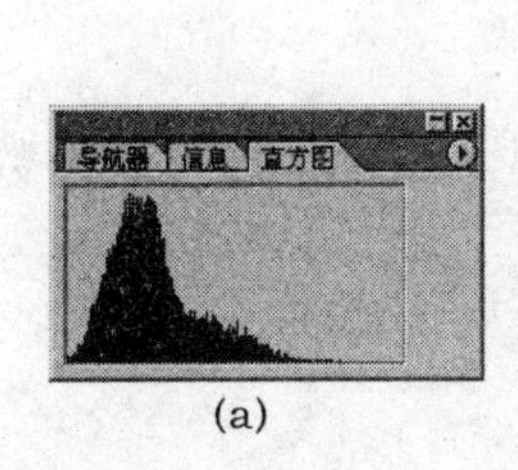

(a)

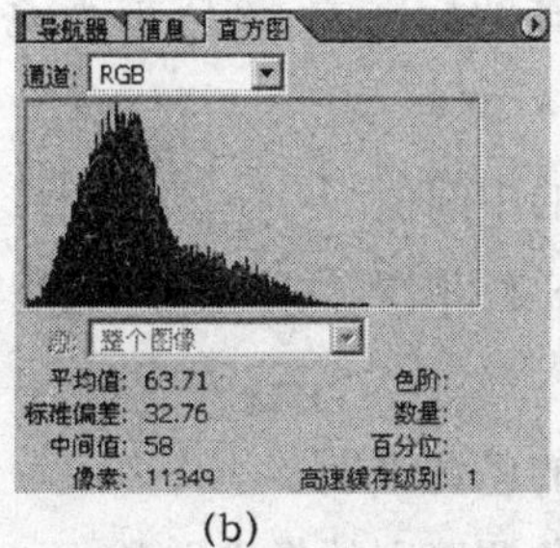

(b)

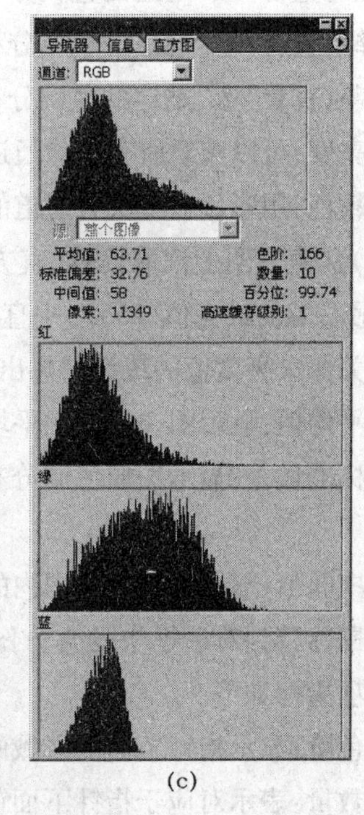

(c)

图2-40 “直方图”视图

(a)紧凑视图；(b)扩展视图；(c)全部通道视图

(2)如果只想查看图像的一部分，那么可以在执行使用选取工具在图像上选取想要查看的部分，此时用户在“直方图”面板中看到的就是选取部分的色调分布。

(3)在“直方图”面板的扩展视图中有一个“通道”列表框，从中可以选择要查看的内

容,如图 2 –41 所示。

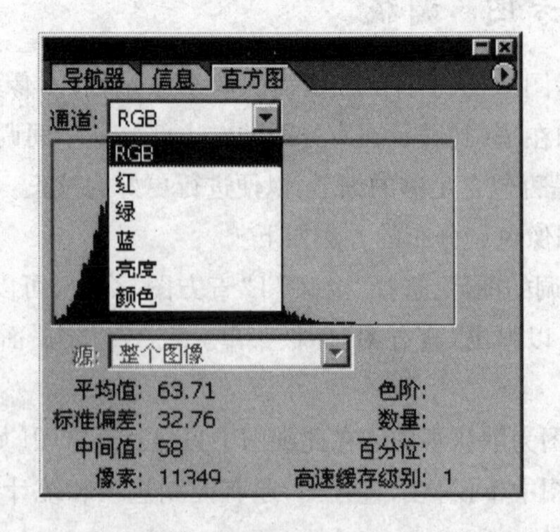

图 2 –41　选择查看通道

①RGB:查看 RGB 模式下的色调分布。

②红:查看“红”通道的色调分布。

③绿:查看“绿”通道的色调分布。

④蓝:查看“蓝”通道的色调分布。

⑤亮度:可以查看所有图像通道的亮度分布。

⑥颜色:用彩色显示所有通道的色调分布。

(4)从直方图上读取信息:直方图的水平轴表示亮度值或色阶,从最左端的最暗值(0)到最右端的最亮值(255),垂直轴表示对应某个给定亮度值的像素总数。

有关像素亮度值的统计信息出现在直方图的下方。

①平均值:显示图像色调的平均值。

②标准偏差:显示图像色调分布的标准差,该值越小说明所有像素色调越接近平均值。

③中间值:显示色调值范围内的中间值。

将鼠标移到对话框中的直方图上,则对话框右下方将显示鼠标所在位置的数据信息。各项指标如下。

④色阶:显示指针下面的区域的色调级别。

⑤数量:表示对应于指针下面色调级别的像素总数。

⑥百分位:显示指针所指的级别或该级别以下的像素累计数。该值表示为图像中所有像素的百分数,从最左侧的 0% 到最右侧的 100% 。

⑦高速缓存级别:显示图像调整缓存的设置。默认情况下,Photoshop 只基于图像中代表性的像素取样,这样直方图可显示得更快(此时调整缓存级别值为 2),而不是所有的像素(此时高速缓存级别值为 1)。

2.3.3　图像色调的调整

图像是色彩缤纷的，但是如果图像中的色彩不协调则会使图像无法真实地反映、传达视觉效果，因而色彩的运用在图像中起着举足轻重的作用。因而，学习如何调整图像的色调显得十分有必要。

1. 色阶

色阶是图像像素每一种颜色的亮度值，它有256个等级，范围是0～255。该命令主要用于调整图像中色阶的亮度。

选择"图像"|"调整"|"色阶"命令，弹出"色阶"对话框，如图2－42所示。

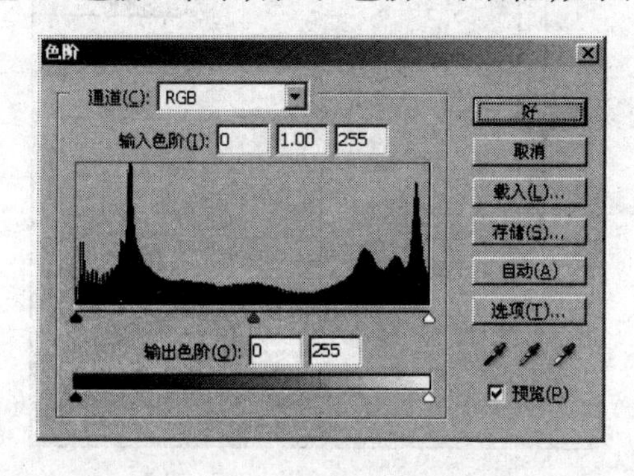

图2－42　"色阶"对话框

各参数含义如下。

①"通道"下拉列表框：该框用来选择复合通道和颜色通道。

②"输入色阶"文本框：该框从左至右用来设置图像的最小、中间和最大色阶值。最小色阶的取值范围为0～253，中间色阶取值为0.10～9.99，最大色阶的取值范围为2～255。当输入的值超出范围时，系统会显示出数值范围的提示信息。显然，最小色阶和最大色阶值越大，图像越暗；中间色阶值越大，图像越亮。

③色阶直方图：通过拖动3个滑块，可调整最小、中间、最大色阶值。

④"输出色阶"文本框：左边文本框用来调整图像暗的部分的色阶值，右边的文本框用来调整图像亮的部分的色阶值。或通过移动"输出色阶"文本框下面的两个滑块，也可以改变文本框中的数值。

⑤"载入"按钮：用来载入硬盘中扩展名为".alv"的设置文件。

⑥"存储"按钮：可将当前的设置存到硬盘中，文件的扩展名为".alv"。

⑦"自动"按钮：单击它后，系统将图像中最亮的0.5%像素调整为白色，将图像中最暗的0.5%像素调整为黑色。

2. 自动色阶

该命令不需要设置参数，选择"图像"|"调整"|"自动色阶"命令，系统不显示任何对

话框,只是按照系统默认值来调整颜色,就可以自动调整图像各像素的色阶,调整图像的亮暗程度,使图像中亮度不正常的区域改变。

3. 曲线

该命令是一个功能很强的图像调整命令。它是以曲线的形式调整 0 ~ 255 之间的任何一个像素点,使得图像色彩调整更为精确。

选择“图像”|“调整”|“曲线”命令,弹出“曲线”对话框,如图 2 – 43 所示。

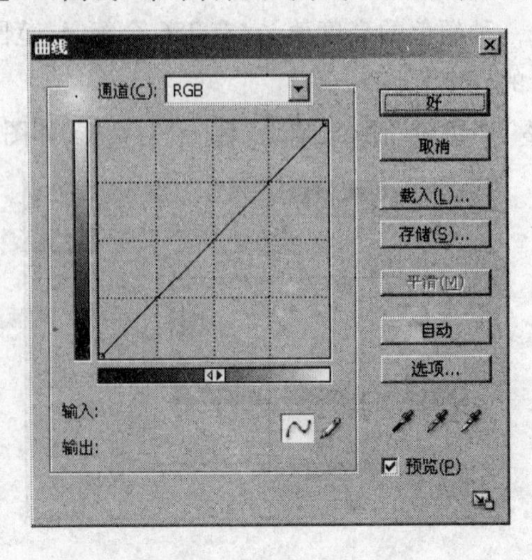

图 2 – 43 “曲线”对话框

各参数含义如下。

①“通道”下拉列表框:用来选择复合通道(RGB 通道)和颜色通道(红、绿、蓝色通道)。

②曲线区:在曲线图中,横坐标表示原来像素的亮度值,它与下方的“输入”值相对应,纵坐标表示调整后的亮度值,它与下方的“输出”值相对应。在调整前曲线区是一条 45°的直线,它表示所有像素的输入与输出亮度相同。

③曲线按钮 :在“曲线”对话框中,选择曲线按钮 ,在曲线上单击,添加一个调节点,拖动该调节点,就可以调整图像的输入/输出值,曲线上最多可以添加 14 个调节点。选中要移动的调节点,使其变成黑色方块,并按住鼠标左键,就可以移动曲线。当调节点变成白色方块时,表示该点已被锁定,移动其他调节点时,该点是不动的,如图 2 – 44 所示。

④铅笔按钮 :选择“曲线”对话框中的“铅笔”按钮,当鼠标指针呈画笔状时,拖动鼠标就可以绘制曲线,改变曲线的形状,如图 2 – 45 所示。

4. 自动对比度

该命令不需要设置参数,选择“图像”|“调整”|“自动对比度”命令,就可以将图像中的最亮和最暗像素改为白色和黑色,使亮色调显得更亮,而暗色调显得更暗。

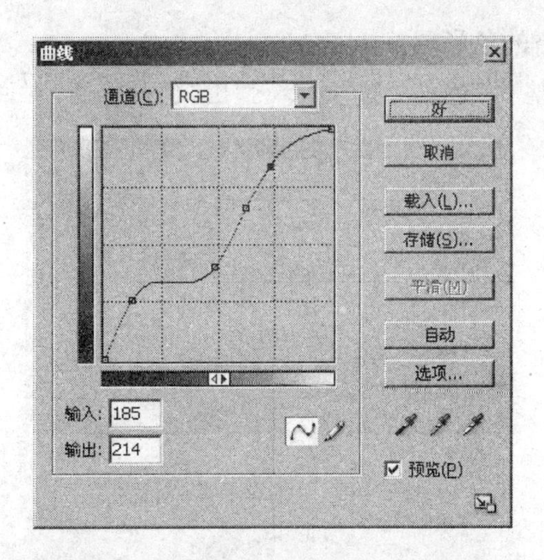

图2-44 应用“曲线”按钮调节曲线

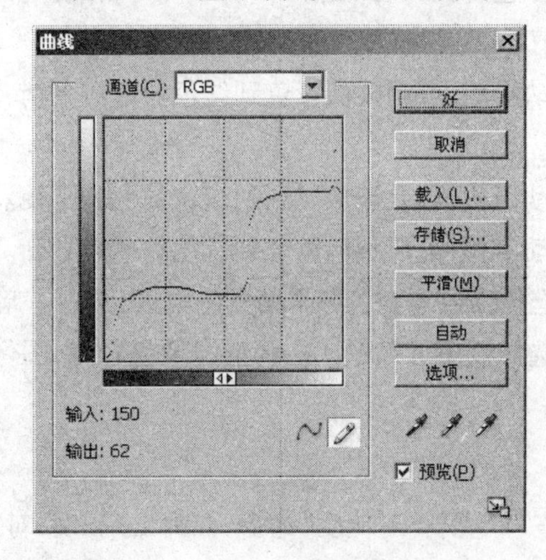

图2-45 应用“铅笔”按钮绘制曲线

2.3.4 图像色彩的调整

在掌握了调整图像色调的方法后，下面将介绍图像色彩调整的方法，需要说明的是用户在进行色彩调整时，用户仍可以使用“色阶”或者“曲线”命令在通道中提供更精确的像素分布控制。

1. 自动颜色

该命令不需要设置参数，选择“图像”|“调整”|“自动颜色”命令，就可以对图像中的颜色进行一定的调整，增加图像的整体明暗度。

2. 色彩平衡

该命令主要调整图像暗调区、中间调区、高光区的色彩，并混合各种颜色达到平衡。

它只能对图像进行粗略的色彩调整。

选择"图像"|"调整"|"色彩平衡"命令,弹出"色彩平衡"对话框,如图2-46所示。

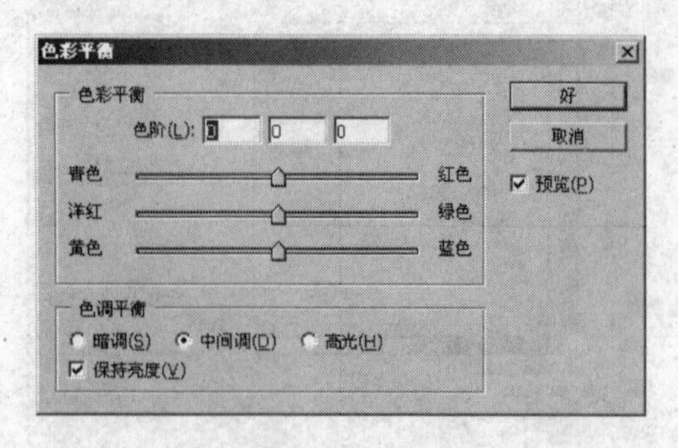

图2-46 "色彩平衡"对话框

各参数含义如下。

①"色阶"文本框:在色阶文本框中输入-100~100的数值,或者移动调节图中3个滑块,就可以调整色阶值。

②"青色"滑块:移动滑块,可调整从青色到红色的色彩平衡,滑块向右移,图像变红,滑块向左移,图像变青。

③"洋红"滑块:移动滑块,可调整从洋红到绿色的色彩平衡。

④"黄色"滑块:移动滑块,可调整从黄色到蓝色的色彩平衡。

⑤色调平衡:用以选择需要调整色彩平衡的色调区,选项有暗调、中间调、高光。

⑥保持亮度选项:选择该项可以保证在调整图像色彩时,图像亮度不发生变化,此项仅对RGB图像可用。

3. 亮度/对比度

选择"图像"|"调整"|"亮度/对比度"命令,在弹出"亮度/对比度"对话框中拖动"亮度""对比度"滑块,就可以调整图像的亮度和对比度,其取值范围为-100~100。

4. 色相/饱和度

该命令可以调整图像中某种颜色成分的色相、饱和度、明度。

操作方法:选择"图像"|"调整"|"色相/饱和度"命令,弹出"色相/饱和度"对话框,如图2-47所示。

各参数含义如下。

①"编辑"下拉列表框:该项用来选择"全图"和某种颜色。

②"色相"滑块:色相就是颜色,即红、黄、橙、绿、青、蓝、紫,其取值范围为-180~180。

③"饱和度"滑块:饱和度就是颜色的鲜艳程度。颜色越浓饱和度值就越大,颜色越淡饱和度值就越小,其取值范围为-100~100。

④"明度"滑块:通过移动滑块可以调整图像的明度,其取值范围为-100~100,当取

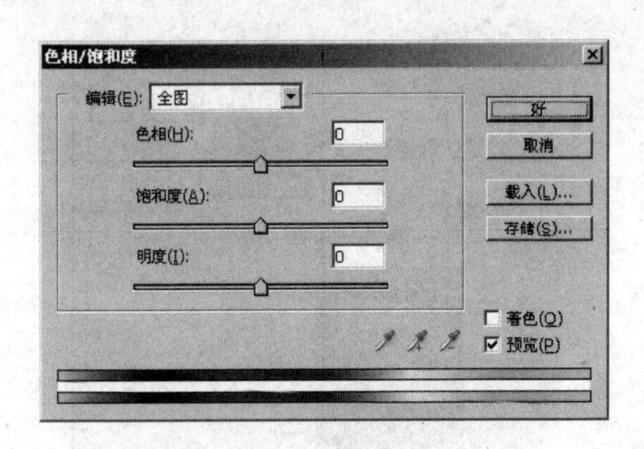

图2－47 “色相/饱和度”对话框

值为－100时图像变成黑色，当取值为100时图像变成白色。

⑤颜色条：在对话框的下部有两条颜色条，其中上一条表示图像调整前的颜色，下一条表示图像调整后的颜色。

⑥“吸管”按钮：只有选择单色时3个“吸管”按钮才有效。

⑦“着色”复选框：选中该复选框后，可以使图像变为单色、不同明度的图像。

5. 去色

选择“图像”|“调整”|“去色”菜单命令，可将图像的颜色去掉，使图像变为灰色图像。

6. 匹配颜色

选择“图像”|“调整”|“匹配颜色”命令，可将两张图像的色调调整一致，颜色匹配命令只能应用于RGB图像模式。

7. 替换颜色

该命令通过改变在特定颜色区域上的色相、饱和度和亮度值，来进行色彩矫正。

选择“图像”|“调整”|“替换颜色”命令，弹出“替换颜色”对话框，如图2－48所示。

各参数含义如下。

①颜色容差：拖动滑块或在方框中直接输入0～255的数，就可以调整颜色容差值。颜色容差值越大，选择的范围也越大。

②颜色拾取器：利用“吸管工具”在图像需要替换颜色的区域上单击，“填加到取样”可以扩大颜色范围，“从取样中减去”可以缩小颜色范围。

③替换：通过移动“色相”“饱和度”“明度”滑块来确定要替换的颜色。

8. 可选颜色

选择“图像”|“调整”|“可选颜色”命令，弹出“可选颜色”对话框，利用该对话框可调整图像的颜色。

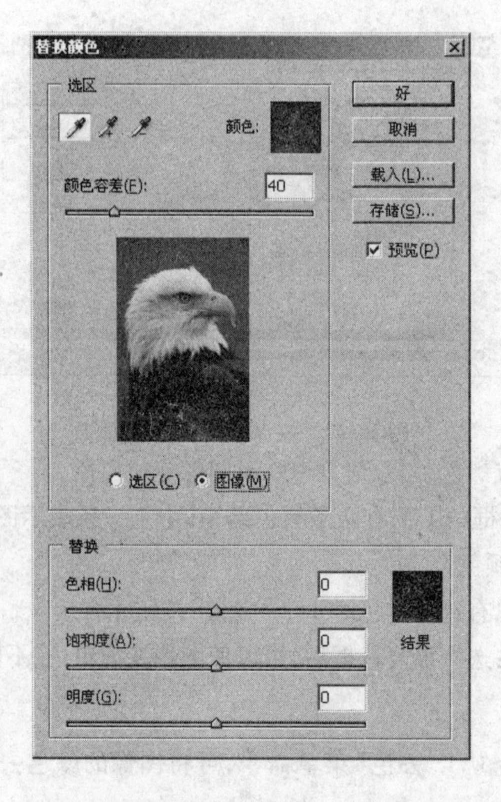

图 2－48 “替换颜色”对话框

9. 通道混合器

选择“图像”|“调整”|“通道混合器”命令,通过增减图像中各颜色分量的值来改变图像的颜色。

10. 渐变映射

选择“图像”|“调整”|“渐变映射”命令,可以将预设的几种渐变模式作用于图像,可自动依据图像中的灰阶数值来填充所选取的渐变颜色。

11. 照片滤镜

该命令将带颜色的滤镜放在照相机镜头前方来调整光线的色彩平衡和色温。

选择“图像”|“调整”|“照片滤镜”命令,弹出“照片滤镜”对话框,如图 2－49 所示,在滤镜的下拉列表框中选择相应的选项,在“浓度”滑块上调整图像的浓度。

12. 暗调/高光

该命令可以方便地对图像暗部的高光和亮部的暗光进行调整,修正曝光过度的照片。该命令不仅可以加亮或者减暗整个图像,还可以分别控制照片的亮部和暗部。

选择“图像”|“调整”|“暗调/高光”命令,弹出“暗调/高光”对话框,如图 2－50 所示。

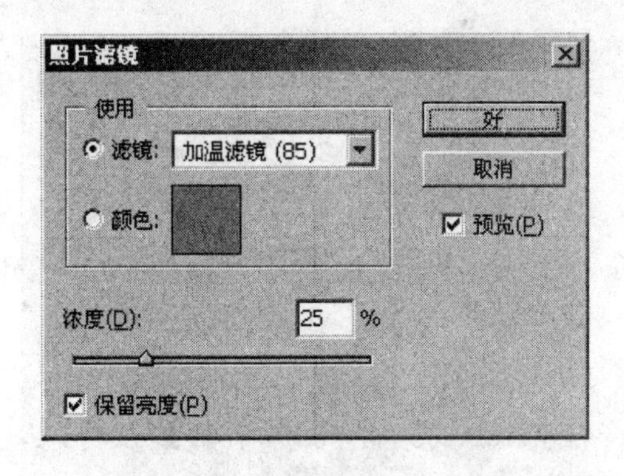

图 2－49　“照片滤镜”对话框

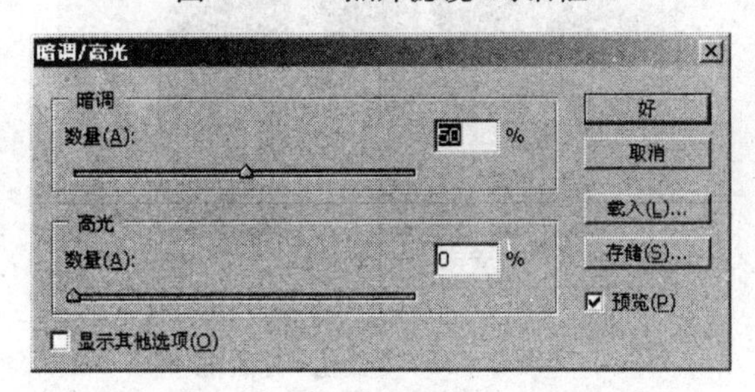

图 2－50　“暗调/高光”对话框

13. 反相

选择“图像”|“调整”|“反相”命令，可直接将图像或者选择区域的值取反，即0变为255，255变为0，从颜色上说就是取自身颜色的补色。

14. 色调均化

选择“图像”|“调整”|“色调均化”命令，可将图像的色调均匀化。

15. 阈值

选择“图像”|“调整”|“阈值”命令，弹出“阈值”对话框，在“阈值色阶”文本框中设置转换临界值(即阈值)，大于该值的像素颜色将转换为白色，小于该值的像素颜色将转换为黑色。

16. 色调分离

选择“图像”|“调整”|“色调分离”命令，可将彩色图像色调分离。色阶值越大，图像越接近原图，其取值范围为2～255。

17. 变化

该命令能直观、方便地调整图像的亮度和饱和度，但不能用在索引颜色图像上。

选择“图像”|“调整”|“变化”命令，弹出“变化”对话框，如图2－51所示，利用该对话框可直观、方便地调整图像的色彩平衡、亮度、对比度、饱和度等参数。

各参数含义如下。

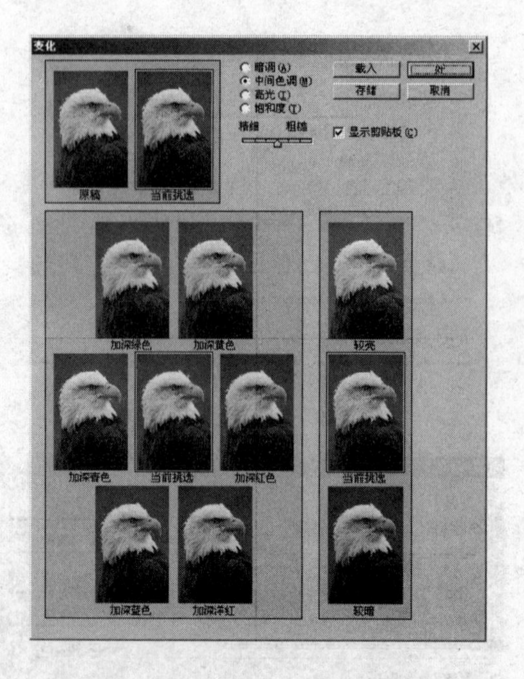

图 2－51 “变化”对话框

①“原稿”和“当前挑选”预览图:“原稿”预览图是指要加工图像的原始效果图,“当前挑选”预览图是指调整后的效果图。

②调色预览图:共有 7 幅,位于对话框的下方,选择其中一幅,可改变“当前挑选”预览图的色彩效果。

③调亮度预览图:共有 3 幅,位于对话框的右方,选择其中一幅,可改变“当前挑选”预览图的亮度效果。

任务 4 图像模式转换

Photoshop 系统为用户提供了 8 种图像模式,它们分别是位图模式、灰度模式、双色调模式、索引颜色模式、RBG 颜色模式、CMYK 颜色模式、Lab 颜色模式和多通道模式。

图像模式对于一幅图像无疑是至关重要的。在 Photoshop 中可以自由地转换图像的各种模式,但是由于不同的颜色的模式包含的颜色范围不同,所以它们的特性存在差异,因而在转换模式时或多或少地会产生一些颜色数据的丢失。

2.4.1 位图模式和灰度模式的转换

在 Photoshop CS3 中,只有灰度模式的图像才能直接转换为位图模式,而彩色模式在转换为位图模式时,都必须转换为灰度模式。下面介绍位图模式和灰度模式之间的相互转换。

1. **灰度模式转换为位图模式**

灰度模式的图像具有从黑色到白色的256级灰度，而位图模式的图像是一种只有黑白两种颜色的图像。

要将灰度模式的图像转换为位图模式，执行以下操作。

(1)打开要转换的图像。

(2)选择“图像”|“模式”|“位图”命令，弹出如图2－52所示的“位图”对话框。

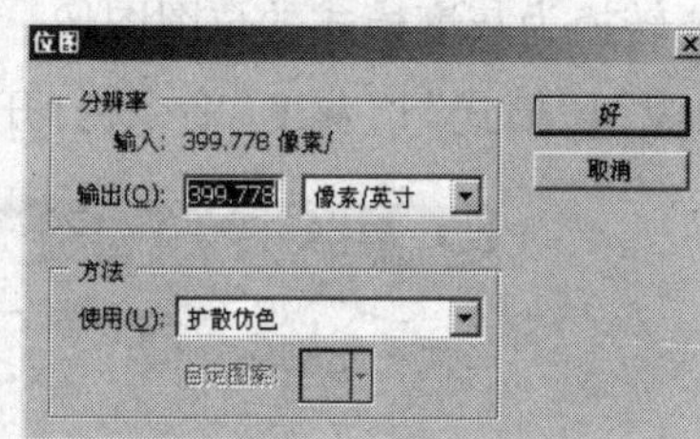

图2－52 打开的图像及“位图”对话框

(3)在“分辨率”选项组中设定图像分辨率。“输入”选项中显示的数值是原图的分辨率，而在“输出”文本框设定的是转换后的图像分辨率(取值范围是1~10 000)。

(4)在“方法”选项组中设定转换为位图的方式。可选择的方式有以下5种。

①50%阈值：将灰度值大于128的像素变成白色，灰度值小于128的像素变成黑色。即将较暗的色调转为黑色，较亮的色调转为白色。

②图案仿色：通过将灰度级转换为黑白网点来转换图像到位图模式。

③扩散仿色：通过使用从图像左上角像素开始的误差扩散过程，来转换图像。此选项对话框在黑白屏幕上显示图像非常有用。

④半调网屏：选择此项转换时，Photoshop会提示“半调网屏”对话框，如图2－53所示，其中“频率”选项中可以设置每英寸或者每厘米显示多少条网屏线，“角度”用于决定网屏的方向，“形状”选项用于选取网点形状。有6种形态可以选择：圆形、菱形、椭圆、直线、方形和十字形。

⑤自定义图案：通过自定义半调网屏模拟打印灰度图像的效果。要使用这个选项，首先要定义一种图案。

(5)单击“好”按钮即可转换为位图了。

说明：当一幅灰度图像转换为位图图像后，将丢失大量的颜色信息，这些丢失的信息无法恢复。即使再次把转换后的位图图像转换为灰度图像，也无法恢复原来的效果。同

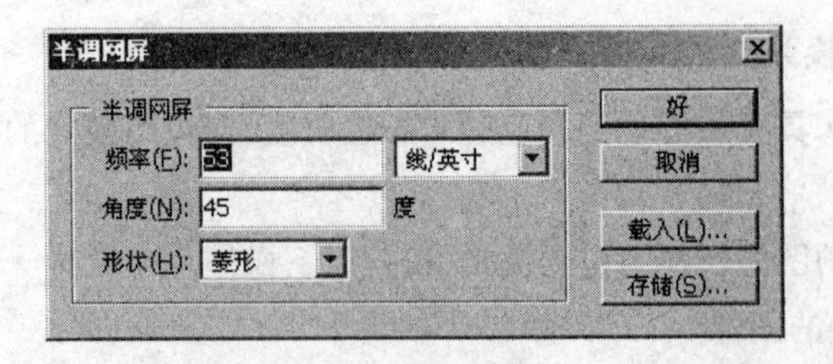

图 2－53 “半调网屏”对话框

样的道理，如果是一幅彩色模式的图像（如 RGB、Lab）转换为灰度模式后，再转换为彩色模式，也将丢失颜色信息而不能显示原来的效果。

2. 位图模式转换为灰度模式

要将一个位图模式的图像转换为灰度模式，步骤如下。

（1）打开需要转换为灰度模式的位图图像。

（2）选择“图像”|“模式”|“灰度”命令，打开如图 2－54 所示的“灰度”对话框。

图 2－54 “灰度”对话框

（3）在“大小比例”文本框中输入转换图像的尺寸比例，取值范围是 1～16，例如在文本框中输入 3，转换后的图像尺寸会变为原来尺寸的 1/3，同时像素数目相应减少。

2.4.2 将 RGB 模式转换成位图模式

操作方法介绍如下。

（1）打开路径为 C:\Program Files\Adobe\Photoshop CS3\示例文件夹下的“鲜花.psd”文件，选择“图像”|“模式”|“灰度”命令，在弹出的对话框中单击“合并”按钮，如图 2－55 所示。

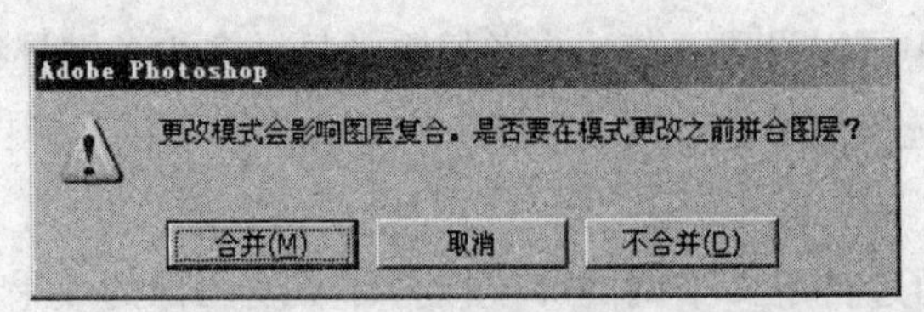

图 2－55 拼合图层提示信息

（2）选择“图像”|“模式”|“位图”命令，在弹出的拼合图层对话框中单击“好”按钮，如图 2－56 所示，在弹出的“位图”对话框中，选择“扩散仿色”方式，单击“好”按钮，就可

以将 RGB 模式转换成位图模式。

图 2－56　确定拼合图层

2.4.3　将 RGB 模式转换成双色调模式

操作方法介绍如下。

(1)打开路径为 C:\Program Files\Adobe\Photoshop CS3\示例文件夹下的“山丘.tif”文件,选择“图像”|“模式”|“灰度”命令,在弹出的对话框中单击“好”按钮,如图 2－57 所示。

图 2－57　扔掉颜色信息提示对话框

(2)选择“图像”|“模式”|“双色调”命令,在弹出的“双色调”对话框中,选择“双色调”类型,单击“油墨 1”方框,在“拾色器”对话框中,选择红色(R:255,G:0,B:0),单击“好”按钮,返回到“油墨 1”方框,在其右边白色的方框内输入油墨 1 的名称(纯红);再单击“油墨 2”方框,在“拾色器”对话框中选择黄色(R:255,G:255,B:0),单击“好”按钮,返回到“油墨 2”方框,在其右边白色的方框内输入油墨 2 的名称(纯黄),如图 2－58 所示,单击“好”按钮,就可将图像转换成双色调模式。

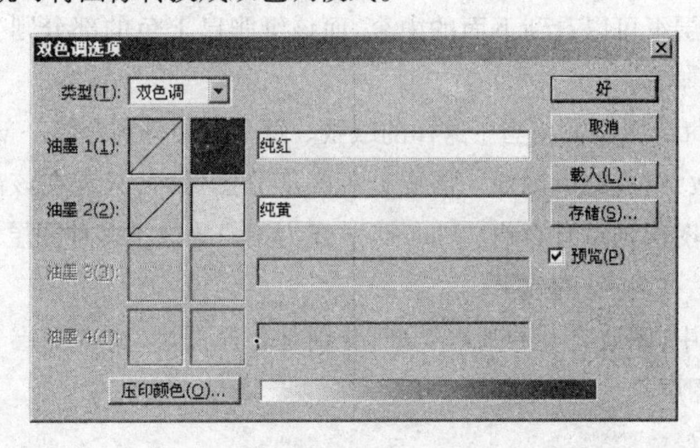

图 2－58　“双色调选项”对话框

模块3　图层

· 理解图层的类型；
· 掌握图层的基本操作；
· 学会排列图层；
· 学会设置图层样式；
· 能够对图层样式进行操作。

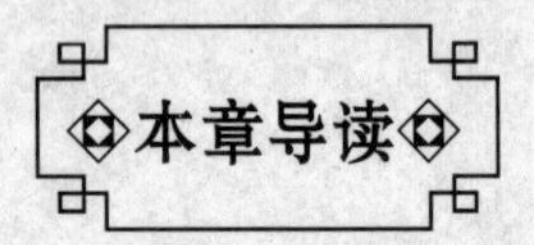

在 Photoshop 中，图层是进行图片合成最基础也是最重要的功能。通过巧妙运用图层和图层混合模式等功能，可以轻松地实现用其他方法难以制作的效果。Photoshop CS3 为用户提供了多种图层和图层效果，分别针对不同的工作。本章主要介绍图层和图层样式的基本操作。

任务1　图层的概述

图层是在 Photoshop 中实现各种效果的重要功能之一。形象地说，图层相当于一张透明的纸，透过这层纸可以看到下面的内容，而该纸张已上色的部分则会将下面的内容挡住。

Photoshop 中每个图层都相当于这样的纸张。每个图层分别存储一部分画面内容，通过多个图层的叠放，组成整个画面。需要处理某部分图像时，只需在该部分所在的图层进行操作，对其他图层则没有影响。Photoshop 还为用户提供了多种图层混合效果和图层样式，可以制作出一些特殊的效果。

在 Photoshop 中，图层有五种基本类型，分别是普通图层、文本图层、调节图层、背景图层和剪切路径图层。

1. 普通图层

在图像的处理中，用得最多的就是普通图层。在普通图层中，可以随意添加图像、编

辑图像,任何操作都不会受到限制。

2. **文本图层**

当用户使用文本工具进行文字的输入后,系统即会自动地新建一个图层,这个图层就是文本图层。它对文字内容具有保护作用,因此许多操作都受到限制,如不能直接在文字层上画图、填充等。

3. **调节图层**

调节图层不是一个存放图像内容的图层,它主要用来控制色调及色彩的调整,存放的是图像的色调和色彩,包括色阶、色彩平衡等的调节,但不会影响到图层本身的内容,因此,建议在调整图像的色彩时,注意灵活运用调节图层。

4. **背景图层**

背景图层是一种特殊的图层,它是一种不透明的图层,它的底色是以背景色的颜色来显示的。当新建一个图像文件时,将自动产生一个背景图层。

5 **剪切路径图层**

在使用形状工具绘制图形时,可以形成剪切路径图层,运用剪切路径图层创建网页按钮、网页图标等非常有效。

背景层可以转换成普通的层,背景层也可以基于普通层来建立,在背景层中,许多操作都受到限制,如不能改变其不透明度,不能使用图层样式,不能调整其排列次序等。

任务2 图层的新建与删除

3.2.1 新建图层

新建图层的方法有以下几种。

方法一:通过快捷键来实现:按 Shift + Ctrl + N 组合键直接新建图层。

方法二:通过菜单命令来实现,步骤如下。

选择“图层”|“新建”命令,打开“新图层”对话框,如图 3-1 所示。

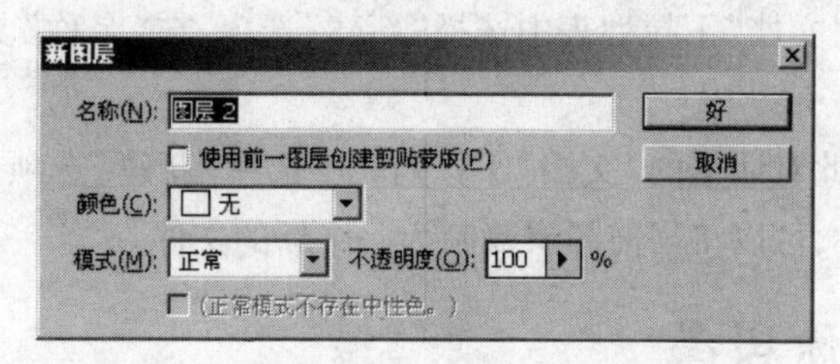

图 3-1 “新图层”对话框

“新图层”对话框中各参数具体说明如下。

①名称:设置新图层的名称。

②颜色:设置新图层的标示颜色。

③模式:设置新图层的混合模式。

④不透明度:设置新图层的不透明度。

设置对话框中的各项参数,单击“好”按钮即可新建一个新图层。

方法三:单击“图层”调板右上角的“创建新图层”按钮,在弹出的菜单中选择“新图层”命令,也可打开如图 3-1 所示的对话框。

小技巧:直接单击“创建新图层”按钮,得到的图层的相关属性都为默认值,如果需要在创建新图层时显示对话框,可以在按住 Alt 键的同时单击此按钮。

3.2.2 复制图层

用户可以在同一图像中复制任何图层或任何图层组,还可以将任何图层或图层组从一个图像复制到另一个图像,从而在图像中添加多个图层。

方法一:直接拖动某个图层到“图层”调板右下角的“创建新图层”按钮,也可复制一个图层,在调板中得到名为“图层 1 副本”的图层,该图层与图层 1 完全相同。

方法二:选择“图层”|“复制图层”命令,或“图层”调板菜单中的“复制图层”命令,打开“复制图层”对话框,如图 3-2 所示。

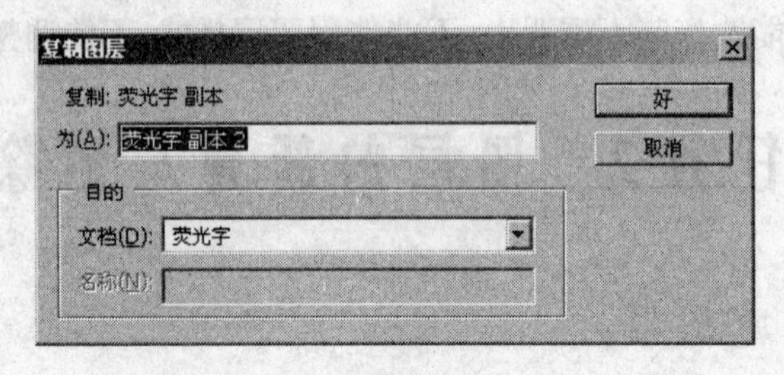

图 3-2 “复制图层”对话框

“复制图层”对话框中各参数具体说明如下。

①为:复制图层的名称。

②文档:复制的图层原文档的名称。

③名称:如果在“文档”下拉列表中选择“新建”选项,在“名称”文本框中要输入新建文档的名称。

小技巧:如果在此对话框的“文档”下拉列表中选择“新建”选项,并在“名称”文本框中输入一个文件名称,可以将当前图层复制为一个新的文件。

3.2.3 删除图层

在编辑图像的过程中,对于不需要的图层可以删除掉,这样可以减少图像文件的大小。删除图层常用的方法有以下几种。

方法一:选择要删除的图层,单击“图层”调板下的“删除图层”按钮,即可删除图层。

方法二:选择要删除的图层,将其拖动到“图层”调板下的“删除图层”按钮,即可删除图层。

方法三:选择要删除的图层,选择“图层”|“删除”|“图层”命令,即可删除图层。

任务3 图层基本操作

3.3.1 图层调板

图层的大部分操作都可以在“图层”调板中进行,如图3-3所示。

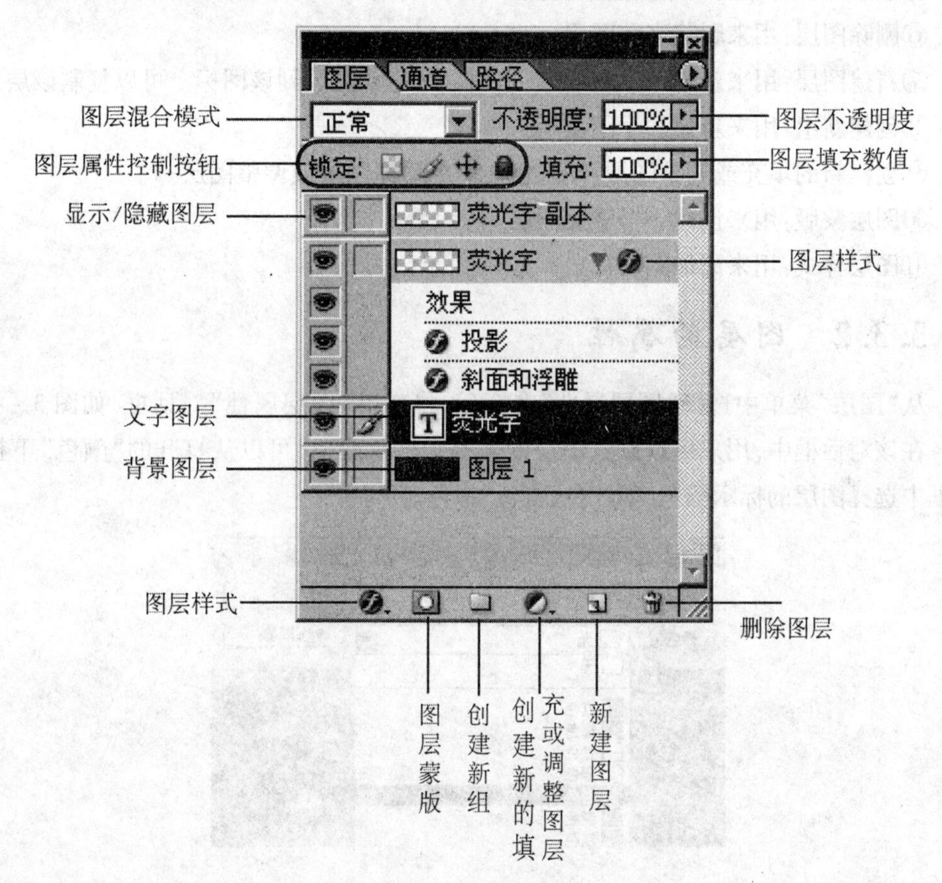

图3-3 “图层”调板

“图层”调板中的各个按钮与控制选项的具体作用如下。

①图层混合模式:用来设置图层的混合模式,选择不同的混合模式得到不同的图像效果,默认状态下为“正常”。

②图层不透明度:用来设置图层的不透明度,当不透明度参数设为100%时,该图层中的内容完全不可见;当不透明度为0%时,该图层中的内容将完全可见;其余则为半透明状态。

③图层填充数值:用来设置图层中内容的不透明度数值,该值只对不透明区域有效,对透明区域无效,不影响作用于该图层上的图层样式的不透明度。

④图层属性控制按钮组中各按钮介绍如下。

- :用来设置图层的透明区域是否可编辑。
- :用来设置图层是否可使用绘画工具编辑。
- :用来设置图层是否可移动。
- :用来设置图层是否可编辑。

⑤显示/隐藏图层:用来设置图层显示或隐藏状态。

⑥删除图层:用来删除当前图层。

⑦新建图层:用来新建一个新图层,当用鼠标拖动某层到该图标上可以复制该层。

⑧创建新组:用来新建一个图层组。

⑨创建新的填充或调整图层:用来创建一个填充图层或调整图层。

⑩图层蒙版:用来创建一个蒙版图层。

⑪图层样式:用来添加图层样式。

3.3.2 图层的属性

从"图层"菜单中选择"图层属性"命令后,将弹出"图层属性"对话框,如图3-4所示。在该对话框中,用户可以设置图层的名称和标示颜色,可以从打开的"颜色"下拉列表框中选择图层的标示颜色,如红色、橙色、绿色等。

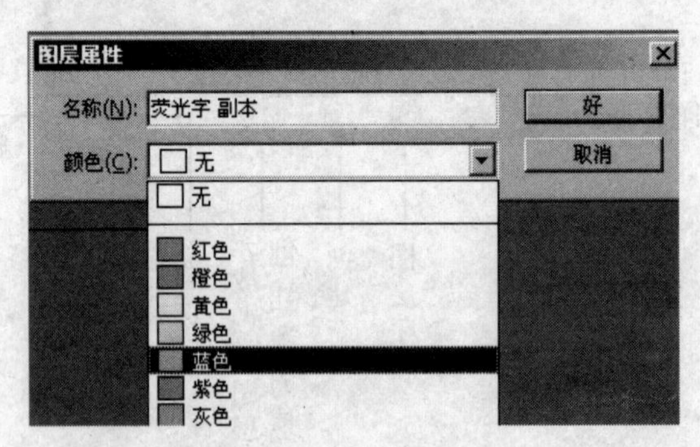

图3-4 "图层属性"对话框

3.3.3 调整图层的顺序

由于上、下图层具有遮盖关系,因此在需要的情况下应该改变其上、下次序,也就是改变图层的上下遮盖关系,从而改变图像显示的最终效果。

方法一:采用拖放的方式实现,选择需要移动的图层,直接用鼠标左键拖动图层到相应的位置,当高亮线出现时,释放鼠标左键,即可改变当前图层的位置。

方法二:采用菜单命令方式实现,选择需要移动的图层,选择“图层”|“排列”命令,如图3-5所示。

图3-5 “排列”子菜单

“排列”子菜单中各命令的作用说明如下。

①置为顶层:将当前图层移至所有图层的上方。

②前移一层:将当前图层向上移一层。

③后移一层:将当前图层向后移一层。

④置为底层:将当前图层移至所有图层的下方。

3.3.4 锁定图层

锁定图层操作可以保护文档中的对象不被意外地编辑,“图层”调板中提供了许多用来控制对象可访问性的选项。

单击“图层”调板中相应按钮可实现不同方式的锁定,显示锁形图标表示该图层已被锁定。

3.3.5 锁定链接图层

选择需要锁定的多个链接图层,单击“图层”调板上的图层属性控制按钮组中的“锁定全部”按钮可以锁定图层,显示锁形图标指示所有链接图层已被锁定。

3.3.6 对齐图层

链接在一起的几个图层,可以按照一定的规则对齐,如向左对齐、向上对齐等,它们可以按一定的规则对齐图层中的画面。要对齐链接的图层,可选择“图层”|“对齐链接图层”子菜单命令,如图3-6所示。

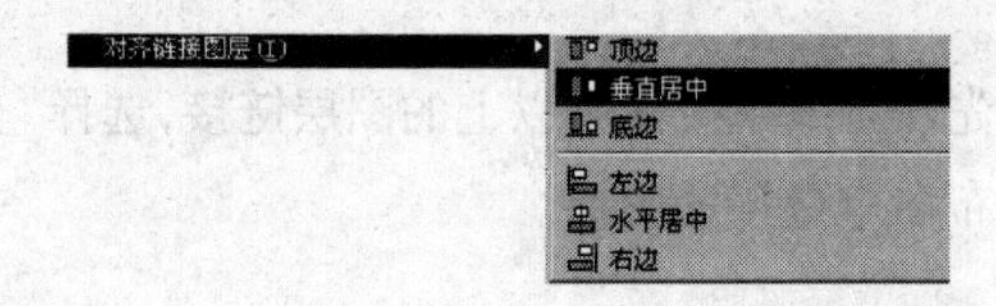

图3-6 对齐链接图层

“对齐链接图层”子菜单中各命令的作用具体说明如下。

①顶边:将所有链接图层顶端的像素与当前图层最上边的像素对齐。

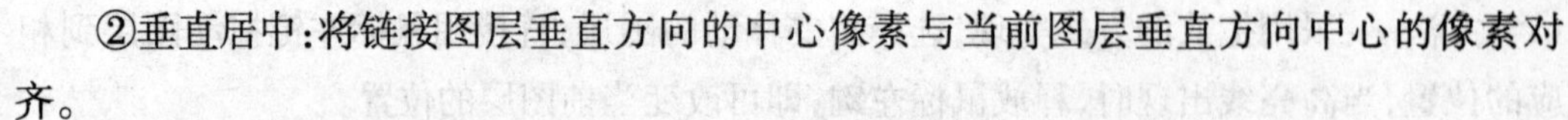

②垂直居中:将链接图层垂直方向的中心像素与当前图层垂直方向中心的像素对齐。

③底边:将链接图层的底端的像素与当前图层的最底端的像素对齐。

④左边:将链接图层的最左端的像素与当前图层的最左端的像素对齐。

⑤水平居中:将链接图层的水平方向的中心像素与当前图层的水平方向的中心像素对齐。

⑥右边:将链接图层的最右端的像素与当前图层的最右端的像素对齐。

3.3.7 排列图层

分布链接图层是指与当前图层链接的图层按一定的规则分布在画布上不同的地方。要分布链接图层,可选择“图层”|“分布链接图层”子菜单命令,如图 3-7 所示。

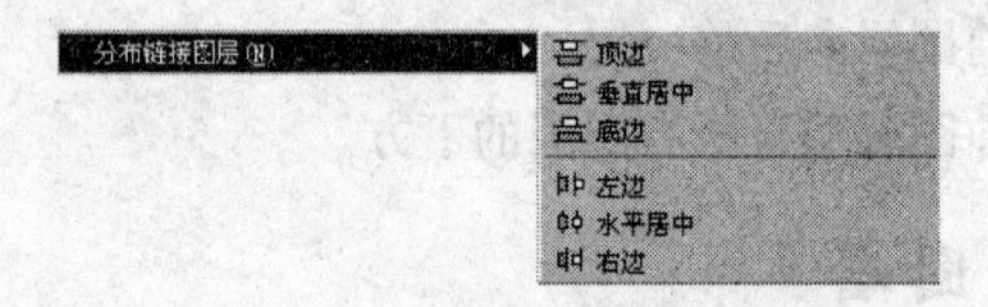

图 3-7 “分布”链接图层子菜单

“分布链接图层”子菜单中各参数作用具体说明如下。

①顶边:从每个图层顶端的像素开始,均匀分布各链接图层的位置,使它们顶边的像素间隔相同的距离。

②垂直居中:从每个图层垂直居中的像素开始,均匀分布各链接图层的位置,使它们垂直居中的像素间隔相同的距离。

③底边:从每个图层底边的像素开始,均匀分布各链接图层的位置,使它们底边的像素间隔相同的距离。

④左边:从每个图层最左边的像素开始,均匀分布各链接图层的位置,使它们最左边的像素间隔相同的距离。

⑤水平居中:从每个图层水平居中的像素开始,均匀分布各链接图层的位置,使它们水平居中的像素间隔相同的距离。

⑥右边:从每个图层最右边的像素开始,均匀分布各链接图层的位置,使它们最右边的像素间隔相同的距离。

分布链接图层必须先设置 3 个或 3 个以上的图层链接,选择“分布链接图层”子菜单中的各个命令就可以分布多个链接的图层。

3.3.8 合并图层

在 Photoshop 中可以分层处理图像,给图像处理带来了很大的方便。但是,当图像中的图层过多时,会感到计算机处理图像的速度明显减慢,甚至执行一个滤镜都需要花很

长时间，所以当图像的处理基本完成的时候，可以将各个图层合并起来，以节省系统资源，下面介绍 Photoshop 中各种合并图层的操作方法。

1　合并所有图层

选择“图层”|“拼合图像”命令，或者单击“图层”调板上的小黑色三角形按钮，在弹出的菜单中选择“拼合图像”命令，可以将所有可见图层合并至背景图层中，如图 3－8 所示。

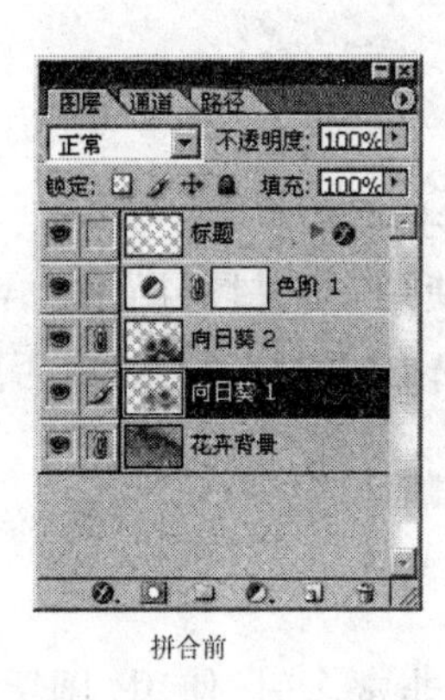

拼合前

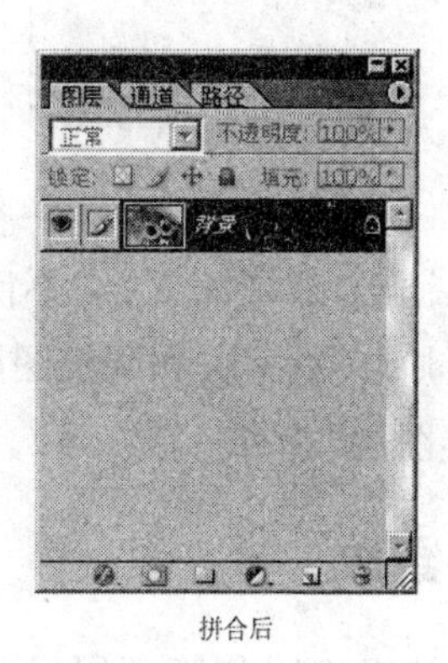

拼合后

图 3－8　合并所有图层

使用此方法合并图层时系统会从图像文件中删去所有隐藏的图层，并显示警告消息框，如图 3－9 所示，单击“好”按钮即可完成合并。

图 3－9　提示删除隐藏的图层

2　合并链接图层

要合并链接图层时，应确保想要合并的所有图层都是可见的，并且这些图层处于被链接的状态，具体方法如下：

选择“图层”调板中想要合并的链接图层，选择“图层”|“合并链接图层”命令，或者单击“图层”调板上的小黑色三角形按钮，在弹出的菜单中选择“合并链接图层”命令，可以将链接图层合并，其他图层则保持不变，如图 3－10 所示。

3　合并可见图层

选择“图层”调板中当前作用的可见图层，选择“图层”|“合并可见图层”命令，或者单击“图层”调板上的小黑色三角形按钮，在弹出的菜单中选择“合并可见图层”命令，可以将所有当前显示的图层合并，而隐藏的图层则不会被合并，并仍然保留。

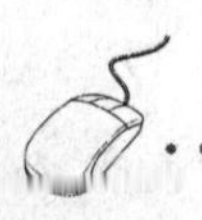

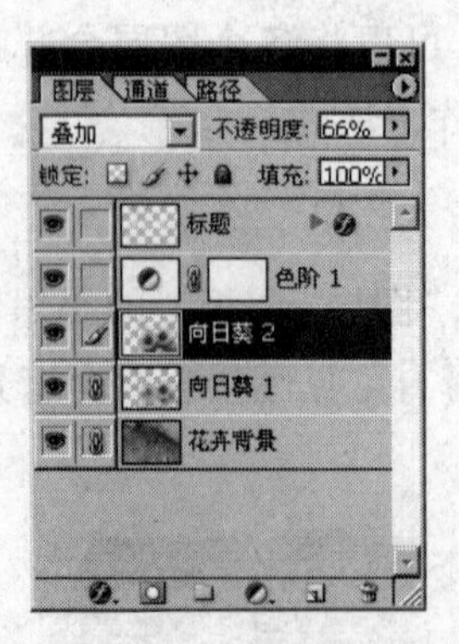

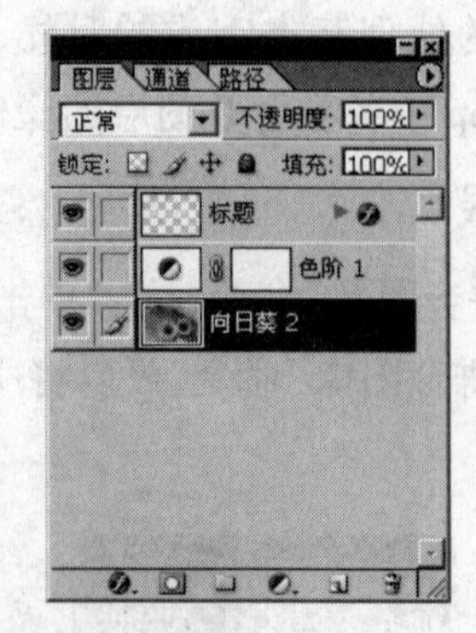

图 3－10　合并链接图层

注意：若作用图层是个隐藏图层，则不能使用“合并图层”和“合并可见图层”命令。合并多个链接的图层时，文本图层和调整图层不能设为作用图层；否则不能使用“合并可见图层”和“合并链接图层”命令。

3.3.9　图层组

此命令可以有效地组织层和管理层，当层非常多时，使用“图层组”命令来管理“图层”调板会变得更有条理。

单击“图层”调板下方的“新建组”按钮；或选择“图层”|“新建”|“组”命令；或者单击“图层”调板上的小黑色三角形按钮，在弹出的菜单中选择“新建组”命令，会弹出如图 3－11 所示的“新图层组”对话框。

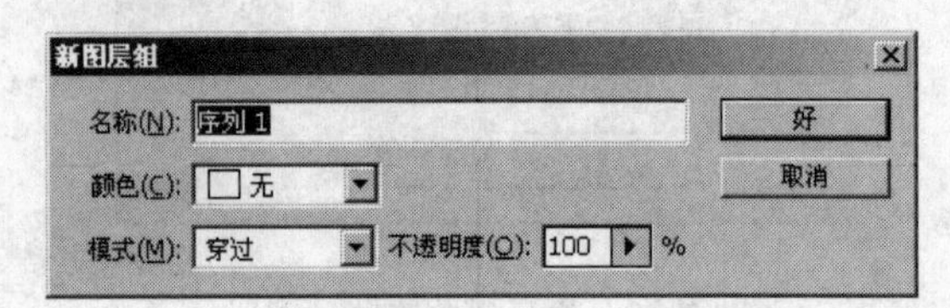

图 3－11　“新图层组”对话框

在该对话框中根据需要设置选项后单击“好”按钮即可，如图 3－12 所示。

图层组的默认混合模式与新图层的默认方式不同，它默认为“穿过”模式。

3.3.10　修边

在移动或粘贴一幅具有消除锯齿功能选取范围的图像时，由于位图的混色原理，导致选取范围往往可能不精确，不可避免地会将背景色也一同选入，这会使粘贴后的图像边缘产生一种突兀的感觉。利用“图层”|“修边”菜单下三个命令（如图 3－13 所示）来将这些不需要的像素清除，能使合成的图像更加平滑自然。

①去边：用于删除不需要的颜色，它允许指定要褪色的边缘的宽度，系统会使用周围的颜色替换边缘区域的颜色。具体操作如下：

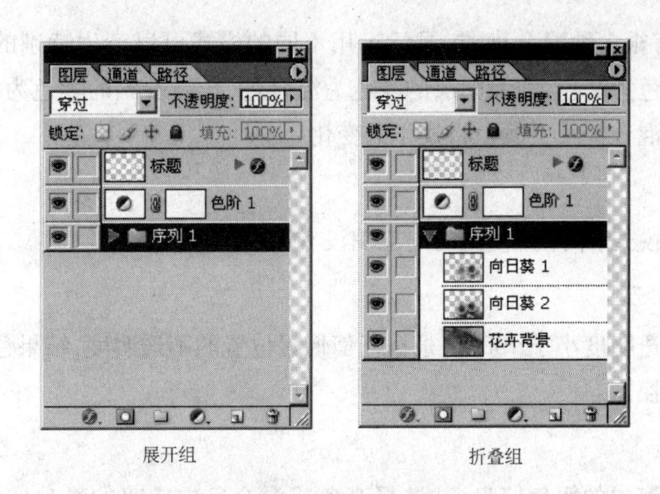

展开组　　　　折叠组

图 3－12　图层组

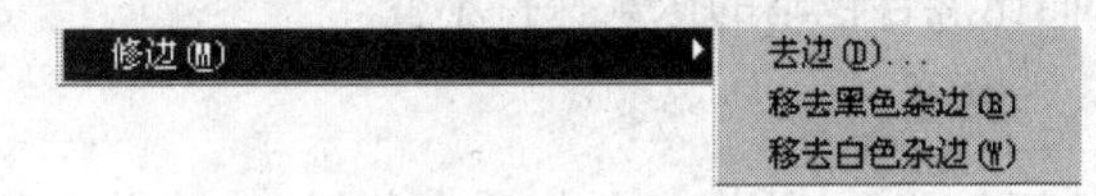

图 3－13　“修边”菜单下的三个命令

选中需要修饰的图层,选择“图层”|“修边”|“去边”命令,弹出如图 3－14 所示的对话框。

图 3－14　“去边”对话框

②移去黑色杂边:删除图层边缘的黑色像素。

③移去白色杂边:删除图层边缘的白色像素。

小技巧:“去边”命令不能在背景图层和有选区存在的图层中使用。

任务 4　图层混合

在 Photoshop 中还为用户提供了图层混合的功能。该功能可以将上面的图层与下面的图层以一定方式混合,形成新的图像效果。图层混合可以分为常规混合和高级混合两种,本节将详细介绍图层混合的特点和操作方法。

3.4.1　常规混合

所谓图层混合模式是指某图层与其下图层的色彩叠加方式,一般使用正常模式,除

了正常以外,还有很多种混合模式,灵活运用不同的模式可以产生特别的合成效果。设定下面图层的颜色为基色,上面图层的颜色为混合色,最终看到的颜色为结果色,下面来具体了解不同的混合模式下颜色将发生的变化。

1. 正常模式

系统的默认模式,采用该模式时与原图没有区别。

2. 溶解模式

若图层的不透明度小于100%,根据任何像素位置的不透明度,结果色由基色或混合色的像素随机替换。

3. 变暗模式

查看每个通道中的颜色信息,并选择基色或混合色中较暗的颜色作为结果色,将替换比混合色亮的像素,而比混合色暗的像素保持不变。

4. 正片叠底模式

查看每个通道中的颜色信息,并将基色与混合色复合,结果色总是较暗的颜色。任何颜色与黑色复合产生黑色,任何颜色与白色复合保持不变。

5. 颜色加深模式

查看每个通道中的颜色信息,并通过增加对比度使基色变暗以反映混合色,与白色混合后不产生变化。

6. 线性加深模式

查看每个通道中的颜色信息,并通过减小亮度使基色变暗以反映混合色,与白色混合后不产生变化。

7. 变亮模式

查看每个通道中的颜色信息,并选择基色或混合色中较亮的颜色作为结果色,比混合色暗的像素被替换,比混合色亮的像素保持不变。

8. 滤色模式

查看每个通道的颜色信息,并将混合色的互补色与基色复合,结果色总是较亮的颜色。用黑色过滤时颜色保持不变,用白色过滤将产生白色,此效果类似于多个摄影幻灯片在彼此之上投影。

9. 颜色减淡模式

查看每个通道中的颜色信息,并通过减小对比度使基色变亮以反映混合色,与黑色混合则不发生变化。

10. 线性减淡模式

查看每个通道中的颜色信息,并通过增加亮度使基色变亮以反映混合色,与黑色混

合则不发生变化。

11. **叠加模式**

复合或过滤颜色,具体取决于基色。图案或颜色在现有像素上叠加,同时保留基色的明暗对比,不替换基色,但基色与混合色相混以反映原色的亮度或暗度。

12. **柔光模式**

使颜色变暗或变亮,具体取决于混合色。此效果与发散的聚光灯照在图像上相似。如果混合色(光源)比50%灰色亮,则图像变亮,就像被减淡了一样;如果混合色(光源)比50%灰色暗,则图像变暗,就像被加深了一样。用纯黑色或纯白色绘画会产生明显较暗或较亮的区域,但不会产生纯黑色或纯白色。

13. **强光模式**

复合或过滤颜色,具体取决于混合色。此效果与耀眼的聚光灯照在图像上相似。如果混合色(光源)比50%灰色亮,则图像变亮,就像过滤后的效果,这对于向图像添加高光非常有用;如果混合色(光源)比50%灰色暗,则图像变暗,就像复合后的效果,这对于向图像添加阴影非常有用,用纯黑色或纯白色绘画会产生纯黑色或纯白色。

14. **亮光模式**

通过增加或减小对比度来加深或减淡颜色,具体取决于混合色。如果混合色(光源)比50%灰色亮,则通过减小对比度使图像变亮;如果混合色比50%灰色暗,则通过增加对比度使图像变暗。

15. **线性光模式**

通过减少或增加亮度来加深或减淡颜色,具体取决于混合色。如果混合色(光源)比50%灰色亮,则通过增加亮度使图像变亮;如果混合色比50%灰色暗,则通过减小亮度使图像变暗。

16. **点光模式**

根据混合色替换颜色,如果混合色(光源)比50%灰色亮,则替换比混合色暗的像素,而不改变比混合色亮的像素;如果混合色比50%灰色暗,则替换比混合色亮的像素,而比混合色暗的像素保持不变,这对于向图像添加特殊效果非常有用。

17. **实色混合模式**

该模式为 Photoshop 新增模式,用于将基色和混合色进行混合,使其达成统一的效果。

18. **差值模式**

查看每个通道中的颜色信息,并从基色中减去混合色,或从混合色中减去基色,具体取决于哪一个颜色的亮度值更大。与白色混合将反转基色值;与黑色混合则不产生变化。

19. 排除模式

创建一种与“差值”模式相似但对比度更低的效果,与白色混合将反转基色值,与黑色混合则不发生变化。

20. 色相模式

用基色的亮度和饱和度及混合色的色相创建结果色。

21. 饱和度模式

用基色的亮度和色相及混合色的饱和度创建结果色,在灰色的区域上用此模式不会产生变化。

22. 颜色模式

用基色的亮度及混合色的色相和饱和度创建结果色,这样可以保留图像中的灰阶,并且对于给单色图像上色和给彩色图像着色都会非常有用。

23. 亮度模式

用基色的色相和饱和度及混合色的亮度创建结果色,此模式创建与“颜色”模式相反的效果。

3.4.2 高级混合

“图层样式”对话框中的“混合选项”可以更改图层的不透明度,以及与下面图层像素的混合方式,在对话框的中间区域提供了常规和高级的混合选项,如图 3－15 所示。

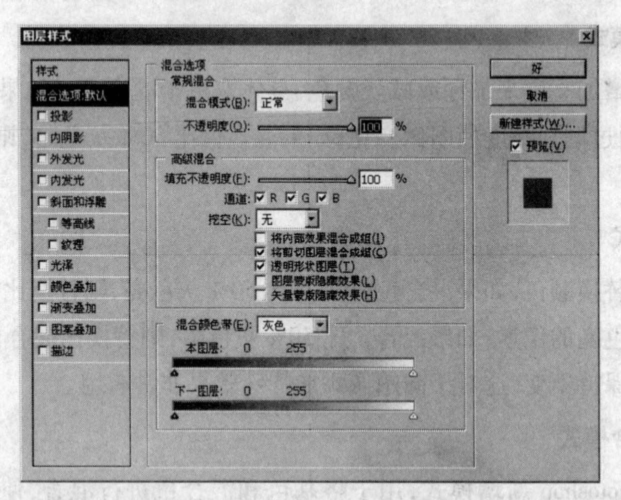

图 3－15 “图层样式”对话框中的“混合选项”

“混合选项”中各参数具体说明如下。

①混合模式:用来设置图层的混合效果。

②不透明度:用来设置图层的不透明度。

③填充不透明度:用来设置填充图层的不透明度。

④通道:通道的选择因所编辑的图像类型而不同,默认情况下,混合图层或图层组时包括所有通道,但用户可以限制混合,以便在混合图层或图层组时只更改指定通道的数据。

⑤挖空:下拉列表中有“无”“深”“浅”,这些选项可以确定哪些图层需要被穿透,以显示其他图层的内容。其中“浅”选项对应于图层序列,“深”选项对应于背景图层。

⑥“将内部效果混合成组”复选框:用来将本次作用到图层的内部效果合并到一组中。

⑦“将剪切图层混合成组”复选框:用来将混合修改的图层合为一组。

⑧“透明形状图层”复选框:在决定内部形状和效果时使用图层的透明度。

⑨“图层蒙版隐藏效果”复选框:使用图层蒙版隐藏图层和效果。

⑩“矢量蒙版隐藏效果”复选框:使用矢量蒙版隐藏图层和效果。

⑪“混合颜色带”下拉列表框:可选择一个颜色,然后拖动滑块设置混合操作的范围,它包含4个选项,分别是“灰色”“红色”“绿色”和“蓝色”,使用时可以根据需要选择适当的颜色进行调节。

3.4.3 投影

用来给图层添加投影效果,可在“图层样式”对话框中左侧的“样式”选项组中选中“投影”复选框后进行设置,此时右侧的选项组如图3-16所示。

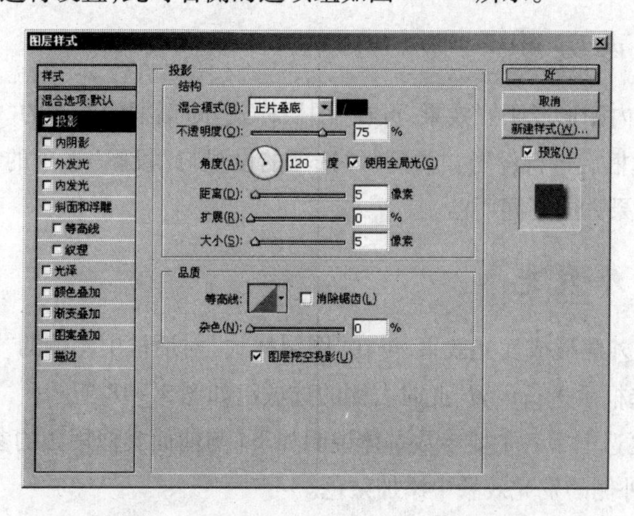

图3-16 “图层样式”对话框中的“投影”

“投影”复选框中各参数具体说明如下。

①混合模式:用来设置投影的混合效果。

②不透明度:用来设置投影的不透明度。

③角度:用来定义投影投射的方向。

⑤“使用全局光”复选框：选中该项，则“投影”效果使用全局设置；反之可以自定义角度。在“使用全局光”复选框被选中的情况下，如果改变该角度值，将改变图像中所有图层样式中的角度值。

⑤距离：用来设置阴影与图像之间的距离。

⑥扩展：用来设置阴影与图像间内部缩小的比例。

⑦大小：用来设置阴影的模糊程度。

⑧等高线：用来设置阴影的轮廓形状，单击等高线缩略图后的下三角形按钮，可以打开等高线列表用来选择等高线，也可以对等高线进行编辑。

⑨“消除锯齿”复选框：用来调整阴影的渐变效果，消除锯齿并渐变柔和化。

⑩杂色：用来调整阴影的像素分布，使得阴影斑点化。

⑪“图层挖空投影”复选框：当填充是透明时，模糊化阴影。

如图 3－17 所示是添加投影样式之后的效果。

高级混合之投影

图 3－17　投影效果

3.4.4　内阴影

用来在图像内侧形成阴影效果，可在“图层样式”对话框中左侧的“样式”选项组中选中“内阴影”复选框后进行设置，“内阴影”选项的设置与“投影”选项的设置类似，仅仅是产生的阴影的效果方向不同而已。

3.4.5　外发光

用来在图像外侧形成发光效果，可在“图层样式”对话框中左侧的“样式”选项组中选中“外发光”复选框后进行设置，此时右侧的选项组如图 3－18 所示。

“外发光”复选框中各主要参数具体说明如下（与前面类似用法的参数将不再介绍）。

①杂色：在外侧的发光效果中添加杂色。

②方法：在该下拉列表中可以设置“外发光”的方法，选择“柔和”选项，所发出的光线边缘柔和，选择“精确”选项，光线按图像边缘轮廓出现外发光效果。

③扩展：用来设置光芒向外扩展的程度。

④大小：用来设置光芒面积的大小。

⑤范围：该参数决定发光的轮廓范围。

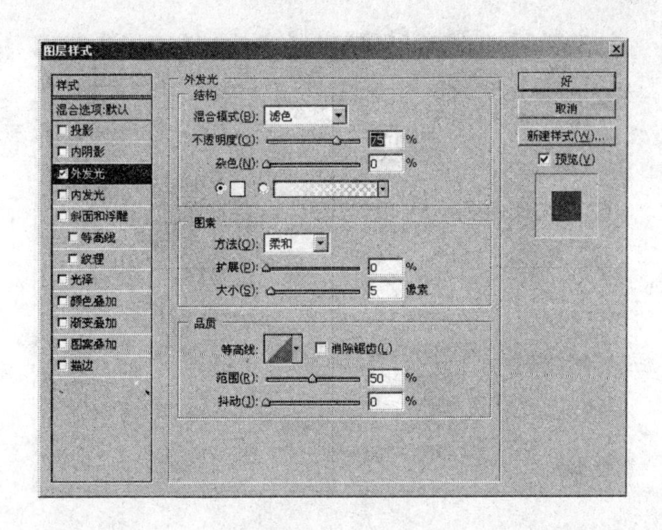

图3－18 “图层样式”对话框中的“外发光”

⑥抖动:该参数用于在发光中随机安排渐变效果,由于渐变的随机性,相当于产生大量杂色。

3.4.6 内发光

用来在图像内侧添加内部发光的效果,可在“图层样式”对话框中左侧的“样式”选项组中选中“内发光”复选框来设置,“内发光”选项的设置与“外发光”选项的设置类似,只是多一个“源”选项。

源:用来设置光源的位置,“居中”项是指光源位于图层的中心,而“边缘”项是指光源位于图层的边缘。

3.4.7 斜面和浮雕

用来给图像添加各种斜面和浮雕的效果,可在“图层样式”对话框中左侧的“样式”选项组中选中“斜面和浮雕”复选框来进行设置,此时右侧的选项组如图3－19所示。

“斜面和浮雕”复选框中各个参数的用法如下(与前面类似用法的参数将不再介绍):

①样式:用来选择斜面与浮雕的具体形态,在该下拉列表框中共有5个选项,即“外斜面”“内斜面”“浮雕效果”“枕状浮雕”和“描边浮雕”。

②方法:用来设置斜面和浮雕的雕刻粗度,在该下拉列表框中有3个选项,即“平滑”“雕刻清晰”和“雕刻柔和”。

③深度:用来设置效果的深浅程度。

④方向:用来设置深度的方向。

⑤大小:用来控制阴影的方向,如果选择“上”,则亮部在上,阴影在下;如果选择“下”,则亮部在下,阴影在上。

⑥软化:用来设置阴影边缘的柔化程度,数值越大,边缘过渡越柔和。

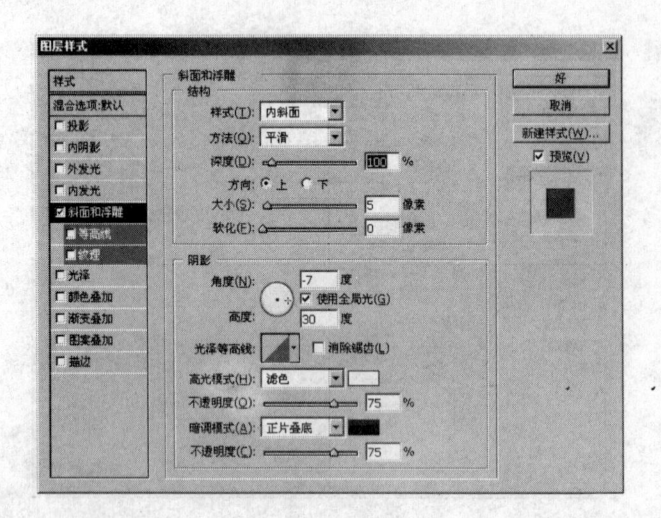

图 3－19 “图层模式”对话框中的“斜面和浮雕”

⑦角度:用来设置立体光源的角度。

⑧高度:用来设置立体光源的高度。

⑨光泽等高线:可用来设置明暗对比的分布方式,使用方法与前面提到的等高线一样。

⑩高光模式、阴影模式:在两个下拉列表中,可以为高光与暗调部分选择不同的混合模式,从而得到不同的效果,如果单击右侧颜色块,还可以在弹出的“拾色器”对话框中为高光与暗调部分选择不同的颜色。

在“等高线”选项组中可以对等高线进行设置,如图 3－20 所示。

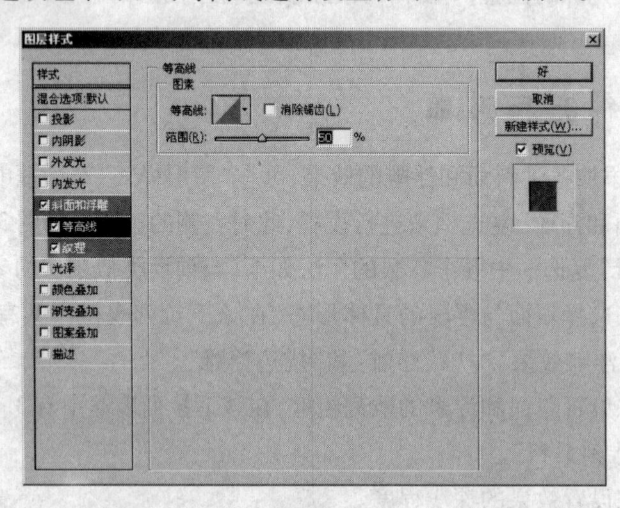

图 3－20 等高线设置

①等高线:用于设置立体对比的分布方式,单击右侧的下三角按钮,从打开的下拉列表框中可以选择相应的等高线样式。

②范围:在此输入数据或调整下方的滑块可以指定轮廓对应立体化的位置。

在“纹理”选项组中可以给创建的浮雕图层添加凹凸材质,如图 3 - 21 所示。

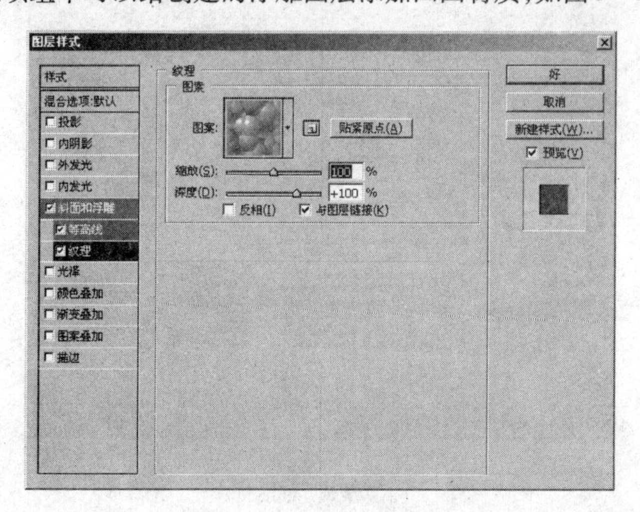

图 3 - 21 纹理设置

①图案:用来设置填充所用的图案。

②贴紧原点:用来设置使图案的位置返回到原来的地方。

③缩放:用来设置图案的放大或缩小,以适合要求。

④深度:用来设置立体的对比效果强度。

⑤反相:用来设置是否将图案反相,从而得到相反的图案效果。

⑥与图层链接:用来设置是否将所做的图案和图层链接在一起。

3.4.8 光泽

用来给图层添加光泽,可在“图层样式”对话框中左侧的“样式”选项组中选中“光泽”复选框来进行设置,此时右侧的选项组如图 3 - 22 所示。

“光泽”复选框中的各参数与前面提到的基本相同,具体使用方法请参照前面的内容。

3.4.9 颜色叠加

可用来给图像叠加颜色,可在“图层样式”对话框中左侧的“样式”选项组中选中“颜色叠加”复选框来进行设置,此时右侧的选项组如图 3 - 23 所示。

“颜色叠加”复选框中的参数很少,最主要的是选择合适的叠加颜色,具体使用方法请参照前面的内容。

3.4.10 渐变叠加

可用来给图像叠加渐变色,可在“图层样式”对话框中左侧的“样式”选项组中选中“渐变叠加”复选框来进行设置,此时右侧的选项组如图 3 - 24 所示。

“渐变叠加”复选框中各参数具体说明如下。

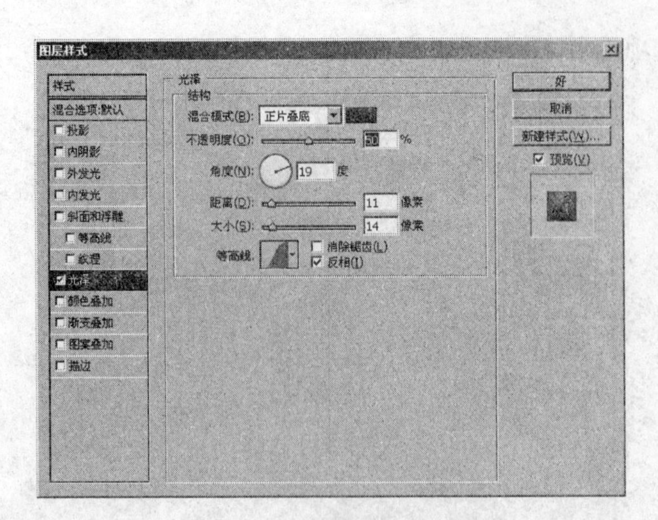

图 3－22 “图层样式”对话框中的“光泽”

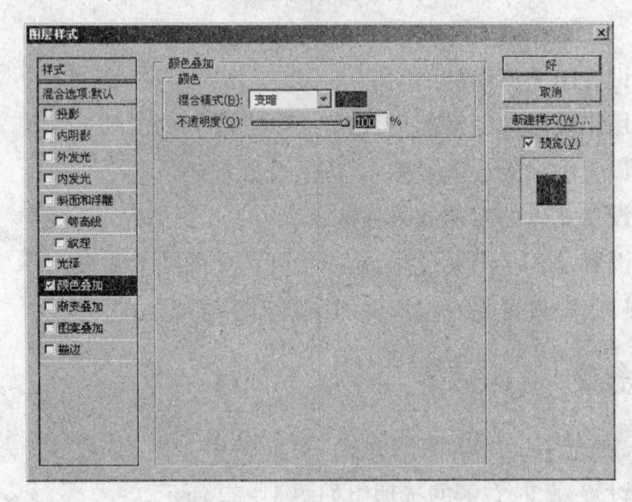

图 3－23 “图层样式”对话框中的“颜色叠加”

①渐变:用来设置需要叠加的渐变色。

②样式:用来设置渐变颜色叠加的方式,可选项有“线性”“径向”“角度”“对称”和“菱形”。

③缩放:用来设置渐变颜色之间的融合程度,数值越小,融合程度越低。

④反向:用来设置反方向叠加渐变色。

⑤“与图层对齐”复选框:用来设置渐变色由图层中最左侧的像素叠加至最右侧的像素。

3.4.10.1　**图案叠加**

用来给图像叠加图案,可在“图层样式”对话框中左侧的“样式”选项组中选中“图案叠加”复选框来进行设置,此时右侧的选项组如图 3－25 所示。

“图案叠加”复选框中各个参数的用法与“颜色叠加”样式相似。

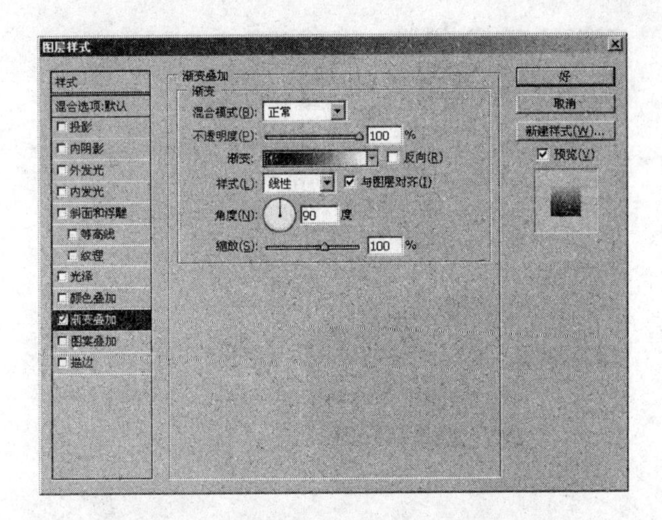

图3-24 “图层样式”对话框中的“渐变叠加”

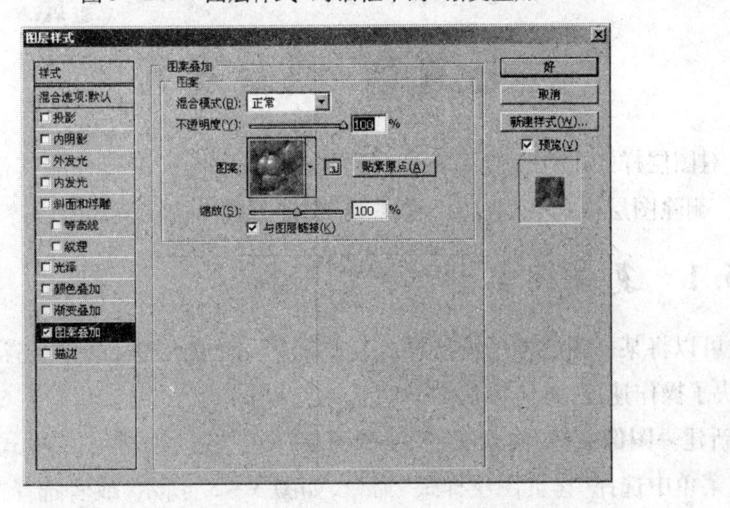

图3-25 “图层样式”对话框中的“图案叠加”

3.4.10.2 描边

用来给图像添加描边效果,可在“图层样式”对话框中左侧的“样式”选项组中选中“描边”复选框来进行设置,此时右侧的选项组如图3-26所示。

“描边”复选框中各参数具体说明如下。

①大小:可用来设置“描边”的宽度,数值越大,则生成的描边宽度越大。

②位置:可用来设置描边的位置,可选项有“外部”“内部”和“居中”3种位置。

③填充类型:可用来设置描边的类型,可选项有“颜色”“渐变”和“图案”3种,可分别用单一颜色、渐变颜色、图案来进行描边。

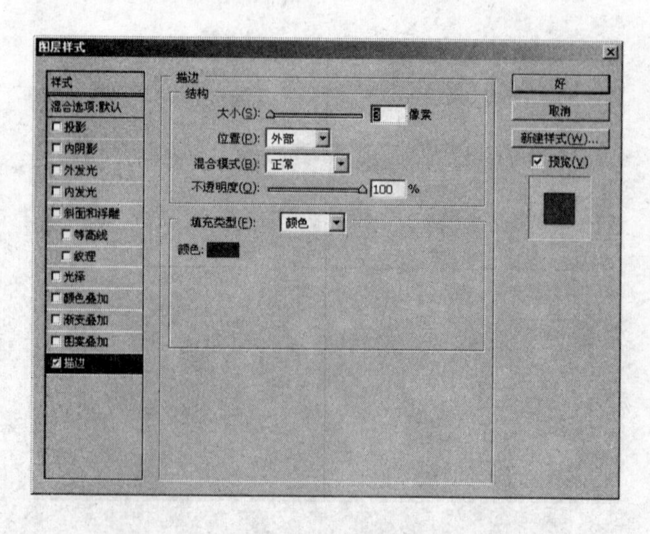

图 3－26　“图层样式”对话框中的“描边”

任务 5　图层样式

除了对图层样式进行直接编辑外，还可以对图层样式进行一些其他的操作，如复制图层样式、删除图层样式、缩放图层样式效果、将图层样式转换成图层等。

3.5.1　复制图层样式

用户可以将某一图层中的图层样式复制到另一个图层中，这样既省去重设效果的麻烦，又加快了操作速度，具体方法如下。

(1)新建一图像文件，输入文字“复制图层样式”，适当添加图层样式效果，右击，在弹出的快捷菜单中选择“拷贝图层样式”命令，如图 3－27 所示，或者选择“图层”|“图层样式”|“拷贝图层样式”命令。

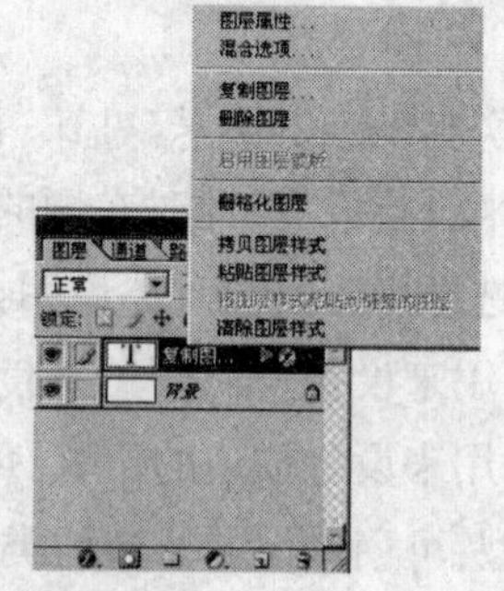

图 3－27　复制图层样式

(2)选择要粘贴图层样式的图层，右击，在弹出的快捷菜单中选择“粘贴图层样式”命令，或者选择“图层”|“图层样式”|“粘贴图层样式”命令，则该图层与被复制的图层具有

相同的图层的属性。

执行上述操作后，即可得到如图3－28所示的效果。

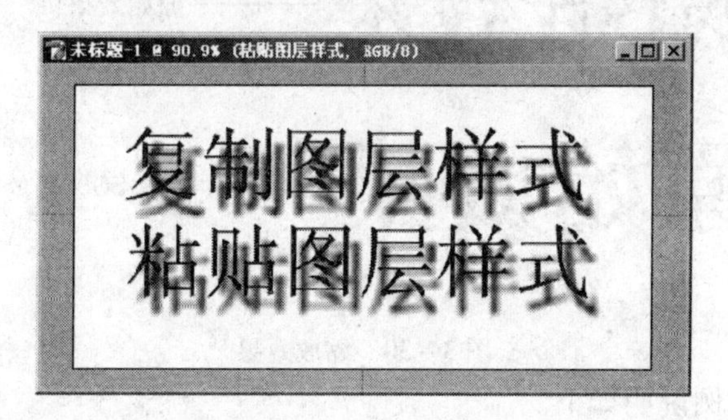

图3－28 粘贴图层样式后的效果

复制图层样式与复制图层不同，复制图层样式只是复制图层的参数设置。

复制图层样式可以在不同的图像文件之间进行，如果两个图像文件的分辨率大小不同，得到的图层样式可能不一致。

3.5.2 缩放图层样式

“缩放效果”可以设置图层样式的放大或缩小的倍数，缩放范围在1%～1 000%之间，但不会缩放图像的大小。

(1)选择“图层”|“图层样式”|“缩放效果”命令，可打开如图3－29所示的对话框。

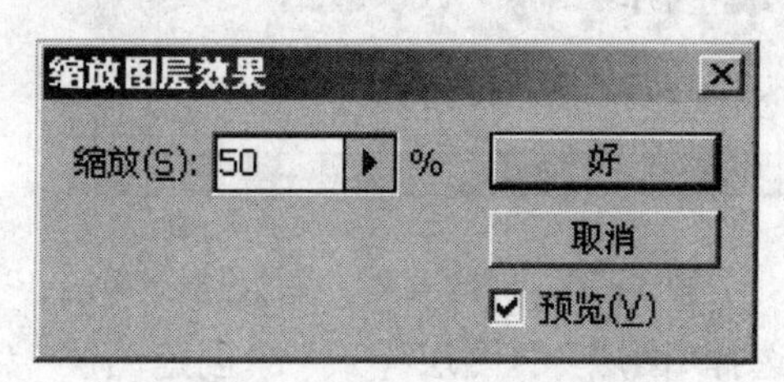

图3－29 “缩放图层效果”对话框

(2)设置缩放参数后，单击“好”按钮即可。如图3－30所示为原图层样式效果图和设置缩放参数为50%后的图层样式效果图。

3.5.3 删除图层样式

当不需要某图层样式时，可以将它删除，具体方法是，选择需要删除图层样式的图层，右击，在弹出的快捷菜单中选择“清除图层样式”命令，或者选择“图层”|“图层样式”|“清除图层样式”命令。

3.5.4 将图层样式转换为图层

在制作某些特殊效果时，有必要将图层样式从当前图层中脱离出来成为一个单独的

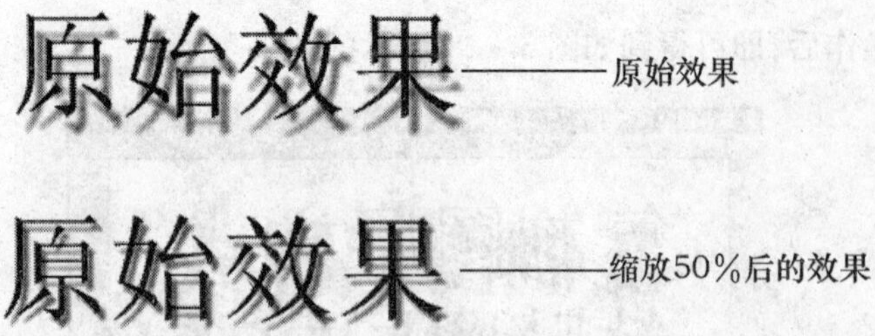

原始效果——原始效果

原始效果——缩放50%后的效果

图 3－30　缩放效果

图层并进行编辑，举例说明如下。

（1）新建一文字图层，输入简单文字。

（2）选中文字图层，单击“图层”调板底部的按钮，选择“投影”效果，为文字添加阴影的效果，如图 3－31 所示。

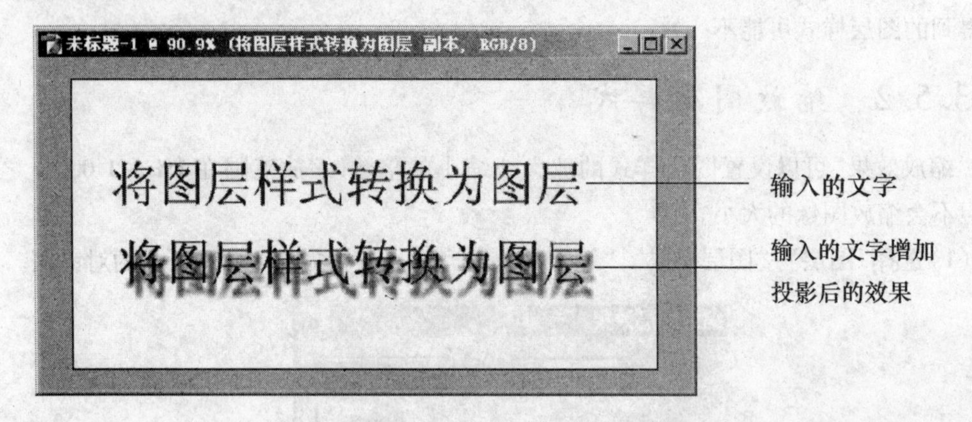

图 3－31　对输入文字添加投影效果

（3）选中文字图层，选择“图层”|“图层样式”|“创建图层”命令，系统将提示如图 3－32 所示的对话框，单击“确定”按钮。

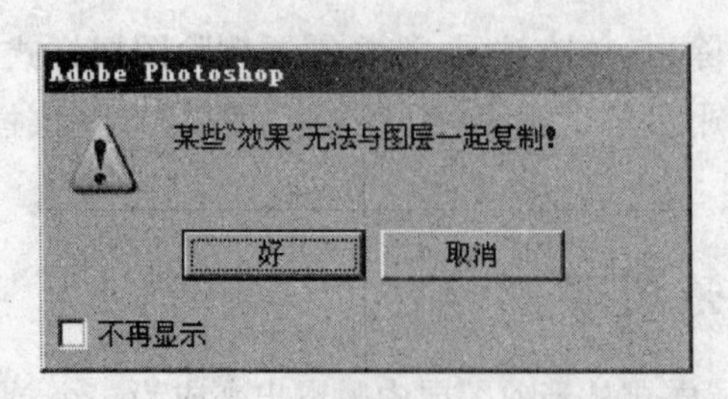

图 3－32　创建图层提示对话框

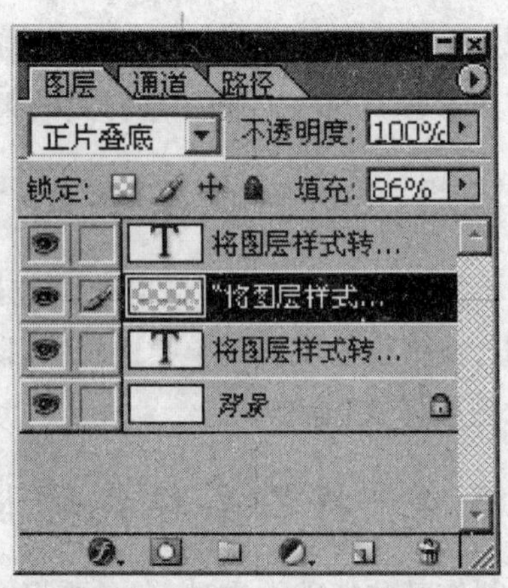

图 3－33　转换“阴影”效果为图层

此时,文字图层中的阴影效果会被脱离出来形成一个新图层,如图3－33所示。

任务6 样式调板

Photoshop提供了一个“样式”调板,该调板专门用于管理图层样式,默认情况下,“样式”调板显示在窗口中,如果在窗口中没有“样式”调板,可选择“窗口”|“样式”命令,打开如图3－34所示的“样式”调板,在“样式”调板中列举了系统预设的一些样式,可直接单击样式将当前样式应用到选定的图像上。

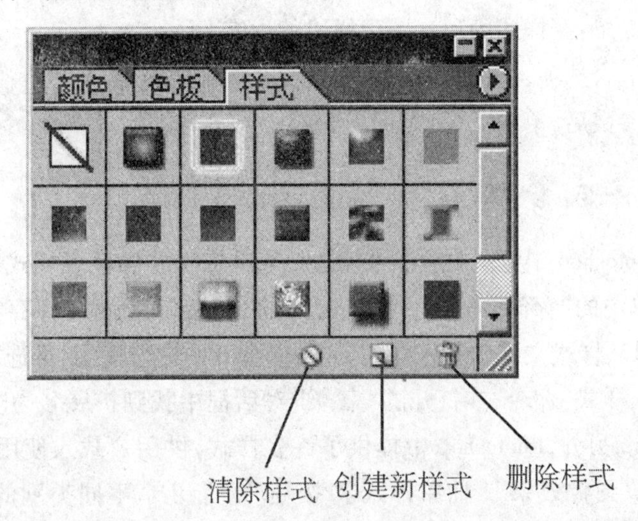

图3－34 “样式”调板

如图3－35所示为应用“样式”调板中的“毯子(纹理)”样式后图像的效果。

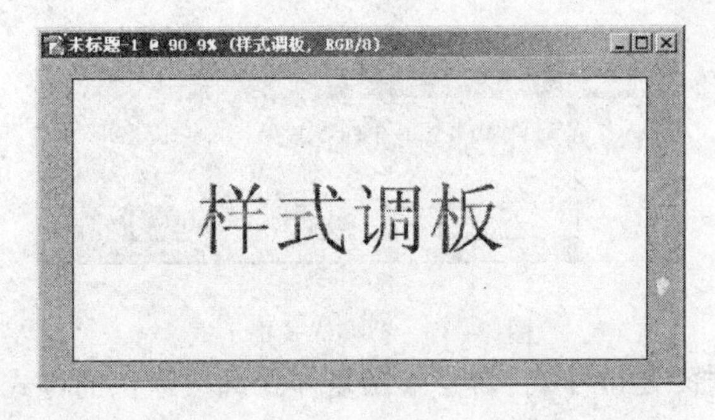

图3－35 应用“毯子(纹理)”样式的效果

3.6.1 自定义图层样式

如果用户对Photoshop提供的图层样式不满意,则可以自己创建图层样式来使用。建立新样式的方法如下。

设置好样式后,单击“样式”调板底部的“创建新样式”按钮,或者选择“样式”调板

菜单按钮下的“新建样式”命令。弹出如图 3－36 所示的“新样式”对话框。

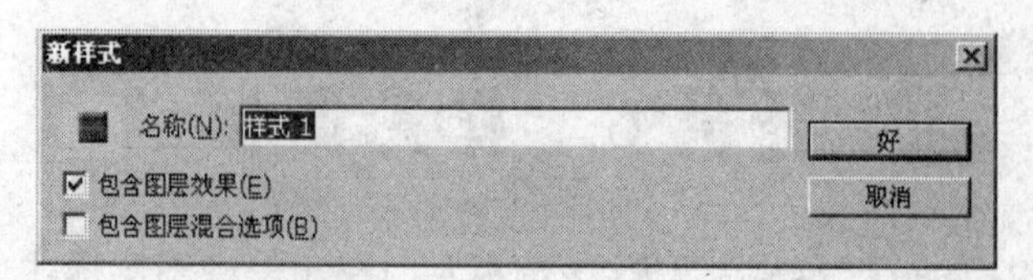

图 3－36 “新样式”对话框

“新样式”对话框中各参数具体说明如下。

①名称:设置新样式名称;

②包含图层效果:新样式中包含图层样式的内容。

③包含图层混合选项:新样式中包含图层混合选项的设置。

设置完各项参数后,单击“好”按钮即可建立一个新样式。

3.6.2 样式管理

为了避免 Photoshop 中定义的样式被删除,可以将样式保存成样式文件,可选择“样式”调板快捷菜单中的“存储样式”命令,在打开的“存储”对话框中保存它即可。

当然,也可以从样式文件中载入样式到 Photoshop 中进行使用,可选择“样式”调板快捷菜单中的“载入样式”命令,在打开的“载入”对话框中找到扩展名为. asl 的文件,单击“载入”按钮即可。另外,Photoshop 中提供了许多样式,供用户载入使用,有“Web 样式”“Web 翻转样式”“图像效果”“抽象样式”“按钮”等十几个不同类别的样式,只需要在“样式”调板快捷菜单中选择相应的命令即可,此时会弹出如图 3－37 所示的提示框,单击“好”按钮,新载入的样式将替换原有样式,单击“追加”按钮,则在保持原样式的基础上增加图层样式。

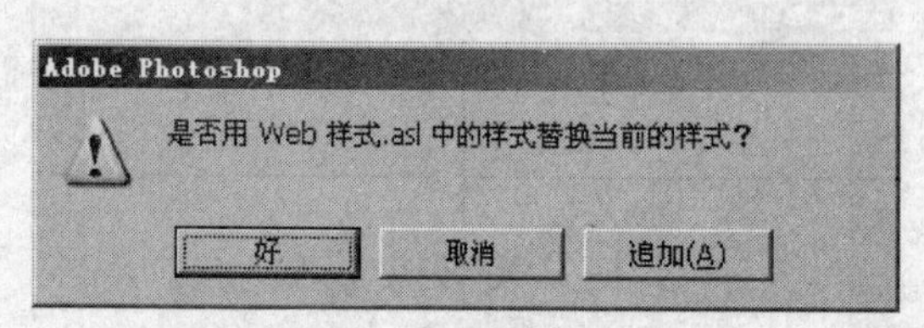

图 3－37 替换样式提示框

另外,还可以选择“复位样式”命令来恢复样式调板默认的样式,可以选择“替换样式”命令来从其他样式文件载入样式替换当前的样式。

任务 7 图层的调整

图层的调整共有两类:填充图层和调整图层。

3.7.1.1 充图层

填充图层允许快速在一个图层上添加颜色、图案和渐变元素。填充图层能让用户通过纯色、渐变色或者是图案填充图层，填充图层不会影响它下面的图层。填充图层的建立可通过选择“图层”|“新填充图层”子菜单命令来实现，如图3-38所示，具体的设置方式可参考前面的内容。

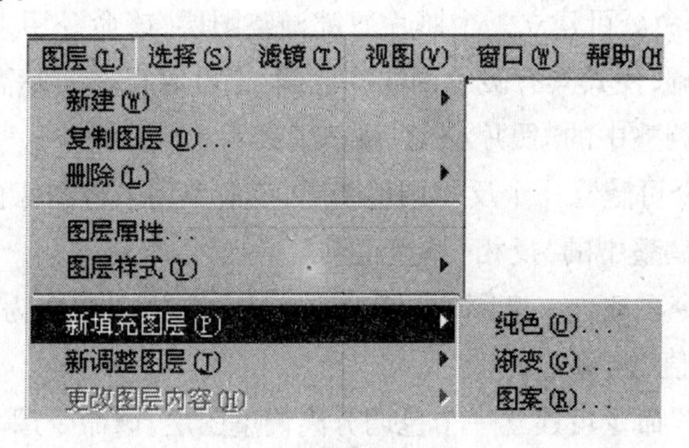

图3-38 “新填充图层”子菜单

(1)“纯色”命令可新建一个颜色填充图层，并将一种颜色填充到该图层中。

(2)“渐变”命令可新建一个渐变填充图层，并将一种渐变颜色填充到该图层中。

(3)“图案”命令可新建一个图案填充图层，并将一种图案填充到该图层中。

3.7.1.2 调整图层

调整图层能让用户对图像的颜色和色调进行调整，而不会改变图像本身的颜色和色调。调整图层能影响它下面的所有图层，这就意味着用户通过一个简单的调整就可以实现对多个图层的调整。

调整图层的建立可通过选择“图层”|“新建调整图层”子菜单命令来实现，具体的设置方式可参考颜色调整的相关内容。

(1)“色阶”命令可建立一个色阶调整图层，用来调整图层中的高光区和暗调区，作用类似于色彩调整中的“色阶”调整工具。

(2)“曲线”命令可建立一个曲线调整图层，用来精确调整高光区域、阴影区域和中间色调区域中任意一点的色调与明暗，作用类似于色彩调整中的“曲线”调整工具。

(3)“色彩平衡”命令可建立一个色彩平衡调整图层，该命令用来调整图层中的暗调区、高光区等的颜色平衡，作用类似于色彩调整中的“色彩平衡”调整工具。

(4)“亮度/对比度”命令可建立一个亮度/对比度调整图层，该命令用来调整图层的亮度和对比度，作用类似于色彩调整中的“亮度/对比度”调整工具。

(5)“色相/饱和度”命令可建立一个色相/饱和度调整图层，该命令用来调整图层中指定的颜色色调、饱和度，作用类似于色彩调整中的“色相/饱和度”调整工具。

(6)“可选颜色”命令可建立一个可选颜色调整图层，该命令用来调整图层中的所选

颜色的各个组成部分,作用类似于色彩调整中的“可选颜色”调整工具。

(7)“通道混合器”命令可建立一个通道混合器调整图层,该命令依靠混合当前颜色通道来改变一个颜色通道的颜色,作用类似于色彩调整中的“通道混合器”调整工具。

(8)“渐变映射”命令可建立一个渐变映射调整图层,该命令用来将渐变颜色作用于图像中,作用类似于色彩调整中的“渐变映射”调整工具。

(9)“照片滤镜”命令可建立一个照片滤镜调整图层,该命令用来模拟传统光学滤镜特效,调整图像的色调,使其具有暖色调或冷色调,也可以根据实际需要自定义其他的色调,作用类似于色彩调整中的“照片滤镜”调整工具。

(10)“反相”命令可建立一个反相调整图层,该命令用来将图像色彩转换为相反的颜色,作用类似于色彩调整中的“反相”调整工具。

(11)“阈值”命令可建立一个阈值调整图层,该命令将图像变为黑白图像,作用类似于色彩调整中的“阈值”调整工具。

(12)“色调分离”命令可建立一个色调分离调整图层,该命令用来为色彩平淡的图像创建特殊效果,作用类似于色彩调整中的“色调分离”调整工具。

模块4　绘制与修饰图像

· 能够对简单图形进行描绘；
· 学会编辑图像。

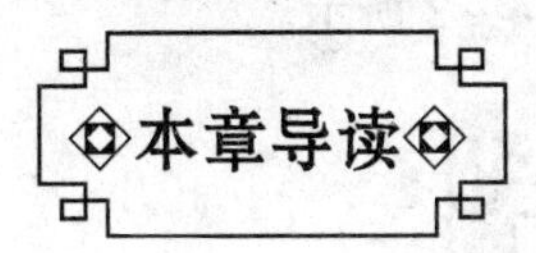

Photoshop CS3 发展到今天已经不单是一个单纯的图像处理软件，还具备了优秀的图像绘制与修饰功能。Photoshop CS3 中关于绘图与基本操作的工具有些纷繁复杂，在学习的过程中，会有些枯燥乏味，但只要坚持，当熟练掌握了这些工具后，就会顺利地打开 Photoshop CS3 这扇大门。

任务1　绘图工具

Photoshop 的绘图工具包括画笔工具及铅笔工具，两个工具的绘图方式都类似于真实的手绘笔，允许自由控制线条的走向。

Photoshop 绘图的优势还在于，只需要设置画笔的参数，就可以得到不同类型的线条，并可以将一个图案定义为画笔的形状，从而得到用传统绘图方法无法得到的效果。画笔工具及铅笔工具的参数设置相同，不同之处如下所述。画笔工具的画笔边缘都非常柔和，并可以设置其柔和度，铅笔工具的画笔边缘都是锐利的，界线分明。

4.1.1　铅笔工具

“铅笔工具”常用来画一些棱角突出、尖锐的线条，特别适用于位图图像。右击工具箱中的“画笔工具”按钮，在弹出的下拉工具列表中选择“铅笔工具”，即可选择“铅笔工具”，此时的工具选项栏如图 4－1 所示。该工具选项栏中的“笔画”、“模式”和“不透明度”的设置与“画笔工具”的设置方法相同。另外，又增加了一个“自动抹掉”功能。选中“自动抹掉”复选框时，若在与前景色相同的图像区域中绘图时，会自动擦除前景色并填入背景色。

图 4－1 “铅笔工具”选项栏

利用“铅笔工具”绘制图形的方法如下。

①新建一幅图像，右击工具箱中的“画笔工具”按钮，在弹出的下拉工具列表中选择“铅笔工具”。

②选取前景色（如黄色）和背景色（如红色）。

③在“画笔工具”的工具选项栏中设置“画笔”选项为、“模式”为正常、“不透明度”取值为 90%，并选中“自动抹掉”复选框。

④将鼠标移到绘图区，这时鼠标会变成已选择的画笔形状，拖动鼠标绘制一个“中”字样，然后在有前景色的位置单击，此时单击处变成红色，如图 4－2 所示。

图 4－2 “铅笔工具”绘制的图形

4.1.2 画笔工具

使用“画笔工具”可以绘制出比较柔和的线条，选择工具箱中的“画笔工具”，此时的工具选项栏如图 4－3 所示。

图 4－3 “画笔工具”选项栏

该工具选项栏中的各项参数作用如下。

(1)：单击该按钮可打开“工具预设”选取器，如图 4－4 所示。其主要作用是存储保存的画笔笔尖设置（如画笔大小、硬度和喷枪），以及“画笔”调板中提供的画笔选项。

(2)画笔[icon]:单击"画笔"列表框右侧的小三角按钮[icon],可打开一个下拉调板,如图4-5所示,在其中有可以选择不同类型、大小画笔的调板。

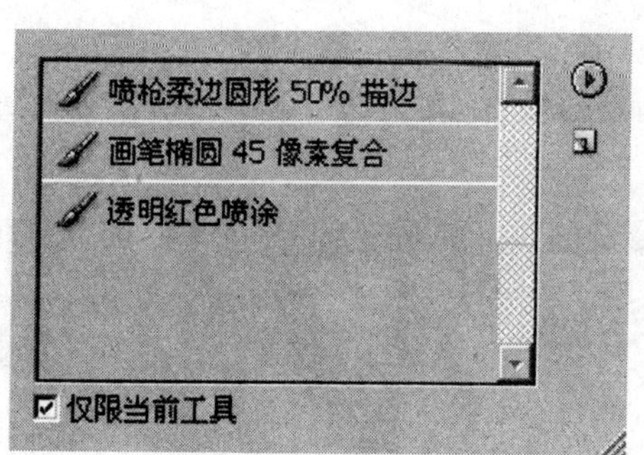

图4-4　工具预设

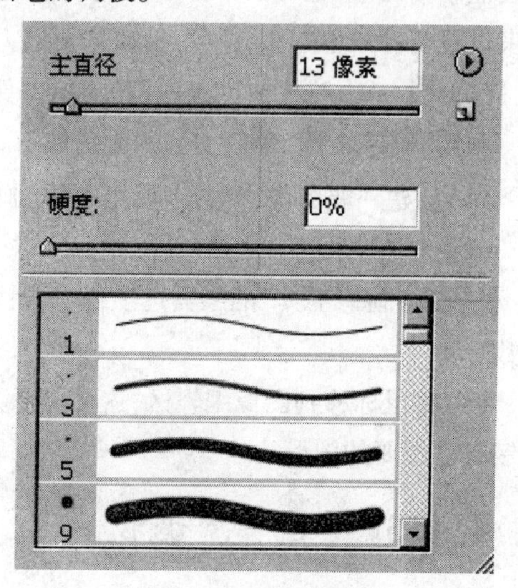

图4-5　画笔下拉调板

(3)模式:打开"模式"下拉列表框可在其中选择绘图时的颜色混合模式,如图4-6所示。

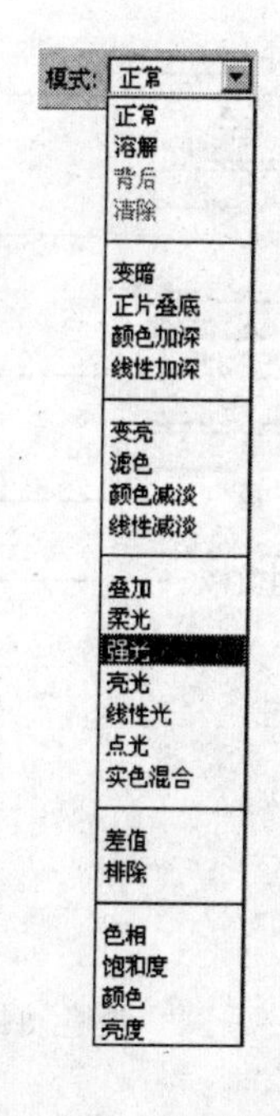

图4-6　"模式"下拉列表框

(4)不透明度:用来设置绘图的不透明度,取值范围为1%~100%。用户可以直接在下拉列表框中输入值,也可以单击下拉列表框右侧的小三角[icon],在打开的下拉列表中拖动滑杆来设置值。取值越小透明程度越大。

(5)流量:用来设置绘图的浓度比率,取值范围为1% ~100%。用户可以直接在下拉列表框中输入值,也可以单击下拉列表框右侧的小三角,在打开的下拉列表中拖动滑杆来设置值。取值越小,颜色越浅;取值越大,颜色越深。

(6):单击该按钮可以使用“喷枪工具”。

利用“画笔工具”绘制图形的方法如下。

(1)新建一幅图像,单击工具箱中的“画笔工具”按钮,选择“画笔工具”。

(2)选取前景色和背景色。

(3)在“画笔工具”的工具选项栏中设置画笔的形状、大小、模式、不透明度和流量等参数。

(4)将鼠标移到图像编辑区,这时鼠标会变成已选择的画笔形状,在这种状态下即可绘制自己想要的图形。

4.1.3 “画笔”调板

使用 Photoshop 之所以能够绘制出丰富、逼真的图像效果,很大原因在于此软件具有强大功能的“画笔”调板,从而使绘画者能够通过控制画笔的参数,获得丰富的画笔效果。图 4-7 所示的即为“画笔”调板。

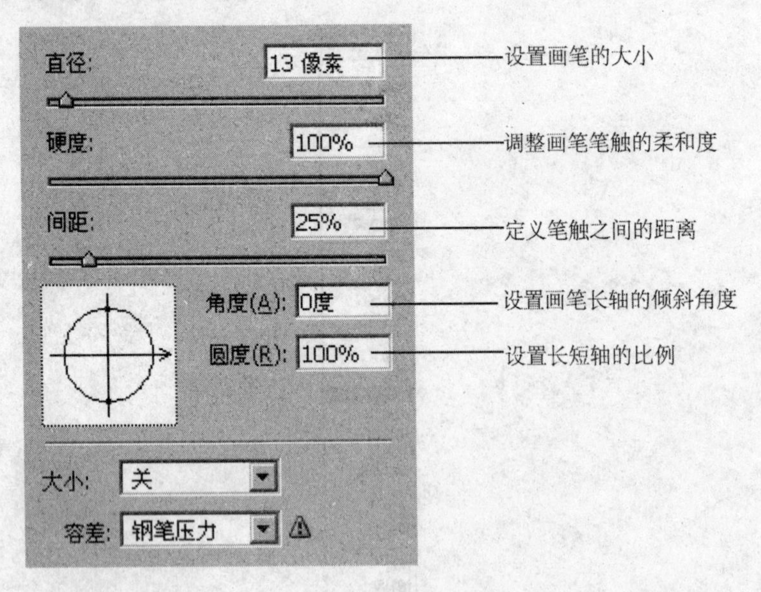

图 4-7 “画笔”调板

4.1.4 橡皮擦工具

“橡皮擦工具”用于擦除图像的颜色,当图像中的某部分被擦除后,在擦除的位置上将填入背景色;若擦除内容是一个透明的图层,擦除后将变为透明。单击工具箱上的“橡皮擦工具”按钮,即可选择“橡皮擦工具”,此时的工具选项栏将显示“橡皮擦工具”的

选项栏，如图 4－8 所示。

图 4－8　“橡皮擦工具”选项栏

该工具选项栏中的“模式”参数，用来设置擦除方式，包括“画笔”“铅笔”和“块”3 个选项。

（1）选择“画笔”和“铅笔”方式擦除图像时，使用的颜色来源是背景色，这时可以根据需要选择不同的画笔形状和大小。

（2）当选择“块”方式擦除图像时，不能选择画笔形状和大小，此时只有“抹到历史记录”复选框可以设置，选中该复选框后，橡皮擦具有了类似于“历史记录画笔工具”的功能，能够恢复到某一历史记录的状态。

4.1.5　背景橡皮擦工具

“背景橡皮擦工具”可用于将图层上的像素抹成透明，从而可以在抹除背景的同时在前景中保留对象的边缘。通过指定不同的取样和容差选项，可以控制透明度的范围和边界的锐化程度。

右击工具箱上的“橡皮擦工具”按钮，在弹出下拉工具列表中选择“背景橡皮擦工具”，此时的工具选项栏如图 4－9 所示。

图 4－9　“背景橡皮擦工具”选项栏

该工具选项栏中的各参数作用如下。

（1）画笔：用于设置画笔的大小，但只能选取圆形的画笔。单击列表框右侧的下三角按钮，会弹出如画笔调板。

（2）取样：包括发下 3 项。

①连续取样：可擦除鼠标经过的图像区域。

②取样一次：只擦除包含第一次单击的区域。

③取样背景色板：只擦除包含当前背景色的图像区域。

（3）限制：用于设置擦除方式，包括“不连续”“连续”和“查找边缘”3 个选项，“不连续”表示擦除图像中任一位置的颜色；“连续”表示擦除取样点及与取样点相近且相接的颜色；“查找边缘”表示擦除取样点和取样点相连的颜色，同时更好地保留形状边缘的锐化程度。

（4）容差：单击按钮，在弹出的调节杆上拖动滑块，可以改变容差值，容差值越大，抹除的颜色范围越广。

（5）保护前景色：选中该复选框，可以防止将具有前景色的图像区域擦除。

4.1.6 魔术橡皮擦工具

使用“魔术橡皮擦工具”可以自动更改所有相似的像素。如果在背景中或是在带有锁定透明区域的图层中擦除，鼠标经过的部分会更改为背景色；否则将被抹成透明。

右击工具箱上的“橡皮擦工具”按钮，在弹出的下拉工具列表中选择“魔术橡皮擦工具”，此时的工具选项栏如图 4－10 所示。

图 4－10 “魔术橡皮擦工具”选项栏

该工具选项栏中的参数作用如下。

(1)消除锯齿：可以平滑图像的边缘。

(2)邻近：可以擦除邻近的同类颜色区域。

(3)用于所有图层：用于擦除所有图层中的同类颜色。

4.1.7 历史记录画笔工具

“历史记录画笔工具”的主要功能是恢复图像，将图像中新绘制的部分恢复到“历史记录”调板中的“恢复点”所指示的状态，图像中没有被修改过的部分将保持不变。单击工具箱上的“历史记录画笔工具”按钮，即可选择“历史记录画笔工具”，此时的工具选项栏如图 4－11 所示。该工具选项栏与“画笔工具”的工具选项栏相同，这里不作详细介绍。

图 4－11 “历史记录画笔工具”选项栏

4.1.8 历史记录艺术画笔工具

使用“历史记录艺术画笔工具”恢复图像时可以通过画笔的形状、大小、角度、硬度及间隔等对图像进行调整，从而产生一定的艺术效果。右击工具箱上的“历史记录画笔工具”按钮，会弹出下拉工具列表，在其中选择“历史记录艺术画笔工具”，此时的工具选项栏如图 4－12 所示。

图 4－12 “历史记录艺术画笔工具”选项栏

该工具选项栏中主要参数的作用如下。

(1)样式：用于选择描绘的类型，以控制绘画描边的形状。

(2)区域：用于设置历史记录艺术画笔描绘的范围。取值越大，覆盖范围越大，描绘

的数量越多。

(3)容差:用于设置历史记录艺术画笔所描绘的颜色与所要恢复的颜色之间的差异程度。取值越小,图像恢复的精确度越高。

4.1.9　油漆桶工具

"油漆桶工具"用于在图像或选区内,对指定容差范围内的色彩区域进行色彩或图案填充,但是它只对图像中颜色相近的区域进行颜色填充。

在工具箱上右击"渐变工具"按钮,在弹出的下拉工具列表中选择"油漆桶工具",此时的工具选项栏如图4－13所示。

图4－13　"油漆桶工具"选项栏

该工具选项栏中的参数作用如下。

(1)填充:用于设置填充方式,包括"前景"和"图案"两个选项,"前景"选项是指用前景色填充图像。当选择"图案"选项时,可在其右侧的"图案"拾色器中选择填充图案。

(2)模式:用于设置填充时的色彩合成模式。

(3)不透明度:用于设置填充后的透明效果,取值越小,透明度越高。

(4)容差:用于设置填充时的色彩误差范围,取值越小,可填充的范围越小。

(5)消除锯齿:用于平滑填充边缘。

(6)连续的:选中该复选框后只能填充连续的区域。

(7)所有图层:选中该复选框后可以在所有可见图层上进行填充;若未选中,则只能在当前图层上进行填充。

4.1.10　渐变工具

利用"渐变工具"可以创建多种颜色间的逐渐混合,产生从多种颜色过渡的色彩效果。

1. 渐变工具

单击工具箱上的"渐变工具"按钮,此时的工具选项栏如图4－14所示。

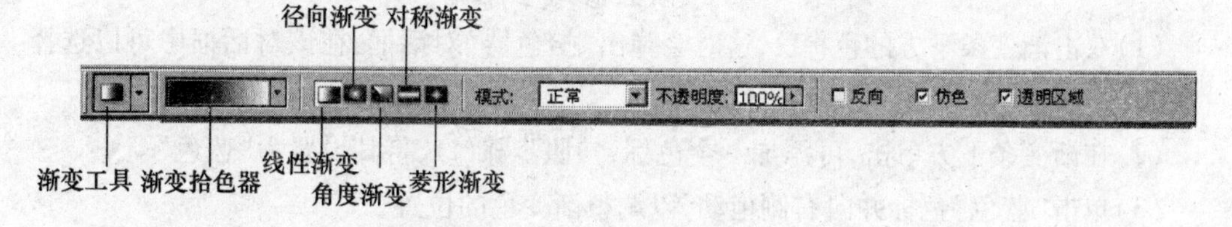

图4－14　"渐变工具"选项栏

(1)渐变拾色器:可以选择一种用于填充的渐变颜色。

(2)线性渐变:以线性的形式从起点渐变到终点。

(3)径向渐变:以圆形的形式从中心到周围渐变,产生辐射状渐变效果。

(4)角度渐变:围绕起点以逆时针环绕的形式渐变,能产生螺旋形渐变效果。

(5)对称渐变:在起点两侧以对称线性渐变的形式渐变。

(6)菱形渐变:从起点向外以菱形的形式渐变。

(7)反向:选中该复选框,可以反转渐变的颜色,即填充后的渐变颜色与预先设置的渐变颜色相反。

(8)仿色:选中该复选框可用递色法来表现中间色调,可使渐变效果更加自然、柔和、平滑。

(9)透明区域:选中该复选框,可对渐变填充应用透明蒙版。

2. 自定义渐变模式

用户除了可以使用 Photoshop CS3 提供的渐变模式外,还可以自己定义渐变模式。单击“渐变工具”选项栏中的渐变颜色块,会弹出“渐变编辑器”对话框,如图 4－15 所示。在该对话框中用户可以根据需要来定义渐变模式,具体定义方法如下。

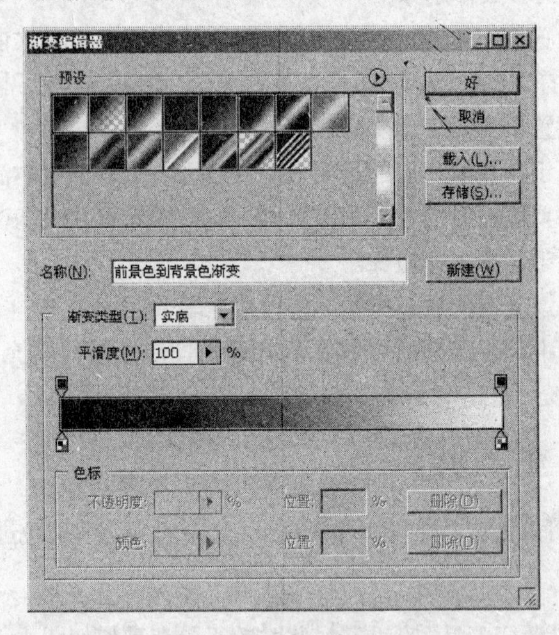

图 4－15 “渐变编辑器”对话框

(1)双击渐变条下方的色标,这时会弹出“拾色器”对话框,在该对话框中可以选择一种颜色(如绿色),如图 4－16 所示。

(2)在渐变条下方单击,可添加一个色标,参照步骤(1),将其设置为“蓝色”。

(3)单击“蓝色”色标并向右侧拖动,以调整渐变色的位置。

(4)在“名称”框中输入新的渐变模式名称。

(5)单击“新建”按钮,新的渐变模式即被添加到“预设”框中,如图 4－17 所示。

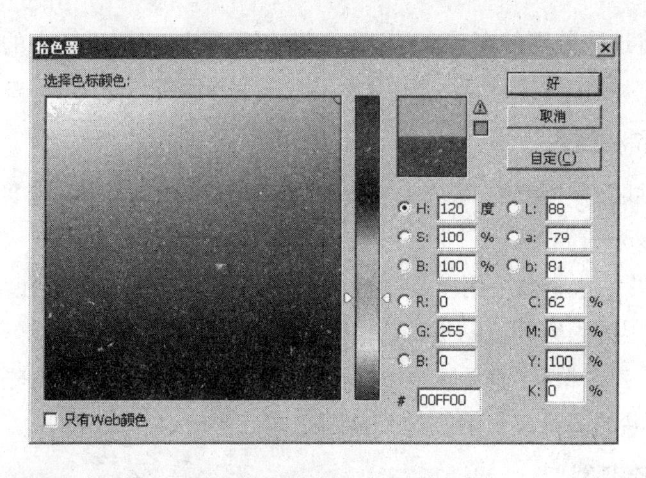

图4－16　“拾色器”对话框

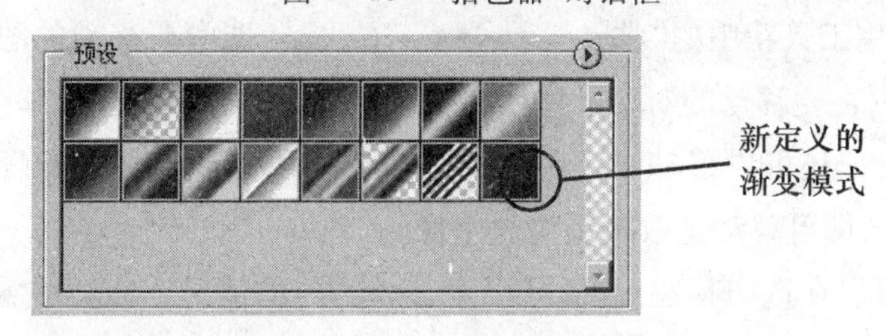

图4－17　自定义渐变模式

任务2　编辑图像

Photoshop CS3 中的图像编辑命令只对当前选区中的内容有效,用户在掌握了选区的制作方法之后,才可以进一步学习基本的图像编辑方法。由于图像编辑的内容比较广,因而相应的图像编辑命令也就很多。本节将介绍一些比较简单的图像编辑方法。

4.2.1　图像编辑命令

1. 剪切、复制和粘贴

剪切、复制、粘贴的操作步骤如下。

(1)打开要进行操作的图像,在要复制的图像中选取一个区域。

(2)选择“编辑”|“拷贝”命令,或按 Ctrl + C 组合键,将选中范围复制到剪贴板。

(3)打开要往上粘贴的图像,选择“编辑”|“粘贴”命令,或按 Ctrl + V 组合键,粘贴剪贴板中的图像。

(4)粘贴后,在“图层”控制面板中会出现一个新的图层,其名称会自动命名,并且粘贴后的图层成为当前作用图层。

(5)如果要执行剪切,则只需在第二步时选择“编辑”|“剪切”命令或按 Ctrl + X 组合

键即可。剪切后将选取范围的图像去掉，放入剪贴板，所以剪切区域内的图像会消失，并填入背景色。

2. 合并拷贝和粘贴入

关于复制和粘贴，在“编辑”菜单中还提供了两个命令，即“合并拷贝”和“粘贴入”。这两个命令的功能介绍如下。

(1)“合并拷贝”：这个命令用于复制选取范围内的所有图层。即在不影响原图的情况下，复制所有图层的内容到剪贴板，而并不局限于当前操作图层。

(2)“粘贴入”：与“粘贴”命令不同的是，使用这个命令之前，必须先选定一个范围，执行该命令后，粘贴的图像仅显示在这个范围之内。

3. 移动与清除图像

移动图像通常用工具箱中的“移动工具”。方法是：选中要移动的图层，在工具箱中选中移动工具，在要移动的对象上按住鼠标左键拖动到需要的位置即可。

除了移动图层外，还可以移动一定范围内的图像。用选取工具选择一定的范围，然后用“移动工具”，即可移动选取范围内的图像。

小技巧：用户可以在选中其他工具（如抓手、钢笔等）的情况下移动图层，方法是按住 Ctrl 键，同时拖动鼠标。若在使用移动工具拖动的同时按住 Alt 键，则可以在移动的同时复制图像，其效果相当于先复制再粘贴。若移动时不使用鼠标，而是按住 Ctrl + 方向键，则将会沿四个方向以一个像素为单位移动。

下面介绍一下“移动工具”的选项栏，如图 4 – 18 所示。各个选项的意义如下。

图 4 – 18 “移动工具”选项栏

①“自动选择图层”：选中这个复选框后，只需在图像窗口中单击当前显示的某一图层中的图像，就可以自动选择该图层。

②“显示定界框”：选中这个复选框后，在要移动的图像范围（包括图层和选择的范围）四周出现控制边框，如图 4 – 19 所示。此时可以进行旋转、翻转和变形等操作。

要清除图像内容，方法如下：先用选取工具选择一定的范围，即需要清除的内容，然后选择“编辑”|“清除”命令，或者直接按“删除”键即可。删除后的图像会填入背景色。

4.2.2 裁切图像

裁切是移去部分图像以形成突出或加强图形效果的过程。用户可以使用裁切工具和“裁切”命令裁切图像，还可以使用“修整”命令裁减像素。下面将介绍这三种工具的使用方法。

图4－19　选取“显示定界框”显示控制边框

1. 裁切工具

在裁切图像时，经常使用的是裁切工具。使用裁切工具裁切图像的步骤如下。

(1)选择工具箱中的“裁切工具”。

(2)在图像上拖动鼠标，选择要裁切的区域。

(3)按 Enter 键，单击选项栏中的“提交”按钮，或在裁切选框中单击两次，三种方法都可以执行裁剪，如图4－20所示。

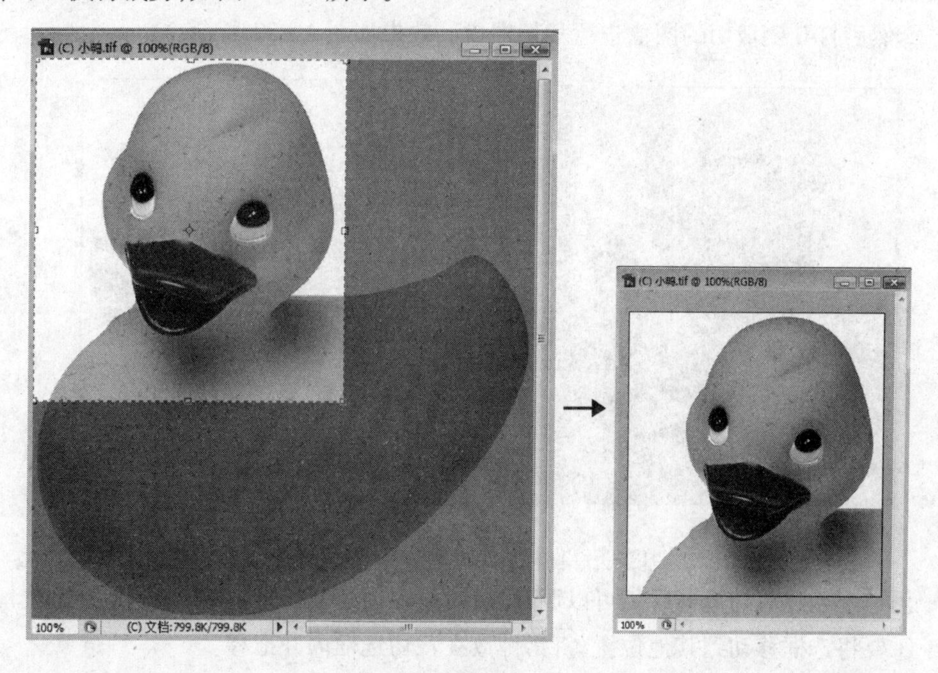

图4－20　使用裁切工具

(4)要取消裁切操作，按 Esc 键或单击选项栏中的“取消”按钮。

如果要设定更精确的裁剪范围，则必须在操作之前，先设置工具栏中的各个参数。裁切工具的工具栏如图 4 – 21 所示。

图 4 – 21 “裁切工具”选项栏

工具栏中各参数的意义如下。

·“宽度”“高度”“分辨率”：这三个文本框分别设置裁切范围的宽度、高度和分辨率大小。若在这三个文本框中输入相应的数值，则裁切后的图像将以此为标准。

①“前面的图像”：单击此按钮将可以显示当前图像的实际高度、宽度和分辨率。

②“清除”：单击此按钮可清除三个文本框中的设置数值。

下面介绍设置裁切工具的选项栏的方法。

(1)如果裁切图像后希望裁切部分维持原来的属性，即尺寸和分辨率均不改变(默认)，使选项栏中的所有文本框为空即可。

(2)如果要在裁切过程中对图像的属性重新进行设定，可以在选项栏中输入裁切部分新的高度、宽度及分辨率值。

(3)要基于另一图像的尺寸和分辨率对一幅图像进行裁切，方法如下。

①先打开所依据的那幅图像，选择“裁切工具”，然后单击选项栏中的“前面的图像”按钮，当前图像的实际高度、宽度和分辨率就会显示在选项栏上。

②然后打开要裁切的图像进行裁切即可。效果如图 4 – 22 所示。

图 4 – 22 基于另一图像的尺寸和分辨率对一幅图像进行裁切

用户在创建裁切选框后仍可以调整它，所以在创建裁切选框时，选框不必十分精确。

①要将选框移动到其他位置：将指针放在裁切选框内并拖移。

②要缩放选框：拖移手柄。

③要旋转选框：将指针放在裁切选框外(指针变为)并拖移。

④要移动选框旋转时所围绕的中心点：拖移位于裁切选框中心的圆，如图 4－23 所示。

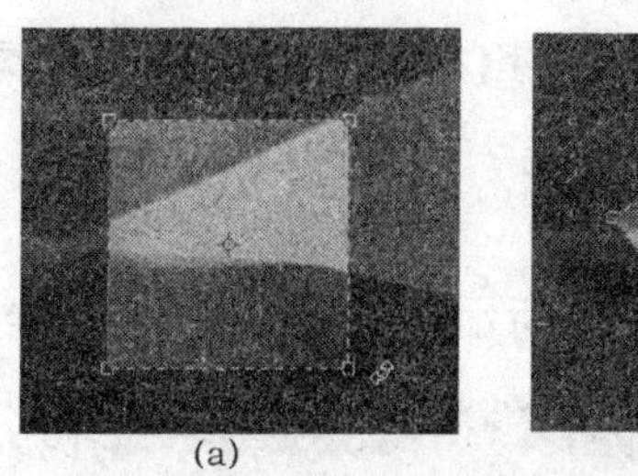
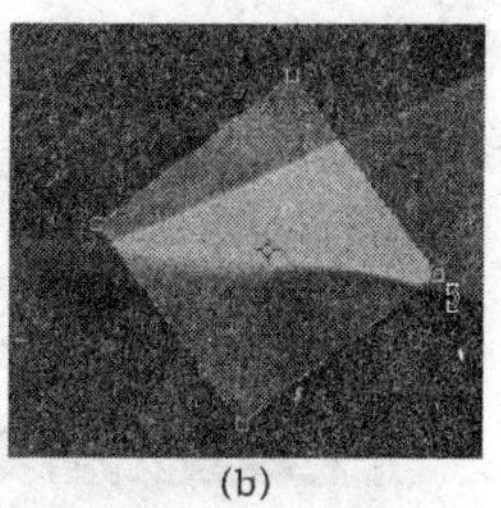

(a)　　　　(b)

图 4－23　调整裁切选框

当用“裁切工具”选择了一块区域后，工具栏将会发生变化，如图 4－24 所示。

图 4－24　选择区域后的“裁切工具”选项栏

其中可以设置的参数介绍如下。

①“屏蔽”：选中此复选框后，被裁切掉的部分将会被遮住，同时可以选择覆盖的颜色和不透明度。

②“透视”：选中此复选框，可以对裁切范围进行任意的透视变形和扭曲操作，其方法是移动光标至裁切范围四周的控制点拖动即可，效果如图 4－25 所示。

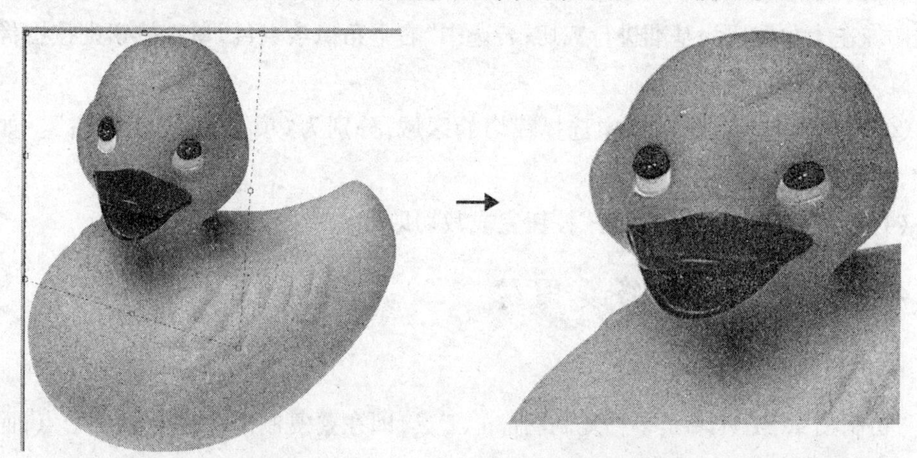

图 4－25　选取透视的裁切效果

③用户还可以指定是要隐藏还是要删除被裁切的区域。选中“隐藏”单选按钮，裁切区域将保留在图像文件中。用户可以通过用“移动工具”移动图像来使隐藏区域可见。选中“删除”单选按钮将扔掉裁切区域。

提示：在 Photoshop 中还提供了一个与“裁切工具”相同功能的命令，即“裁切”命令，可通过选择“图像”|“裁切”命令即可。

2. 裁切图像空白边缘

Photoshop 中还提供了一种特殊的裁切方法，即裁切图像空白边缘。当图像周围出现空白内容时，如果要将它裁切掉，可以直接用“修整”命令去除，其操作步骤如下。

(1)打开要处理的图像。

(2)选择“图像”|“修整”命令。

(3)弹出“修整”对话框(如图 4－26 所示)，对话框中各项的意义如下。

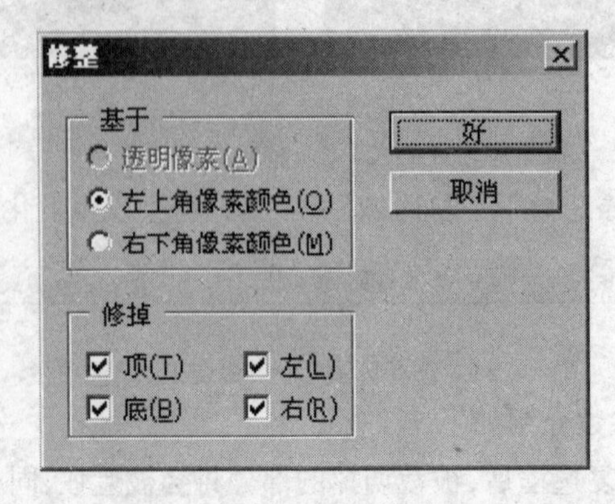

图 4－26 “修整”对话框

①“基于”：在该选项组中选择一种方式，指定基于某个位置进行裁切。选中“透明像素”单选按钮，则按图像中有透明像素的位置进行裁切；选中“左上角像素颜色”单选按钮则按图像左上角位置为基准进行裁切；若选中“右下角像素颜色”单选按钮则按图像右下角位置为基准进行裁切。

②“修掉”：在这个选项组中选择裁切的区域，分别为“项”“左”“底”“右”。如全部选中，则裁切选区的四周。

(4)设置好选项后，单击“好”按钮完成裁切即可。

4.2.3 仿制和修复图像

1. 仿制图章工具

“仿制图章”工具是一种复制图像的工具，即在要复制的图像上取一个点，而后复制整个图像。使用仿制图章的步骤如下。

(1)首先在工具箱选择“仿制图章工具”。

(2)把鼠标移动想要复制的图像上，按住 Alt 键，这时鼠标图标变为瞄准器形状⊕，单击选择复制的起点，松开 Alt 键。

(3)这时就可以拖动鼠标在图像的任意位置开始复制，十字形图标＋表示当前复制点，如图 4－27 所示。

“仿制图章工具”的工具栏(如图 4－28 所示)包括：“画笔”“模式”“不透明度”“流

图 4－27　仿制图章工具的实例

量”“对齐的”和“用于所有图层”。

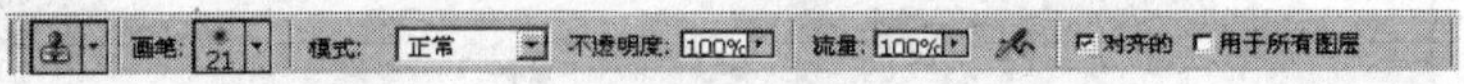

图 4－28　“仿制图章工具”选项栏

“画笔”“模式”“不透明度”和“流量”参数的设置已经在前面介绍过，这里不再赘述。

“对齐的”：选中此复选框后，可以松开鼠标，当前的取样点不会丢失。如果取消选中该复选框，则每次停止和继续绘画时，都将从初始取样点开始应用样本像素。

2. 图案图章工具

“图案图章工具”使用户可以用图案绘画。可以从图案库中选择图案或者创建自己的图案。Photoshop 中有预置的几种图案图章。使用图案工具复制图像的步骤如下。

(1)打开要复制的图像，用“矩形选框工具”选取所要复制的部分。

注意：必须用“矩形选框工具”选取所要复制的部分，因为 Photoshop 所能定义的图案都是矩形的。

(2)选择“编辑”|“定义图案”命令，弹出“图案名称”对话框（如图 4－29 所示），输入新建图案的名称，单击“好”按钮。

(3)在工具箱中，选择“图案图章工具”，此时在工具选项栏的“图案”列表中多出一个刚才定义的图案，如图 4－30 所示。

(4)在图像页面上拖动鼠标，复制图案，效果如图 4－31 所示。

“图案图章工具”选项栏包括：“画笔”“模式”“不透明度”“流量”“图案”和“对齐的”“印象派效果”两个复选框。

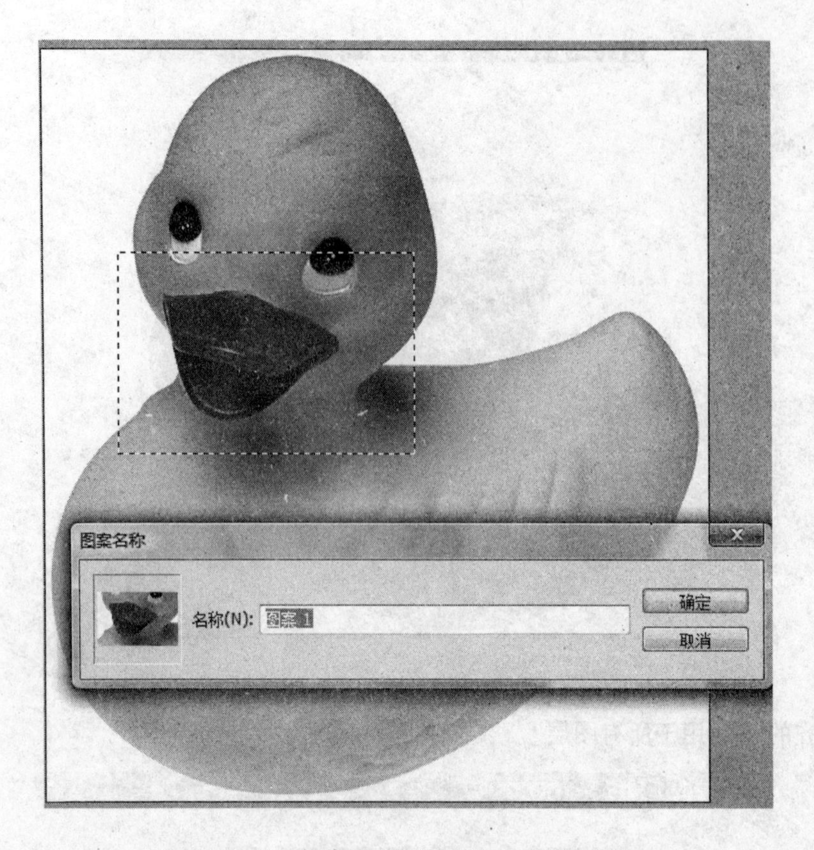

图 4 – 29　创建选区图及“图案名称”对话框

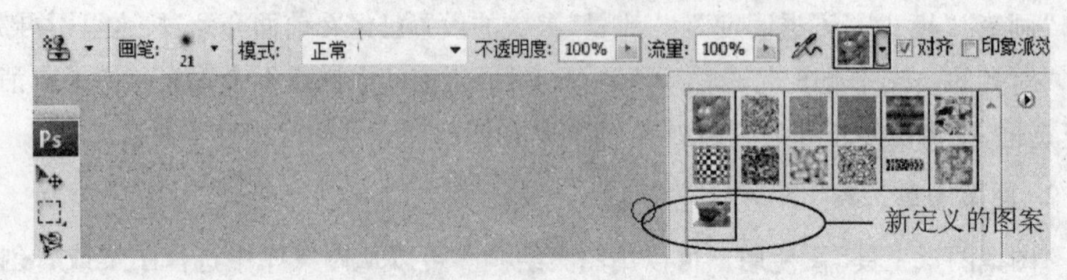

图 4 – 30　“图案图章工具”选项栏

“画笔”“模式”“不透明度”“流量”和“对齐的”的用途和使用方法同仿制图章，不再赘述。

①“图案”：单击“图案”列表框右侧的向下箭头，弹出图案面板，在这里可以选择要复制的图案。

②“印象派效果”：选中此复选框使得绘制的图案具有印象主义画派的风格，给人印象深刻。

3. 修复画笔工具

“修复画笔工具”可用于校正瑕疵。与仿制工具一样，使用“修复画笔工具”可以利用图像或图案中的样本像素来绘画。使用“修复画笔工具”的方法如下。

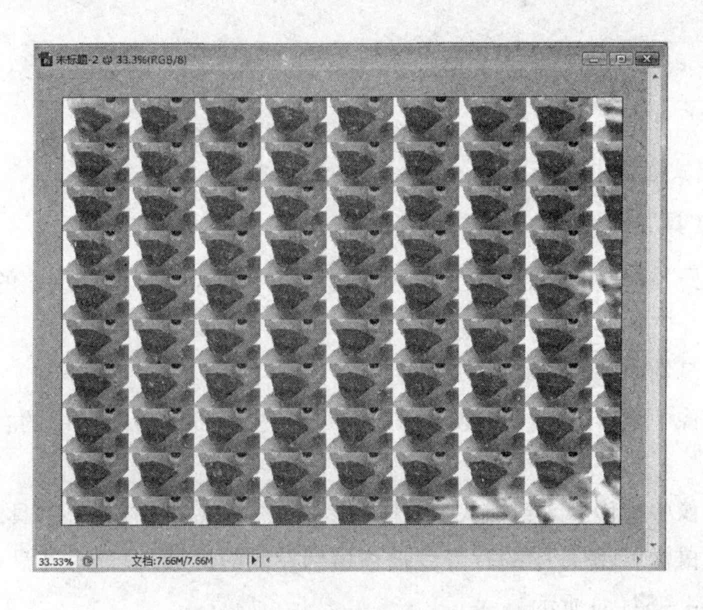

图4－31　应用"图案图章工具"实例

(1)选择工具箱上的"修复画笔工具"。

(2)将鼠标移到取样部位,按住 Alt 键,并单击进行取样。

(3)将鼠标移动到画面的不同调色部位进行涂抹,如图 4－32 所示。色调浅的部分所复制的图案色调也浅,色调暗的部分所复制的图案色调也暗。

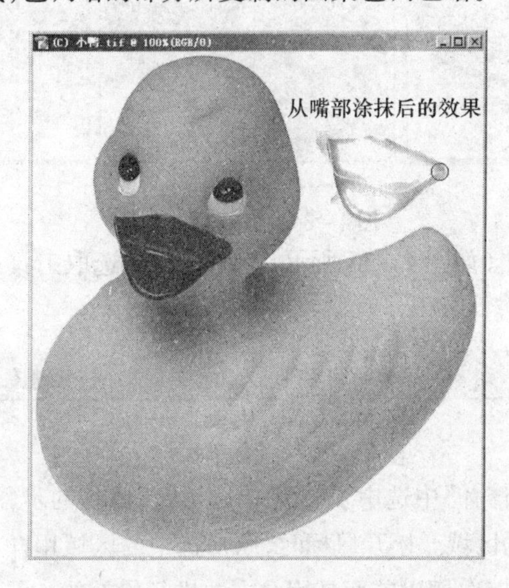

图4－32　在不同色调区使用修复画笔

"修复画笔工具"选项栏(如图 4－33 所示)包括:"画笔""模式""源"和"对齐的""用于所有图层"两个复选框。其中"源"包含两项"取样"和"图案"。

"画笔""模式"和"对齐的"的用途和使用方法同仿制图章,不再赘述。

"源":选中"取样"单选按钮可以使用在当前图像中取样的像素;选中"图案"单选按

图 4 – 33　修复画笔工具的选项栏

钮可以从弹出式面板中选择图案。

4. 修补工具

“修补工具”使用户可以用其他区域或图案中的像素来修复选中的区域。使用方法如下。

(1)在工具箱中选择“修补工具”。

(2)在图像中拖移以选择想要修复的区域,如图 4 – 34(a)所示中的右上角的区域有一些黑点。

(3)在图像中拖移选区到要从中取样的区域,还可以在选择修补工具之前选择区。

(4)释放鼠标后,图片中的背景色被移植到左侧的区域,但色彩并没有复制,效果十分自然[如图 4 – 34(c)所示]。

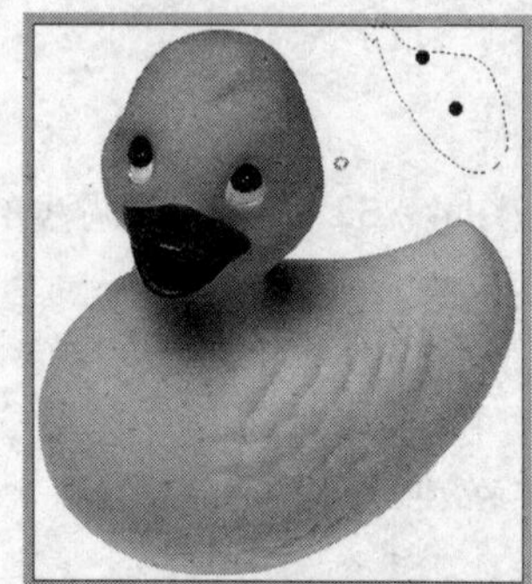

图 4 – 34　修补工具实例

“修补工具”选项栏(如图 4 – 35 所示)上的按钮与选取工具选项栏上的使用方法是相同的。

图 4 – 35　“修补工具”选项栏

①如果在选项栏“修补”中选中了“源”单选按钮,修补的步骤是:先将选区边框拖移到想要从中进行取样的区域。松开鼠标时,原来选中的区域用样本像素进行修补。系统默认是选中“源”单选按钮,所以前面是用此方法进行修补的。

②如果在选项栏“修补”中选中了“目标”单选按钮,修补的步骤是:先将选区边框拖移到要修补的区域。松开鼠标时,新选中的区域用样本像素进行修补。

③要使用图案修复区域,同样先选择修补工具,在图像中拖移,选择要修复的区域。然后从选项栏的图案弹出式面板中选择图案,并单击“使用图案”按钮即可。

5. 颜色替换工具

使用“颜色替换工具”可以将图像中选择的颜色替换为新颜色。右击工具箱中的“修复画笔工具”按钮，会弹出一个下拉工具列表，在其中选择“颜色替换工具”，此时的工具选项栏如图4－36所示。

图4－36　“颜色替换工具”选项栏

该工具选项栏中的几个重要参数作用如下。

(1)画笔:在“画笔”下拉列表中可以调整画笔的直径、硬度及间距。

(2)取样:包括以下选项。

①连续:在图像中拖动鼠标,可以将鼠标经过的区域颜色替换成新设置的前景色。

②一次:在整个图像中,只将鼠标第一次单击的颜色区域替换成新设置的前景色。

③背景色板:在整个图像中,只将背景色替换成新设置的前景色。

(3)限制:单击文本框右侧的小三角可以打开“限制”菜单,如图4－37所示。各项意义如下。

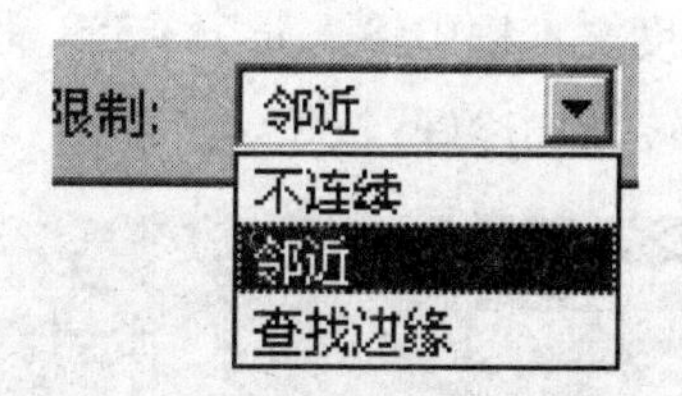

图4－37　“限制”下拉菜单

①不连续:选择该项时,只替换当前鼠标所在处的颜色。

②邻近:选择该项时,不仅替换鼠标所在处的颜色,而且同时对那些鼠标周围的,颜色与鼠标所在处相近的区域进行颜色替换。

③查找边缘:替换图形边缘处的颜色,同时更好地保留图形边缘的清晰程序。

(4)颜色容差:单击文本框右侧的小三角可以打开调节滑杆,调节百分比值。值越大允许的颜色差别就越大,反之越小。

(5)消除锯齿:选中此复选框,可以平滑修补区域的边缘。

4.2.4　旋转和翻转整个图像

使用“旋转画布”命令可以旋转或翻转整个图像,使用步骤如下。

(1)选择“图像”|“旋转画布”命令,弹出如图4－38所示的子菜单,从中选取下列命令之一。

①“180度”:将图像旋转半圈。

②“90度(顺时针)”:按顺时针方向将图像旋转1/4圈。

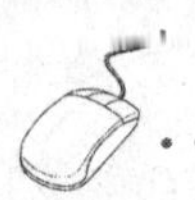

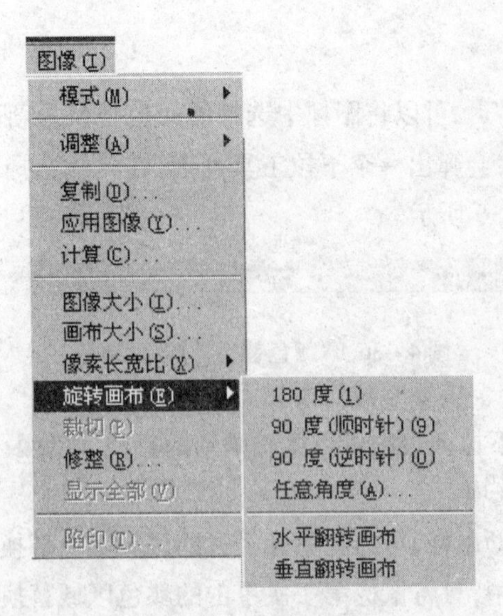

图 4-38 “旋转画布”子菜单

③“90 度(逆时针)”:按逆时针方向将图像旋转 1/4 圈。

④“任意角度”:按指定的角度旋转图像。如果选择了该命令,会弹出“旋转画布”对话框(如图 4-39 所示)。在角度文本框中输入介于 -359.99 ~ 359.99 之间的角度,然后选择按顺时针或逆时针方向旋转,单击“好”按钮。

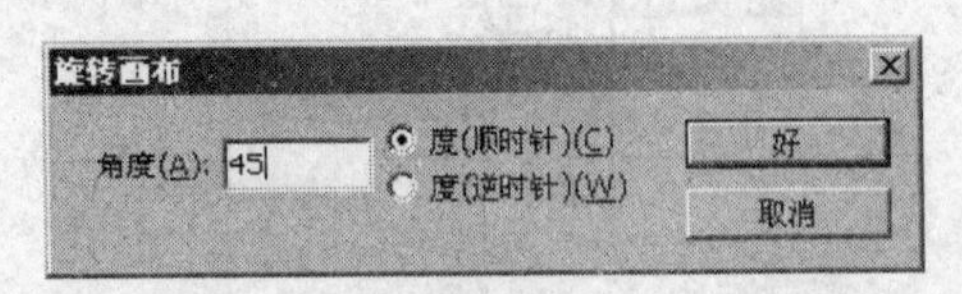

图 4-39 “旋转画布”对话框

⑤“水平翻转画布”:能够将图像沿垂直轴水平翻转。

⑥“垂直翻转画布”:能够将图像沿水平轴垂直翻转。

(2)旋转后的效果如图 4-40 所示。

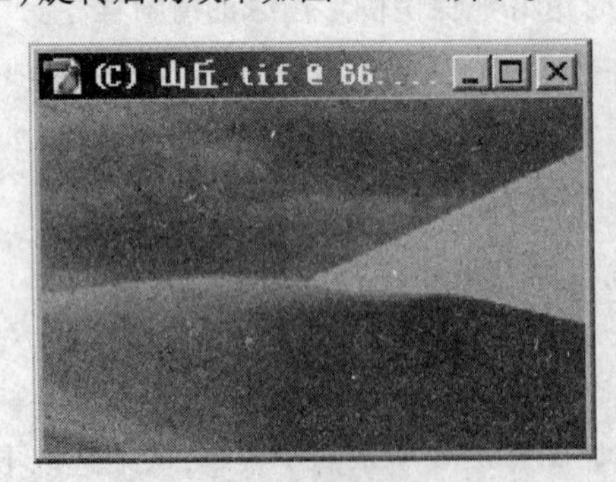

(a) 原始图像

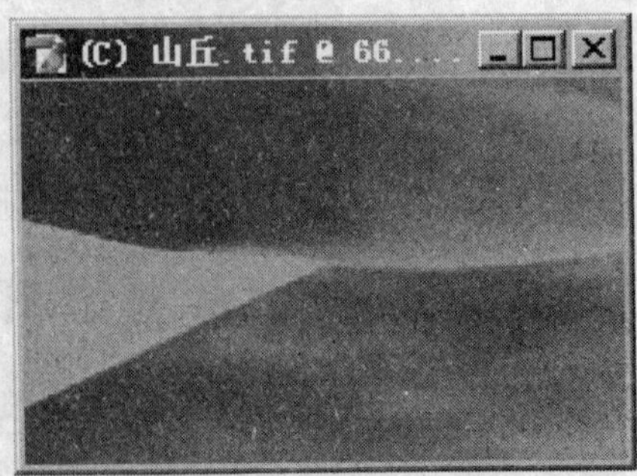

(b) 选择“180度”命令

图 4-40 图像旋转效果

4.2.5　维变换对象

用户可以将缩放、旋转、斜切、扭曲以及透视应用于整个图层、图层的选中部分、蒙版、路径、形状、选区边框和通道。

1. 缩放、旋转、斜切、扭曲和应用透视

选择“编辑”|“变换”命令可以打开“变换”子菜单(如图4－41所示),其中可以看到下列项目,它们的用途分别介绍如下。

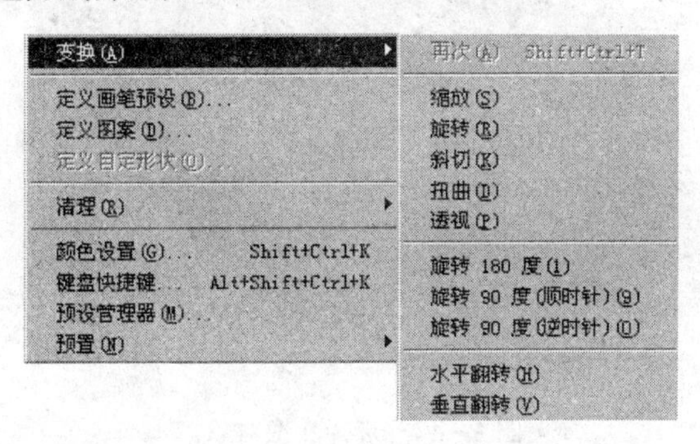

图4－41　“变换”菜单

(1)“缩放”:相对于其参考点扩大或缩小对象。用户可以水平、垂直或同时沿这两个方向缩放。

(2)“旋转”:围绕参考点转动对象。默认情况下,该点位于对象的中心;但是,用户可以将它移动到另一个位置。

(3)“斜切”:可用于垂直或水平地倾斜对象。

(4)“扭曲”:可用于向所有方向伸展对象。

(5)“透视”:可用于将单点透视应用到对象。

使用步骤如下。

(1)选择变换对象,例如可以用选取工具进行选择(如图4－42所示)。

(2)选择“编辑”|“变换”命令,选择一种变换方式。

(3)设置参考点。所有变换都围绕一个称为参考点的固定点执行。默认情况下,这个点位于正在变换的对象的中心。

①设置变换的参考点:选择变换命令后。图像上会出现定界框。在选项栏中,单击参考点定位符▦上的方块。每个方块表示定界框上的一个点。

②移动变换的中心点:图像出现定界框后,拖移中心点即可。

(4)选择一种变化后,还可以通过在“编辑”|“变换”子菜单中选择命令来切换到其他类型的变换。

(5)如果对结果感到满意,按回车键确认,或单击选项栏中的“提交”按钮✔;或在变换选框内单击两次。如果要取消变换,按Esc键或单击选项栏中的“取消”按钮⊘。

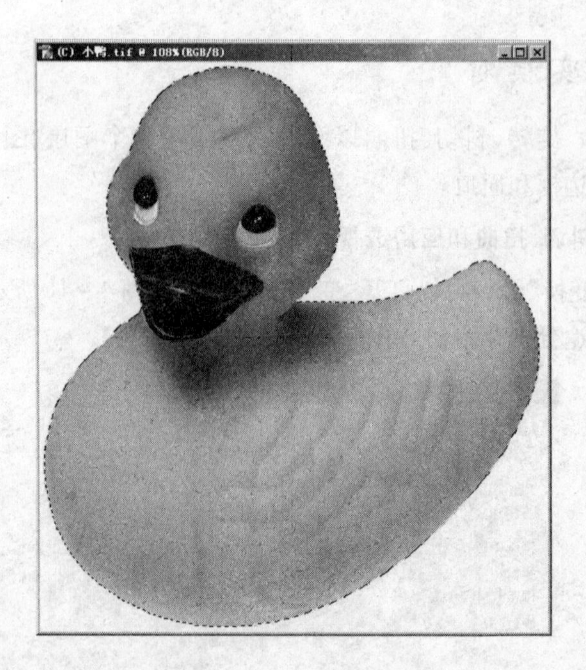

图 4－42　选择变换对象

各种命令效果如图 4－43 所示。

(a)应用“缩放”变换

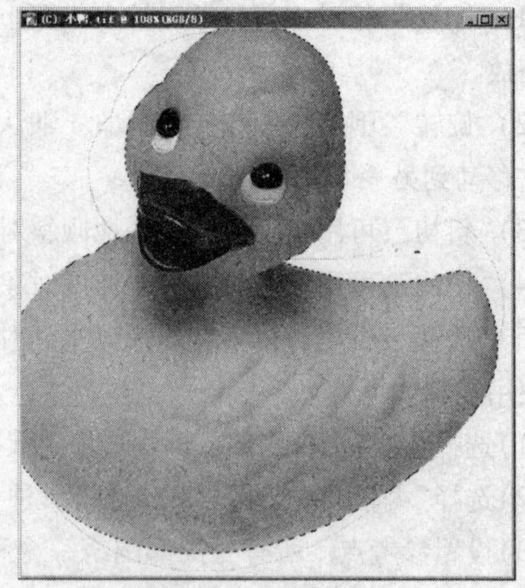

(b) 应用“旋转”变换

图 4－43　应用变换后的效果图

2. 精确地翻转或旋转

虽然使用“旋转”命令可以旋转对象，但用户并不知道旋转的精确角度。使用“变换”子菜单（如图 4－41 所示）中的命令用户可以精确控制旋转的角度。这些命令介绍如下。

（1）“180 度”：将图像旋转 180°。

（2）“90 度（顺时针）”：将图像顺时针旋转 90°。

(3)“90 度(逆时针)”:将图像逆时针旋转 90°。

(4)“水平翻转”:水平翻转图像。

(5)“垂直翻转”:垂直翻转图像。

3. 使用自由变换命令

“自由变换”命令可用于在一个连续的操作中应用变换(旋转、缩放、斜切、扭曲和透视)。使用方法如下。

(1)选择要变换的对象。

(2)选择“编辑”|“自由变换”命令,或者按 Ctrl + T 组合键,进入自由变换状态,此时的选项栏如图 4 – 44 所示。

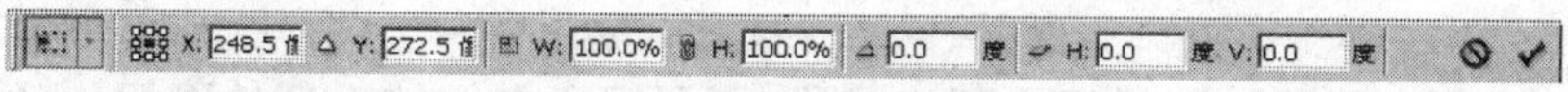

X: 248.5 Y: 272.5 W: 100.0% H: 100.0% 0.0 度 H: 0.0 度 V: 0.0 度

图 4 – 44　“变换”选项栏

①用户可以通过拖移手柄进行缩放。拖移顶角处的手柄时按住 Shift 键可按比例缩放。

②如果要根据数字进行缩放,可以在选项栏的“W”和“H”文本框中输入百分比。单击“链接”按钮可保持长宽比。

③如果要通过拖移进行旋转(相当于“旋转”命令),将指针移动到定界框的外部(指针变为弯曲的双向箭头),然后拖移。

④如果要根据数字旋转,在选项栏的旋转文本框中输入角度。

⑤如果要相对于定界框的中心点扭曲,按住 Alt 键,并拖移手柄。

⑥如果要自由扭曲(相当于“扭曲”命令),按住 Ctrl 键,并拖移手柄。

⑦如果要斜切(相当于“斜切”命令),按住 Ctrl + Shift 组合键,并拖移手柄。当定位到边手柄上时,指针变为带一个小双向箭头的灰色箭头。

⑧如果要根据数字斜切,请在选项栏的“H”(水平斜切)和“V”(垂直斜切)文本框中输入角度。

⑨如果要应用透视(相当于“透视”命令),请按住 Ctrl + Alt + Shift 组合键,并拖移顶角处的手柄。当移动到顶角处的手柄上时,指针变为灰色箭头。

⑩如果要更改参考点,单击选项栏的“参考点定位符”上的方块。

⑪如果要移动对象,在选项栏的“X”(水平位置)和“Y”(垂直位置)文本框中输入参考点的新位置的值。单击“相对定位”按钮可以相对于当前位置指定新位置。

⑫如果对结果感到满意,按 Enter 键确认,或单击选项栏中的“提交”按钮;或在变换选框内单击两次。如果要取消变换,按 Esc 键或单击选项栏中的“取消”按钮。

4.2.6 图像的修饰

1. 涂抹工具

工具箱中的“涂抹工具”可模拟在湿颜料中拖移手指的动作。该工具可拾取描边开始位置的颜色，并沿拖移的方向展开这种颜色。

“涂抹工具”的选项栏如图 4－45 所示，包括“画笔”“模式”“强度”“用于所有图层”和“手指绘画”。

图 4－45 “涂抹工具”选项栏

①“用于所有图层”：选择用于所有图层，可利用所有能够看到的图层中的颜色数据来进行涂抹。如果取消选中该复选框，则涂抹工具只使用现有图层的颜色。

②“手指绘画”：选中此复选框，可以设定涂痕的颜色，好像用手指蘸上颜色在未干的油墨上绘画一样。如果取消选中该复选框，涂抹工具会使用每个描边的起点处指针所指的颜色进行涂抹。

2. 模糊和锐化工具

“模糊工具”可柔化图像中的硬边缘或区域，以减少细节。锐化工具可聚焦软边缘，以提高清晰度或聚焦程度。

(1)模糊工具

“模糊工具”是一种通过画笔使图像变模糊的工具。它的工作原理是降低像素之间的反差，“模糊工具”的选项栏如图 4－46 所示，其中包括“画笔”“模式”“强度”和“用于所有图层”。

图 4－46 “模糊工具”选项栏

①“画笔”：选择画笔的形状。

②“模式”：色彩的混合方式。

③“强度”：画笔的压力，压力越大，色彩越浓，范围为 1%～100%。

④“用于所有图层”：选中此复选框可以使模糊工具作用于所有层的可见部分。

(2)锐化工具

“锐化工具”与“模糊工具”相反，它是一种使图像色彩锐化的工具，也就是增大像素颜色之间的反差，“锐化工具”的选项栏和“模糊工具”完全相同，这里不再介绍了。

3. **减淡和加深工具**

工具箱中的“减淡工具”和“加深工具”采用了调节照片特定区域的曝光度的传统摄影技术，可用于使图像区域变亮或变暗。

“减淡工具”和“加深工具”的选项栏如图 4－47 所示，其中包括“画笔”“范围”和“曝光度”。

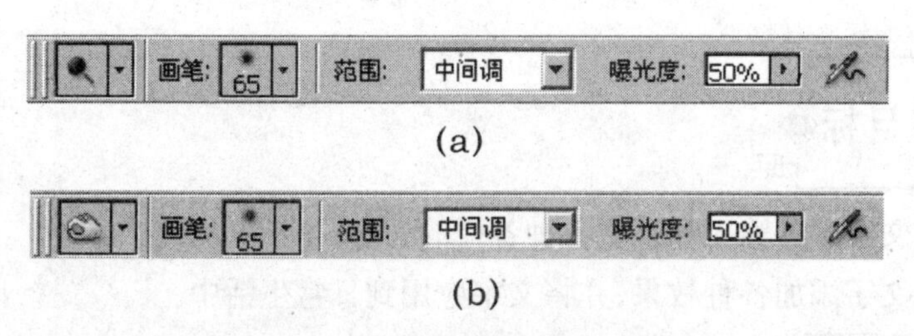

图 4－47　“减淡和加深工具”选项栏
(a)“减淡工具”选项栏；(b)“加深工具”选项栏

①“画笔”：选择画笔形状。

②“范围”：选择要处理的特殊色调区域，其中包括 3 个选项：

“暗调”：选中后“减淡工具”和“加深工具”只能作用于图像的暗调区域。

“中间调”：选中后“减淡工具”和“加深工具”只能作用于图像的中间调区域。

“高光”：选中后“减淡工具”和“加深工具”只能作用于图像的亮调区域。

③“曝光度”：调整处理图像时的曝光强度，建议使用时先把“曝光度”的值设置的小一些，15% 左右较为合适。

4. **海绵工具**

工具箱中的“海绵工具”可精确地更改区域的色彩饱和度。“海绵工具”的选项栏如图 4－48 所示，包括“画笔”、“模式”和“流量”。

图 4－48　“海绵工具”选项栏

“画笔”和“流量”同画笔中用法。

“模式”：可以选择的方式有“去色”和“加色”。

说明：如果图像为灰度模式，选择“去色”趋向于 50% 的灰度，选择“加色”趋向于黑白两色。

模块5 文字的输入与编辑

· 学会用文字工具输入和编辑各种各样的文字;
· 能够为文字添加各种效果,并将文字应用到日常生活中。

在平面设计中,文字编排设计非常重要。Photoshop CS3 提供了文字工具,可进行文字的创建、编排和修改,同时在图层面板中生成一个特殊的文字图层。这一章讲述有关文字的创建和编辑方法。

任务1 输入和编辑文字

5.1.1 文字概述

在 Photoshop CS3 中文版中包含两种不同类型的文字,一种是轮廓文字,一种是位图文字。本节将介绍这两种文字类型的基本概念。

1. 轮廓文字

在 Adobe Illustrator 或 Adobe PageMaker 之类的绘图或页面排版软件中所创建的文字就是轮廓文字。轮廓文字是由数学定义的图像组成,可以缩放到任何尺寸而保持清晰光滑的边缘。当在 Photoshop CS3 中文版中打开包含轮廓文字的图像时,就会自动将轮廓文字栅格化为像素或位图文字。

2. 位图文字

在 Adobe Photoshop 之类的绘画和图像编辑软件中所创建的文字就是位图文字,位图文字的字形效果取决于它的大小和图像的分辨率。例如,尺寸被放大的位图文字会产生锯齿边缘。高分辨率图像比低分辨率图像能够显示清晰的文字。

如图 5-1 所示是位图文字和轮廓文字之间的差别。

位图文字　　**轮廓文字**

图5－1　位图文字和轮廓文字之间的差别

5.1.2　输入文字

Photoshop CS3 中文版中用于创建文字对象的工具共有4种。在工具箱中按住“横排文字工具”按钮，会出现所有文字工具，即“横排文字工具”、“直排文字工具”、“横排文字蒙版工具”和“直排文字蒙版工具”。

“横排文字工具”和“直排文字工具”可以创建彩色的文字对象，并存放在一个新的文字图层中，而且任何时候都可以通过文字图层来编辑文本。

“横排文字蒙版工具”和“直排文字蒙版工具”可以按照文字的形状来创建选区。文字选区显示在现有的图层上，就像其他选区一样能够被移动、复制、填充或描边。

通过选择一种文字工具，然后在图像中单击以设置插入点来输入所需的文字内容，并在工具选项栏中调整字体大小和属性。

打开一幅图像，选择工具箱中的“横排文字工具”，这时会在工具选项栏中显示出此工具的选项，如图5－2所示。

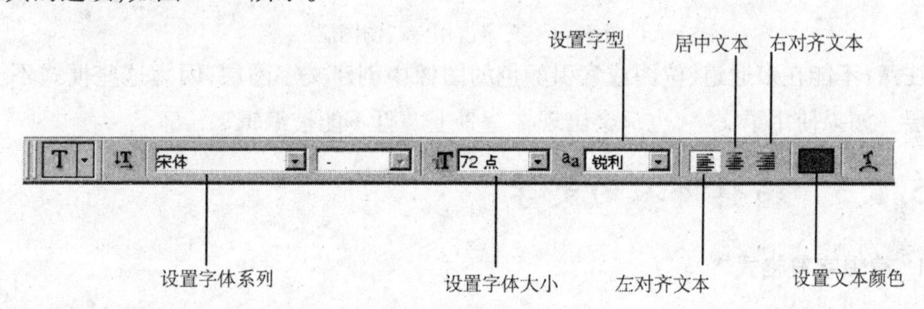

图5－2　“横排文字工具”选项栏

在图像中单击设置插入点后，工具的指针会变为I形的光标，穿过I形光标下边的细线表示文字基线的位置。对于横排文字，基线表示文字底端；对于竖排文字，基线表示字符的垂直中轴线。

输入文字后，用光标拖过文字对象，文字会被黑色块盖住。表明文字处于编辑模式，可以编辑。

要对输入的文字内容进行字体和大小的调整，可在工具选项栏中的“设置字体系列”和“设置字体大小”下拉列表框中选择所需的字体和大小，或者直接在其中输入所需的数字大小。

要对文字的样式进行调整和修改，可在“设置字型”下拉列表框中选择所需的文字样式，例如“锐利”文字样式。

要更改文字的颜色,可单击“设置文本颜色”色块,打开“拾色器”对话框,以设置选择所需的文字颜色。

要更改文字的排列方式或在图像中的位置,可单击工具选项栏中的“左对齐文本”按钮、“居中文本”按钮或“右对齐文本”按钮,或者直接使用工具箱中的“移动工具”,拖动文字到所需的位置上。

调整和修改文字内容后,单击工具选项栏中的“提交所有当前编辑”按钮,完成文字的操作。这时图层中会出现一个文字图层,并且文字图标会出现在图层名称的旁边,如图5-3所示。

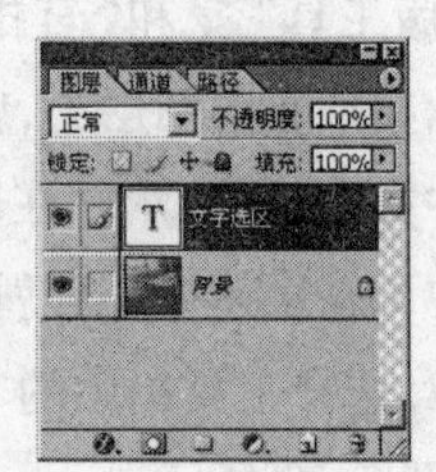

图5-3　文字占用专门的图层

注意:不能在多通道、位图或索引颜色的图像中创建文字图层,因为这些模式不支持多图层。如果使用了文字,也只会出现在背景上并且不能被编辑。

5.1.3　编辑输入的文字

1. 编辑字符格式

除了在工具选项栏中设置文字的属性以外,使用“字符”调板可以对文字的字符属性进行设置,包括设置文字的字体、大小、颜色、间距和行距等属性。

单击工具选项栏中的“切换字符和段落调板”按钮,弹出“字符”调板,如图5-4所示。

(1)设置字体:是由一整套字符、字母和符号的特殊字形组成的,字体特性包括字体系列(如文鼎粗圆体)和字体样式(如Regular)。可以在“字符”调板中选择所需的字体类型和字体的样式。

(2)设置字号:决定了文字在图像中的显示尺寸,是字型系列中所有字符允许的总垂直空间,因此,不同字体系列的字体大小差别很大,尽管它们具有相同的数值。所以在编辑文字时,尽量不要选取不同的字体系列。

(3)设置行间距:是基线之间的间距。尽管每个字符都可设置行距,但一行文字的间

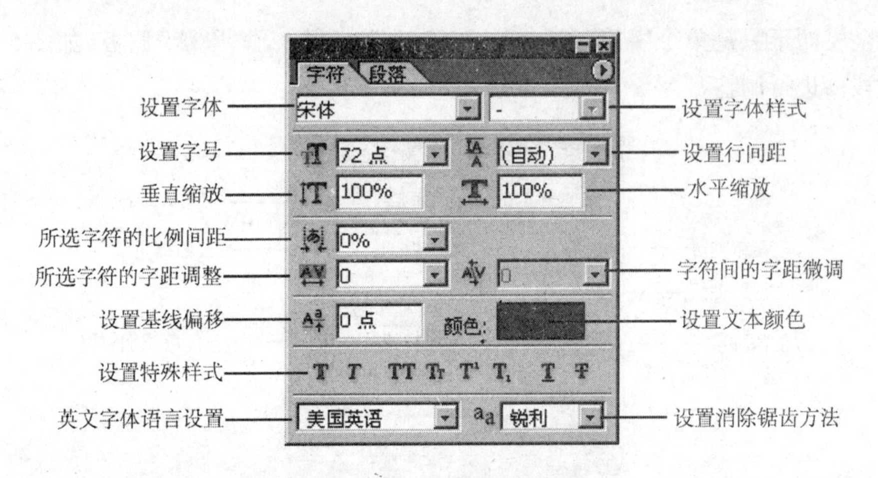

图5-4　“字符”调板

距由此行中最大的行距来决定。

(4)所选字符的比例间距:是指允许调整两个字符间的水平距离。对于较大的字型,如标题,为了获得更好的效果,最好手动调节文字上下突出的数值。

(5)所选字符的字距调整:设置了间距后,选定的每两个字符间会增加或减少相同的空间。

(6)设置基线偏移:用于控制文字与文字基线的距离,它可以升高或降低所选文字,以创建文字的上标或下标效果。

(7)设置文本颜色:用来设置文字的颜色。在“颜色”色块上单击,打开“拾色器”对话框,供用户选择所需的文字颜色,如图5-5所示。

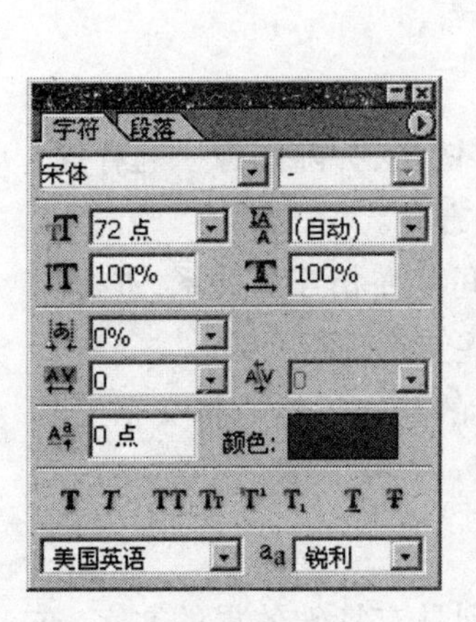

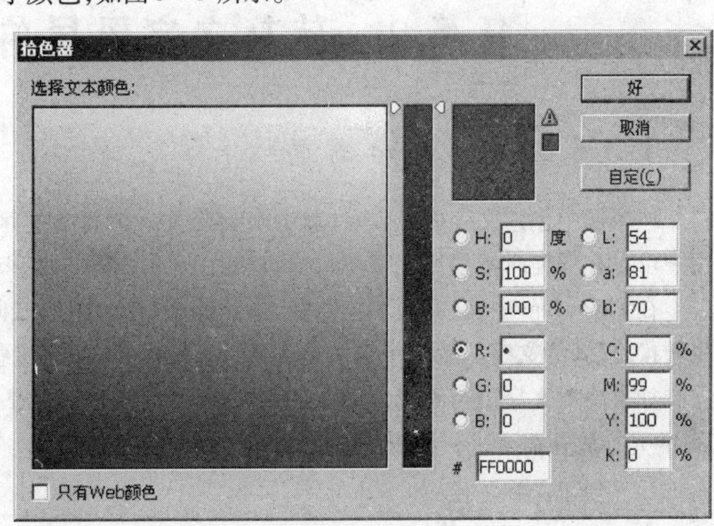

图5-5　选择文字颜色

2. 编辑段落格式

如果输入的文字内容较多,形成段落后,需要对文字的段落进行调整。段落的特性应用于全段而不只是单个字符,Photoshop CS3 中文版提供了“段落”调板(如图 5-6 所示),对段落进行调整。

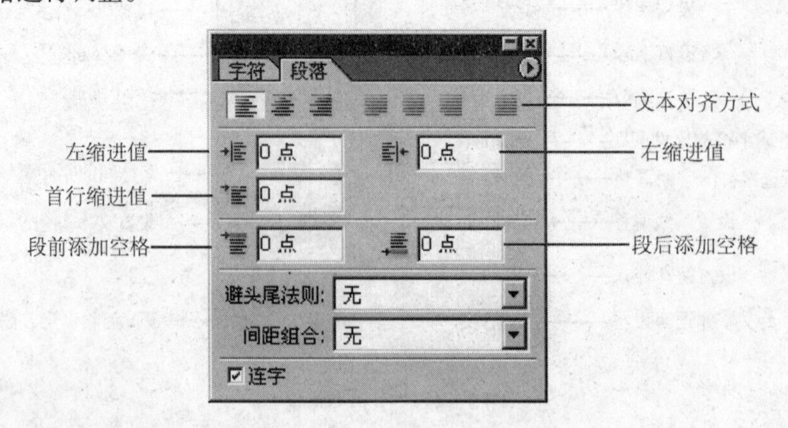

图 5-6 “段落”调板

(1)“文本对齐方式”中的七个按钮分别代表 7 种文本对齐的方式。

(2)左右缩进选项用于设置文本段落最左端或最右端与文本框左边界或右边界的距离。

(3)首行缩进选项可以设置段落首行的第 1 个字符相对于本段最左端的向左缩进距离。

(4)段前或段后空白选项可以在选定段落的前面或后面增加超过当前行距的附加空间。

(5)连字:设置手动或自动断字,仅适用于 Roman 字符。

任务 2 转换文字图层的属性

5.2.1 转换文字图层

在图像中创建文字内容以后,就会自动建立一个新的文字图层,并随图像一起存储。用户可以在任何时候使用文字图层来编辑文字的内容、属性和方向。

在 Photoshop 中,文字图层与路径、形状图层、普通图层之间存在相互的关系,进行相应转换之后,为文字的效果带来了更大的创作空间,下面将这些转换进行介绍。

如果想对文字进行编辑,单击文字图层,使其成为被激活的状态。然后将文字工具 T. 的光标放在需要进行编辑的文字中,以删除或添加文字。

1. 创建文字路径

将文字生成路径的优势在于,能够通过对路径的操作得到具有特殊效果的文字,选择“图层”|“文字”|“创作工作路径”命令即可。

2. 将文字图层转换为形状

文字图层转换为形状图层的优势在于,能够通过编辑形状图层中的形状路径节点得

到异形效果,选择“图层”|“文字”|“转换为形状”命令即可。

3. 将文字图层转换为普通图层

将文字图层转换为普通图层后,可以直接对图层内容进行渐变和图案填充操作,还可以任意改变。文字图层转换为普通图层后,图层类型图标会立即随之改变,如图5-7所示。

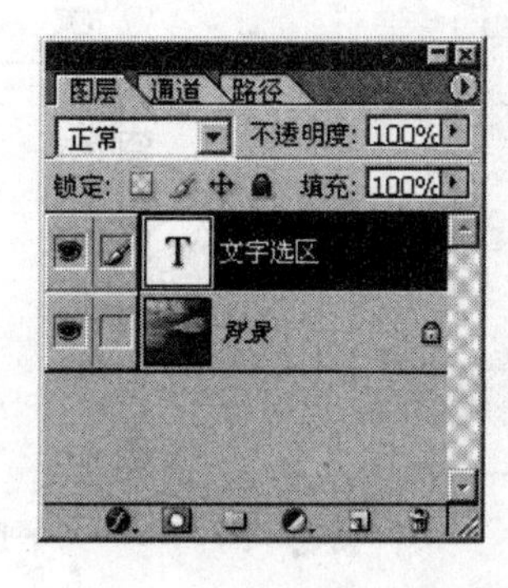

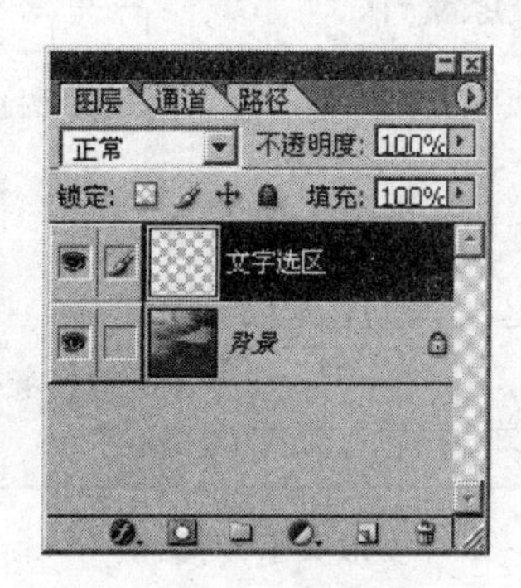

图5-7 两种文字图层之间的区别

要将文字图层转换为普通图层,应首先单击文字图层,使其成为激活的状态。然后选择“图层”|“栅格化”|“文字”命令,将文字图层转换为普通图层。转换为普通图层后,就不能对文字内容进行修改和调整,也不能将其转回文字图层。

5.2.2 文字的扭曲效果

在工具选项栏中还有一个“创建变形文本”按钮用来对文字进行扭曲,具体操作步骤如下。

(1)打开一幅图像,选择工具箱中的“文字工具”,并在图像中输入所需的文字内容。

(2)选定需要变形的文字。然后单击工具选项栏中的“创建变形文本”按钮,弹出“变形文字”对话框,如图5-8所示。

(3)其中有一个“样式”下拉列表框,其中的选项是对文字进行变形的样式。单击它右边的下三角按钮,在弹出的下拉列表框中选择所需的弯曲样式,如图5-9所示。

(4)如需要加强或减弱文字的弯曲,可以拖动“弯曲”选项下面的滑杆来调整所需的扭曲程度。

(5)如需要加强或减弱水平和垂直方向的扭曲,拖动“水平扭曲”和“垂直扭曲”选项下面的滑杆来调整所需的扭曲数值,或者在右边的文本框中输入扭曲的正数或负数数值。

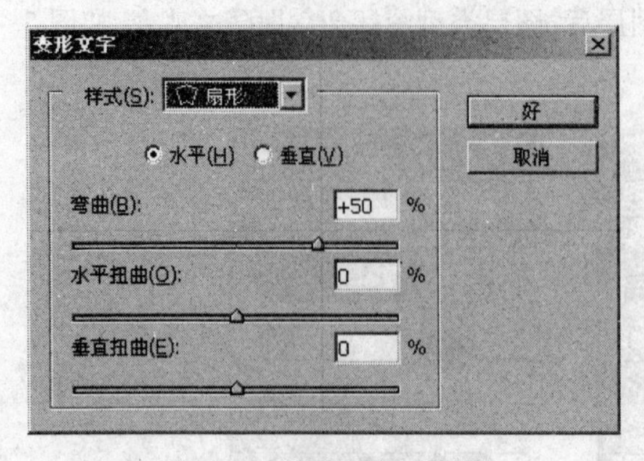

图 5-8 “变形文字”对话框

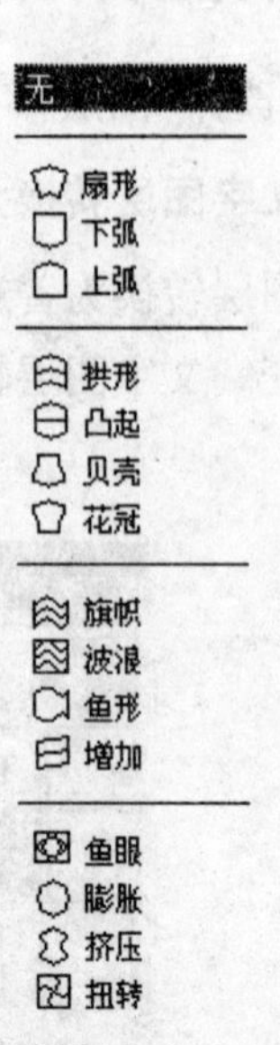

图 5-9 文字扭曲样式

(6)单击“好”按钮,完成扭曲效果的操作。

模块6　路径的创建与应用

· 掌握钢笔工具、转换点工具及路径选择工具的使用方法；
· 掌握锚点的添加与删除及路径的创建、保存、复制与删除；
· 掌握路径与选区的转换及路径的填充。

当需要创建不规则的选区、流畅的线型或复杂的图像轮廓时，就要用到路径工具，它是以矢量方式来精确绘制图形的重要工具。因此，路径常在手绘图像、特殊图像的选取、变形艺术字的制作以及绘制各种标志中得以广泛应用。

任务1　路径的概述

路径是 Photoshop 中的重要工具，可用于选取图形、绘制图形和去除背景等，用路径可以精确、弹性地处理图像。

6.1.1　路径的含义

路径是指形状的轮廓，它是由一个或多个直线或曲线线段组成。路径可以是封闭的，也可以是开放的，如图 6-1 所示就是一条开放的路径，在图中，AB 线段是一条“直”线，而 BC 和 CD 线段都是“曲”线。在路径中，一条“直”线或“曲”线的两个端点被称为锚点，如 A、B、C、D 等点，每条线段的长短、方向和曲度都由锚点来控制。在路径上，线段越多，锚点也就越多，线段的形状就可以被调节得越复杂。

6.1.2　锚点的创建

根据锚点有无方向线和方向点，以及方向线和方向点的不同，把锚点分为平滑点和角点二种。

1. 平滑点

如果锚点有两条方向线，并且两条方向线在一条直线上，当拖动其中的一条方向线

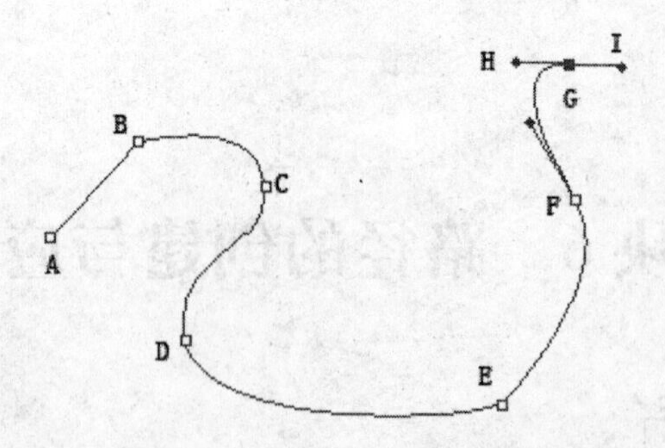

图 6－1　路径示例

时，另一条方向线也对称地改变自己的位置，这样的锚点为平滑点，如图 6－2 所示。一条平滑曲线是由平滑点来连接的。当调节平滑点的方向线时，将同时调节平滑点两侧的曲线段。

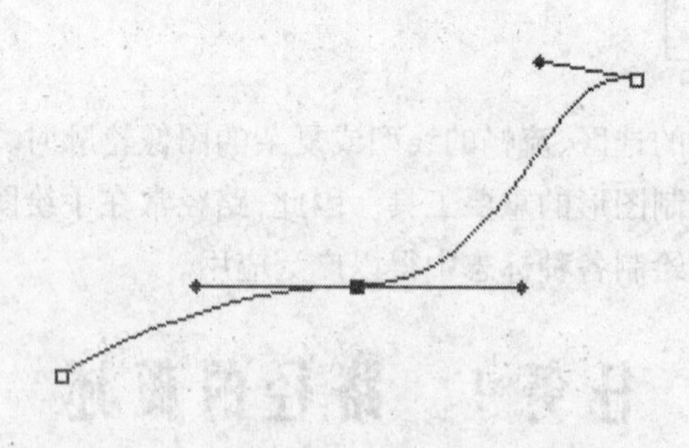

图 6－2　平滑点

2. **角点**

如果锚点没有方向线，或是有一条方向线；或是有两条方向线是相互独立的，调节其中的一条方向线，另一条方向线不受影响，这样的锚点为角点，角点两侧的线段可以是直线也可以是曲线，一条锐化曲线是由角点来连接的，如图 6－3 所示。

从图 6－1 中可以看出路径是由线段组成的，而线段又是由锚点和两点间的连线组成的。锚点在 Photoshop 中以小方点来表示，锚点未被选中时是一个空心的方点（如 F 点），选择后为实心方点（如 G 点），被选中的锚点会显示出一条或两条方向线，方向线从锚点开始，到方向点结束，方向点为更小的实心方点（如 H、I 点），线段的长度、方向和曲度由锚点的方向线和方向点来控制。

例如，FG 线段是一条曲线，这条曲线的长度、方向和曲度是由 G 点和 G 点的方向线和方向点来控制的，用"直接选择工具"来拖动 H 点，就会改变 FG 线段。

6.1.3　锚点的调整

当调节角点上的方向线时，只调整与方向线同侧的曲线段。使用"钢笔工具"单击可

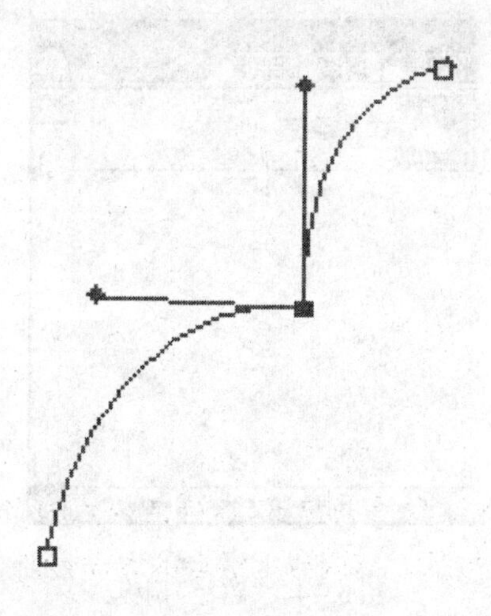

图6－3　角点

创建角点；使用“转换点工具”在平滑点上单击可将平滑点转换成没有方向线的角点；使用“转换点工具”拖动平滑点的方向点，即将平滑点转换为有两条方向线的角点；按住 Alt 键的同时用“转换点工具”在平滑点单击，即将平滑点转换为有一条方向线的角点。

任务2　路径工具

6.2.1　“路径”调板

绘制出来的路径看起来好像是用很细的线条直接绘制在图像上，但其实它是独立存在于路径层上的，并不在图层中，必须用“路径”调板来进行存储、填充和创建路径等操作。

选择“窗口”|“路径”命令可打开“路径”调板（如图6－4所示），在“路径”调板中常见的有“路径”和“工作路径”两种，其中“路径”是已经被存储过的路径，而“工作路径”则是临时状态的路径。与其他调板相同，蓝色反白的路径为当前路径。在“路径”调板的下端，各命令按钮的意义如下所述

①用前景色填充路径：单击后在当前图层以前景色填充路径。

②用画笔描边路径：单击后在当前图层以前景色对路径进行描边操作，该命令与画笔的笔型和直径等参数有关。

③将路径作为选区载入：单击后将当前路径作为选区载入。

④从选区生成工作路径：当图像中存在选区时，单击后将选区转换为“工作路径”。

⑤创建新路径：单击后新建一个路径存储区域。将“工作路径”拖动到该按钮上

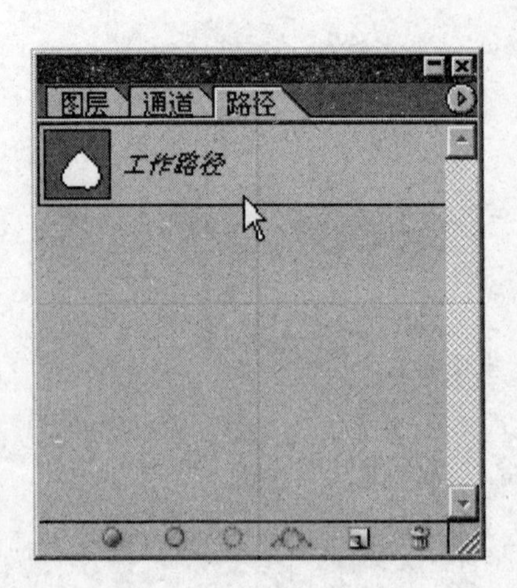

图 6－4 “路径”调板

可将“工作路径”存储为“路径”，将某一路径拖动到该按钮上则将该路径复制。

⑥删除当前路径：单击后将删除当前路径，也可将某一路径拖动到该按钮上将其删除。

6.2.2 钢笔工具组

钢笔工具组主要用来绘制和编辑路径，如图 6－5 所示，该组工具包括：钢笔工具、自由钢笔工具、添加锚点工具、删除锚点工具和转换点工具。

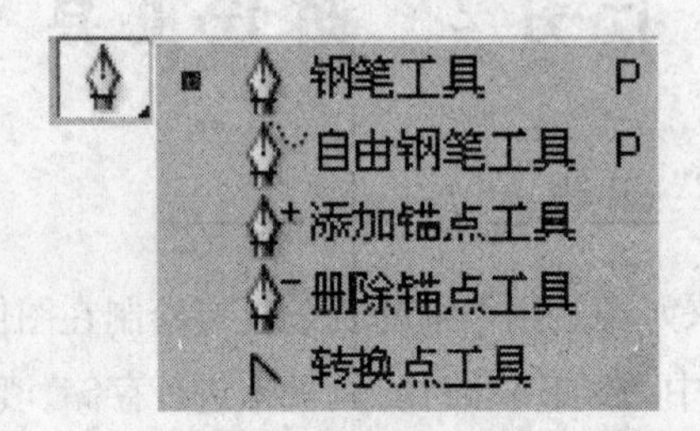

图 6－5 钢笔组工具

1. 钢笔工具

“钢笔工具”是最基本的路径绘制工具，选择“钢笔工具”后，用鼠标在图像上单击，就可以建立没有方向线的角点来连接线段形成路径。如果按住左键拖动鼠标，则会建立平滑点，拖动的长度和角度会决定曲线的弯曲度；如果按住 Alt 键的同时拖动鼠标，则会建立只有一条方向线的角点。当绘制的路径为一个封闭区域（即起点与终点重合）时，“钢笔工具”边上会带上一个小圆圈。如果要绘制一个开放的曲线，可以按 Esc 键结束绘制。

“钢笔工具”的选项栏如图 6－6 所示，在选项栏上有“形状图层”和“路径”两个按钮。

当单击“形状图层按钮”时，绘制的结果是产生一个带有剪贴路径的形状图层。

当单击“路径”按钮时，绘制的结果是产生一个“工作路径”（在“路径”调板中）。

图6－6　“钢笔工具”选项栏

（1）自动添加/删除：如果选中“钢笔工具”属性栏中的“自动添加/删除”复选框，那么，当把鼠标指针移动到线段上时，“钢笔工具”会自动转换为“添加锚点工具”，单击可增加锚点；当鼠标指针移动到锚点上时，“钢笔工具”会自动转换为“删除锚点工具”，单击可删除此锚点。

（2）橡皮带：如果选中此选项，那么绘制路径时，在上一锚点与鼠标指针间可见到一条预览线。单击属性栏“自定义形状工具”旁边的按钮设置该选项，如图6－7所示。

图6－7　“橡皮带”复选框

（3）路径控制选项：共四个选项，用于控制多个路径之间的修改方式，分别为“添加到路径区域”、“从路径区域中减去”、“交叉路径区域”和“重叠路径区域除外”。

如图6－8所示是选择创建“形状图层”时“钢笔工具”的选项栏，通过选项栏的参数设置，可以为即将创建的“形状图层”设置形状样式。在此状态下绘制的开放路径会自动封闭为闭合路径，同时图层上会自动地添加图层样式。

图6－8　创建“形状图层”时“钢笔工具”的选项栏

2. 自由钢笔工具

使用“自由钢笔工具”绘制路径时，操作方法是单击并拖动鼠标，系统会根据鼠标的轨迹自动生成锚点和路径。如图6－9所示是“自由钢笔工具”选项栏，其中参数设置方法如下。

（1）磁性的：选中该复选框后，在图像上单击确定路径的起点后，用鼠标沿着图形的边缘移动，线段会自动地贴齐图形边缘，并且自动地产生锚点，结束时双击。选中该复选框后，绘制的路径一定是封闭的。

（2）“自定义形状工具”：单击“自定义形状工具”旁的按钮，将打开“自由钢笔选项”设置框，如图6－9所示。其中，“曲线拟合”用于控制曲线弯曲时的像素量，数值越小，曲线弯曲度越平滑，所绘路径越精确，输入范围在0.5～10像素之间；“宽度”用于设置路径与边缘的距离；“对比”用于设置边缘对比度；“频率”用于设置锚点添加到路径中

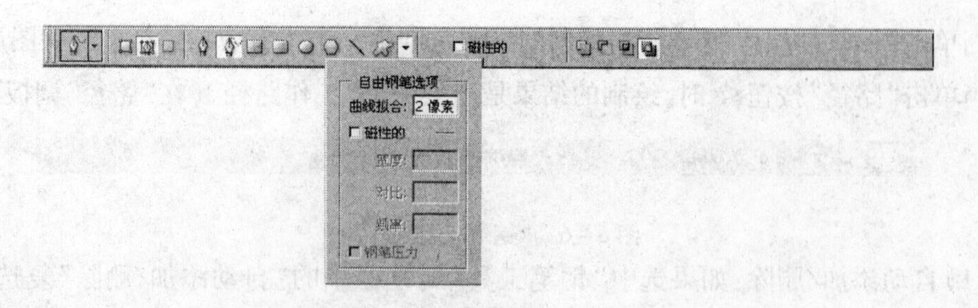

图 6－9 “自由钢笔工具”选项栏

的密度，数值越小，则产生的锚点就越多。

3. 添加锚点工具

“添加锚点工具”用于在已有的路径上增加锚点，使用时将鼠标移动到需要增加锚点的位置单击即可。

4. 删除锚点工具

“删除锚点工具”用于将已有路径上的锚点删除，使用时将鼠标移动到需要删除的锚点上单击即可。

5. 转换点工具

“转换点工具”用于改变锚点的属性，将锚点在平滑点和角点之间转换，使用方法如下。

(1)角点转换为平滑点在角点上单击并拖动鼠标，沿鼠标移动方向出现方向线，角点转换为平滑点。

(2)平滑点转换为角点分为三种情况，一是用鼠标直接在平滑点上单击，可将平滑点转换为没有方向线的角点；二是用鼠标拖动平滑点的方向线，则将平滑点转换为具有两条相互独立的方向线的角点；三是按住 Alt 键的同时单击平滑点，将平滑点转换为只有一条方向线的角点。

6.2.3 形状绘制工具组

用鼠标在工具箱中的图标处单击并按住不放，将显示出相关形状绘制工具，如图 6－10 所示。在形状工具组中包括“矩形工具”“圆角矩形工具”“椭圆工具”“多边形工具”“直线工具”及“自定义形状工具”共 6 种工具。

在每个形状工具的属性栏中均有三个按钮，其含义分别如下。

(1)“创建形状图层”按钮：使用“形状工具”或“钢笔工具”可创建形状图层。按下该按钮后，在“图层”调板中会自动添加新的形状图层。形状图层可以理解为带形状剪贴路径的填充图层，填充色默认为前景色。单击缩略图可改变填充颜色。

(2)“创建工作路径”按钮：按下该按钮后，使用“形状工具”或“钢笔工具”绘制的

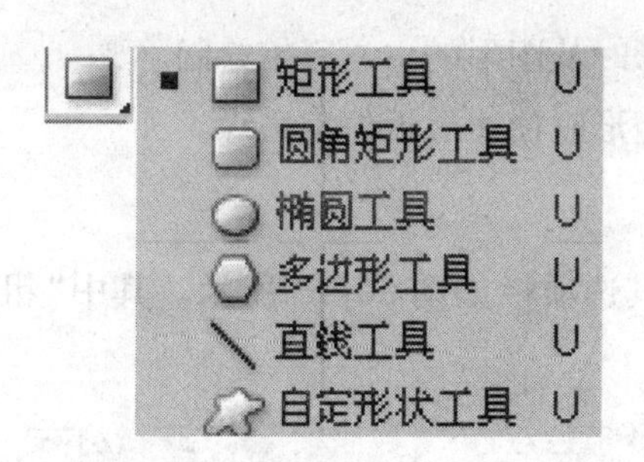

图6-10　形状绘制工具组

图形，只产生工作路径，不产生形状图层的填充色。

(3)"填充像素"按钮：按下此按钮后，绘制图形时，既不产生工作路径，也不产生形状图层，便会使用前景色填充图像。这样绘制的图像将不能作为矢量对象编辑。

利用各种形状绘制工具，可在图像中绘制出直线、矩形、圆角矩形、椭圆等图形，也可绘制多边形和自定义形状图形。

1. **矩形工具的使用**

选择"矩形工具"，此时其属性如图6-11所示。

图6-11　"矩形工具"的选项栏

在中，单击某按钮便可在钢笔工具以及各种形状工具之间进行切换。选择了相应的工具后(如选择"矩形工具")，单击右侧的向下箭头，可进行相应选项(如矩形选项)的设置，如图6-12所示。

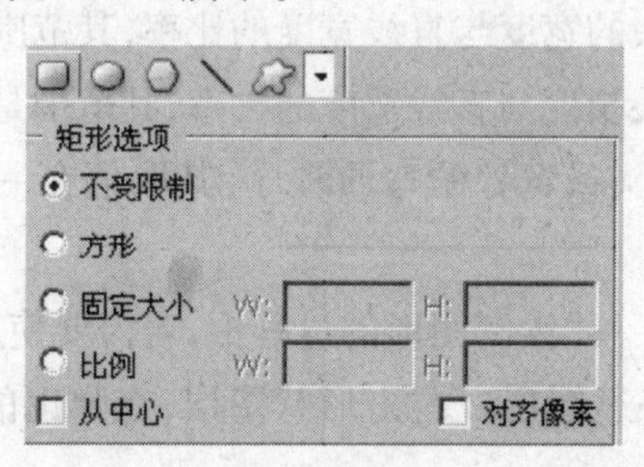

图6-12　矩形选项设置面板

其中参数介绍如下。

(1)不受限制。用于绘制尺寸不受限制的矩形。

(2)方形。选中此单选按钮可在图像中绘制正方形。

(3)固定大小。选中此单选按钮可在图像中绘制固定尺寸的矩形。其右侧的W、H文本框分别用于输入矩形的宽度和高度。

(4)比例。选中此单选按钮可在图像中绘制固定度高比的矩形。其右侧的W、H文本框分别用于输入矩形的宽度与高度之间的比值。

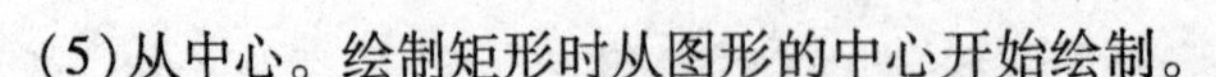

(5)从中心。绘制矩形时从图形的中心开始绘制。

(6)对齐像素。绘制矩形时使边靠近像素边缘。

2. 直线工具的使用

选择“直线工具”，其选项栏如图 6 - 13 所示。其中“粗细”文本框用于设置所描绘直线的粗细。

图 6 - 13 “直线工具”选项栏

单击中的小三角形，可开启箭头设置面板，如图 6 - 14 所示。其中参数介绍如下。

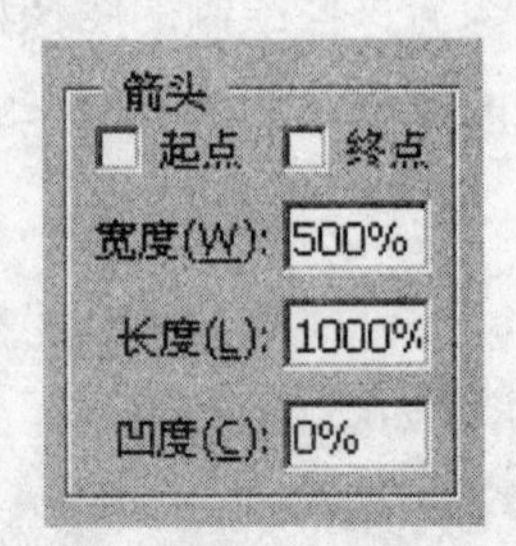

图 6 - 14 箭头设置面板

(1)起点:选中该复选框，则在线条的起点处带箭头。

(2)终点:选中该复选框，则在线条的终点处带箭头。

小技巧:若“起点”和“终点”两项都选择，则在线条的两端都带箭头。

(1)宽度:用于设置箭头的宽度与直线宽度的比率，其范围 10 ~ 1 000% 。

(2)长度:用于设置箭头长度与直线宽度的比率，其范围是 10% ~ 5 000% 。

(3)凹度。用于设置箭头最宽处的弯曲程序，其取值在 - 50% ~ 50% ，正值为凹，负值为凸。

小技巧:在使用“形状工具”绘制图形的过程中，若需要使用另一种填充颜色，则必须先将当前形状图层转换为普通图层。右击形状图层，在弹出的快捷菜单中选择“栅格化图层”命令即可将其转化。

3. 圆角矩形工具的使用

选择“圆角矩形工具”，其选项栏与“矩形工具”的选项栏大致相同，如图 6 - 15 所示。

图 6 - 15 “圆角矩形工具”选项栏

小技巧:属性栏中的“半径”文本框用于设置所绘制矩形的四角的圆弧半径，输入的

数值越小，四个角越尖锐。

单击属性栏上的小三角按钮，开启“圆角矩形工具”的下拉列表，其中的参数与矩形工具下拉列表中的完全一样，如图6-16所示。

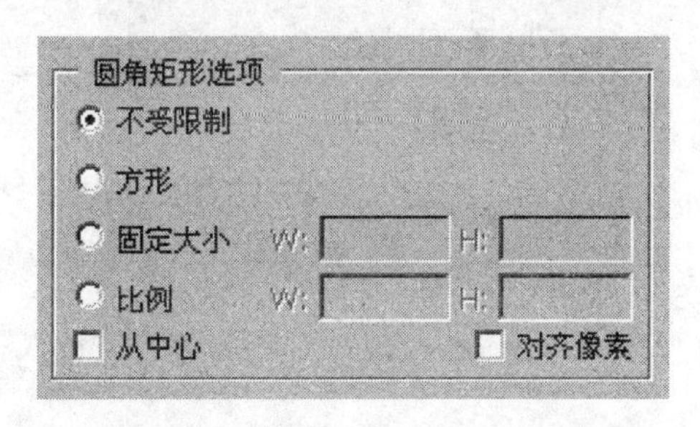

图6-16 “圆角矩形工具”的下拉列表

4. 椭圆工具的使用

选择“椭圆工具”，其选项栏与“矩形工具”的选项栏相似，其下接列表也相似，只是其中的“圆”选项用于绘制正圆形。拖动鼠标随意绘制一个椭圆图形，效果如图6-17所示。

图6-17 绘制椭圆图形

5. 多边形工具的使用

选择“多边形工具”，其选项栏如图6-18所示。多边形选项设置面板如图6-19所示。

图6-18 “多边形工具”选项栏

该面板的参数介绍如下。

(1)半径：用于设置多边形的中心到各顶点的距离，以确定多边形的大小。

(2)平滑拐角：使多边形各边之间实现平滑过渡。

(3)星形：绘制星形图标。

(4)缩进边依据：使多边形的各边向内凹进，以形成星形的形状。

(5)平滑缩进：使圆形凹进代替尖锐的凹进。

6. 自定义形状工具的使用

选择“自定义形状工具”，其选项栏如图6-20所示，其中自定义形状选项设置与

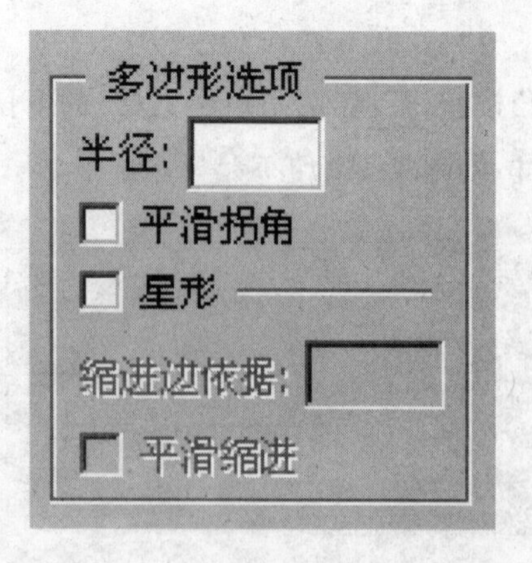

图 6－19 “多边形选项”设置面板

其他形状工具的属性栏有所不同。

图 6－20 “自定义形状工具”选项栏

其中参数介绍如下。

(1)形状:此列表框中提供了一些图形,如图 6－21 所示,用户可根据需要进行选择。

图 6－21 形状列表

(2)定义的比例:用于限制自定义图形的比例(但大小可改变)。

(3)定义的大小:用于限制自定义图形的尺寸大小。

任务 3 操作路径

6.3.1 选择工具

绘制好路径后,还可以对路径执行进一步的编辑操作,而“选择工具”主要用于选择路径,如图 6－22 所示。

1. 路径选择工具

“路径选择工具”用于选择一个或多个路径,该工具与“移动工具”类似,使用该

图6－22　选择工具组

工具可以移动路径并对路径进行删除、旋转、排列以及变形处理等操作。

使用“路径选择工具”选择路径时，会将路径全部选取，即将一个路径的锚点和线段全部选取。使用“路径选择工具”在路径上单击会选择该路径，选择多个路径时可按住 Shift 键逐一选择即可，也可以使用鼠标拖动出一个选择框来选择多个路径。

对路径进行通常进行以下几个操作。

(1)移动路径：选择路径后直接拖动可以移动路径。

(2)缩放和旋转路径：选中“路径选择工具”选项栏上的“显示定界框”复选框，如图6－23所示，再选择路径时，路径的四周将会出现定界框，这时可对路径进行缩放和旋转操作。

图6－23　“路径选择工具”选项栏

(3)变形路径：选择路径后选择“编辑”|“自由变换路径”命令，并在路径上右击，即可以对路径进行翻转、扭曲等变形操作。

(4)组合路径：用于将多个路径组合为一个路径，其有“添加到形状区域”“从形状区域减去”“交叉形状区域”和“重叠形状区域除外”4种组合方式。在对所有路径进行组合时，只需选择其中一个路径即可，若只组合部分路径，需要先把将要组合的路径选定后再进行组合操作。

(5)排列路径：用于对两个以上的路径进行排列对齐操作。

(6)分布路径：用于对三个以上的路径进行分布操作。

2. 直接选择工具

“直接选择工具”用于选择单一锚点、线段，或用框选的方式(也可以按住 Shift 键逐一选择需要的锚点、线段)选择多个锚点、线段，然后对路径进行移动、变形或删除等操作。使用该工具还可以单独调节锚点的方向线来改变线段的曲度，但调节时不会改变锚点的类型。

6.3.2　创建路径

创建路径除使用钢笔组工具和形状工具外，还可以使用下列方法。

(1)通过选区创建路径：首先制作选区，然后单击“路径”调板下端的“从选区生成路径”按钮，可以把选区创建为工作路径；也可以在制作选区后，使用“路径”调板中的弹出式菜单中的“建立工作路径”命令来创建路径，选择该命令后，会弹出设置容差的对

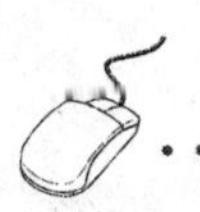

话框，如图 6 – 24 所示。设置创建工作路径的容差值，数值越小建立的路径越准确。

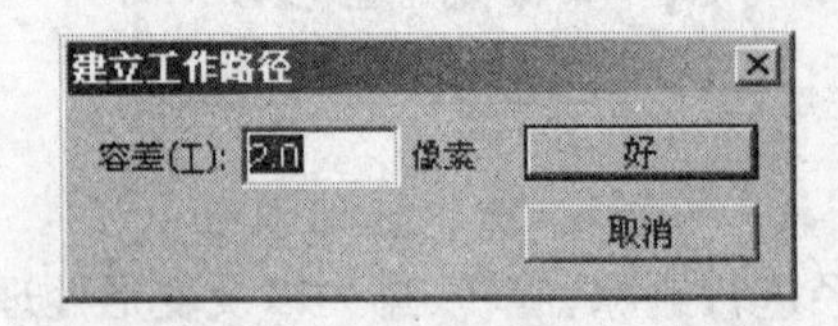

图 6 – 24 “建立工作路径”对话框

(2)利用文字创建路径：在 Photoshop 中，可以很方便地利用文字创建工作路径，使用方法是先创建文字，然后选择“图层”|“文字”|“创建工作路径”命令来按照文字的形状创建工作路径。

6.3.3 复制和删除路径

1. 复制路径

复制路径常见的方法有以下三种。

(1)使用弹出式菜单中的“复制路径”命令复制路径，在弹出的对话框(如图 6 – 25 所示)中可以重新命名路径。

图 6 – 25 “复制路径”对话框

注意：工作路径不能直接复制，必须先存储为正式路径后才能复制。

(2)使用鼠标把路径缩览图拖动到“路径”调板下端的“创建新路径”按钮上，也可以复制路径。

(3)在两个文件中复制时，用“路径选择工具”将选中的路径拖动到另一文件上即可。也可以使用鼠标将“路径”调板上的路径缩览图拖动到另一文件中。

若要复制路径中部分的锚点和线段，可先使用“直接选择工具”选择需要的锚点和线段，选择“编辑”|“拷贝”命令，然后在“路径”调板单击要复制到的位置(路径缩览图)，选择“编辑”|“粘贴”命令即可。

2. 删除路径

删除路径常见有如下几种方法。

(1)若删除路径中的部分锚点和线段时，可以使用“路径选择工具”或“直接选择工具”选择需要删除的部分，再按 Del 键即可。

(2)在“路径”调板中，将路径缩览图直接拖动到“路径”调板下端的“删除当前路径”按钮上；也可以在“路径”调板中先单击需要删除的路径缩览图，再单击“删除当前路径”按钮。

(3)使用“路径”调板中弹出式菜单命令删除路径。

6.3.4　填充路径

把色彩填充到路径中是路径的应用之一,使用方法有以下两种。

(1)单击“路径”调板下端的“用前景色填充路径”按钮。

(2)选择弹出式菜单中的“填充路径”命令,使用该命令可以精确设置填充的“内容”和“模式”、“不透明度”等参数。执行该命令后会弹出如图6－26所示的对话框,其参数设置如下所述。

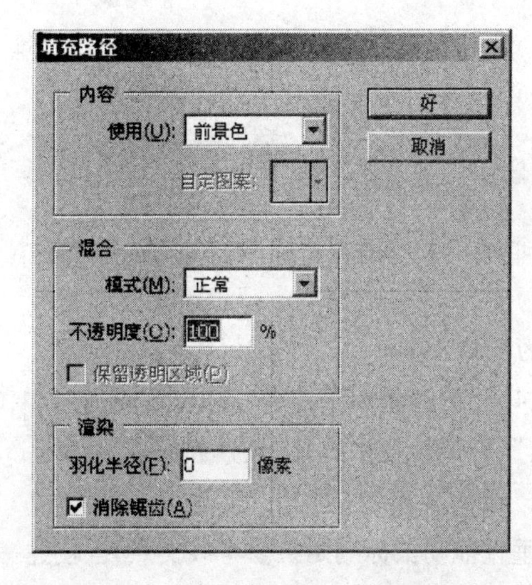

图6－26　“填充路径”对话框

①内容:用于设置填充“内容”,包括“前景色”“背景色”和“黑、白、灰”等特定色彩选项,也可以使用“图案”或“历史记录”填充。

②不透明度和模式:选择混合的模式,及填充的透明度,要使填充透明,应使用较低的百分比。

③羽化半径:用于设置填充的边缘羽化效果,数值范围为0～250像素。

6.3.5　在路径和选区边框之间转换

1. 将路径作为选区载入

将路径作为选区载入的方法有两种。

(1)在“路径”调板中先选择要载入的路径,再单击“路径”调板下端的“将路径作为选区载入”按钮。

(2)按住Ctrl键的同时,在“路径”控制面板中单击要载入的路径缩览图即可。

2. 将选区作为路径载入

用户可以将当前图像中任何选择范围转换为路径,只需选中范围后单击“路径”面板中的按钮即可。

例如，使用角点和平滑点创建圆形效果如图 6 – 27 所示。

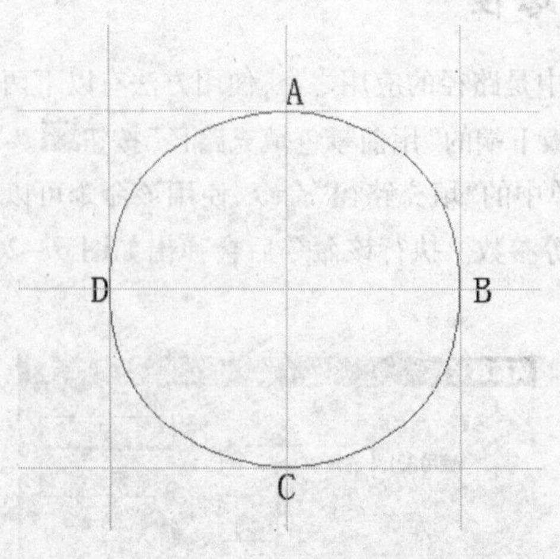

图 6 – 27　创建角点和平滑点形成的圆形路径

操作步骤如下。

(1)新建文件大小为 7cm × 7cm。

(2)创建位置为“2,4,6”的三条水平参考线和位置同为“2,4,6”的三条垂直参考线。

(3)选择“钢笔工具”，在属性栏中选择“创建新路径”。

(4)使用“钢笔工具”在 A 点单击，创建一个角点。

(5)在 B 点单击并垂直拖动鼠标到两条参考线交点处，创建一个平滑点。

(6)在 C 点单击，创建一个角点。

(7)在 D 点单击并垂直拖动鼠标到两条参考线交点处，创建一个平滑点。

(8)最后在 A 点处单击，闭合曲线，得到一个圆形路径，如图 6 – 27 所示。

例如，使用“转换点工具”改变锚点的类型效果如图 6 – 28 所示。

操作方法如下。

(1)按照练习(1)中的步骤创建圆形路径。

(2)使用“转换点工具”在 B 点单击，将平滑点转换为角点，该角点无方向线。

(3)按住 Alt 键的同时，用“转换点工具”在 D 点单击，将平滑点转换为有一条方向线的角点。

(4)使用“转换点工具”在 C 点单击并拖动，将角点转换为平滑点，最后得到的效果如图 6 – 28 所示。

6.3.6　描边路径

用色彩描边路径是路径的另一种应用，使用方法有以下两种。

(1)单击“路径”调板下端的“用画笔描边路径”按钮，在当前图层用前景色描边路

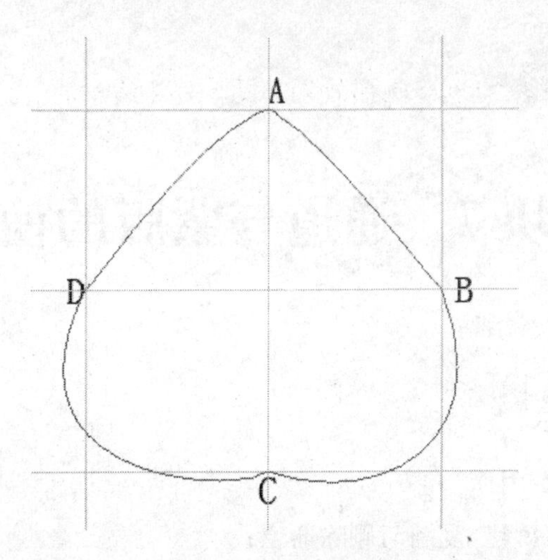

图6－28　改变锚点类型

径。

(2)使用“路径”调板中弹出式菜单中的“描边路径”命令，可选择描边的工具。

小技巧：在使用第一种方法描边路径时，如果没有在工具箱中选择描边工具，如“画笔工具”“模糊工具”等，那么系统会使用“铅笔工具”来描边路径。而在描边时，描边的效果与当前所使用的描边工具所设置的参数(如笔型、直径)等有关。

模块 7　通道与蒙版的使用

学习目标

· 掌握通道的概念、用途；

· 掌握通道面板的新建、复制与删除通道；

· 掌握通道与选区的转换。

本章导读

通道与蒙版是 Photoshop CS3 中非常重要的知识点，但同时也是比较难理解的知识点。如果理解并掌握了通道和蒙版的概念，许多图像处理的难题会迎刃而解。

任务 1　关于通道

7.1.1　通道的含义

通道是存储不同类型信息的灰度图像。打开新图像时，自动创建颜色信息通道。图像的颜色模式确定所创建的颜色通道的数目。

可以创建 Alpha 通道，将选区存储为 8 位灰度图像。可以使用 Alpha 通道创建并存储蒙版，这些蒙版使用户可以处理、隔离和保护图像的特定部分。

通道主要用于保存颜色数据，例如，一个彩色图像包括了 RGB、R、G、B 四个通道，如图 7－1 所示。在对通道操作时，可以对各原色通道（R、G、B）分别进行明暗度、对比度的调整等操作，甚至可以对原色通道单独执行滤镜功能，这样可以制作出许多特技效果。

此外，通道还用于保存蒙版，这类通道通常被称为 Alpha 通道，其作用是让被屏蔽的区域不受任何编辑操作的影响，从而增强图像的弹性。

7.1.2　通道调板

和图层一样，要使用通道，也要熟悉“通道”调板。“通道”调板如图 7－2 所示。在“通道”调板中用户可以创建并管理通道，以及监视编辑效果。该面板列出了图像中的所

“RGB”模式　“红”原色模式

“绿”原色模式　“蓝”原色模式

图7－1　图像的色彩通道

有通道：首先是复合通道（对于RGB、CMYK和Lab图像），然后是单个颜色通道，专色通道，最后是Alpha通道。通道内容的缩览图显示在通道名称的左侧；缩览图在编辑通道时自动更新。

7.1.3　“通道”调板常用命令

“通道”调板中各项的意义如下。

1.“载入选取范围”按钮

如果用户希望将通道中的图像内容转换为选择范围，则可以在选中该通道后单击这个按钮。此功能类似选择“选择”|“载入选区”命令。

2.“保存选取范围”按钮

单击该按钮可以将当前选择的区域转变为一个通道并保存到“通道”面板中，保存为Alpha通道。该功能与选择“选择”|“存储选区”命令相似。

3.“创建新通道”按钮

用于创建新通道。用户最多可以创建24个通道。

4."删除通道"按钮

用于删除当前通道。

5."通道"面板菜单

当用户单击"通道"面板右上角的小三角图标时,将会弹出一个菜单,如图7-3所示。

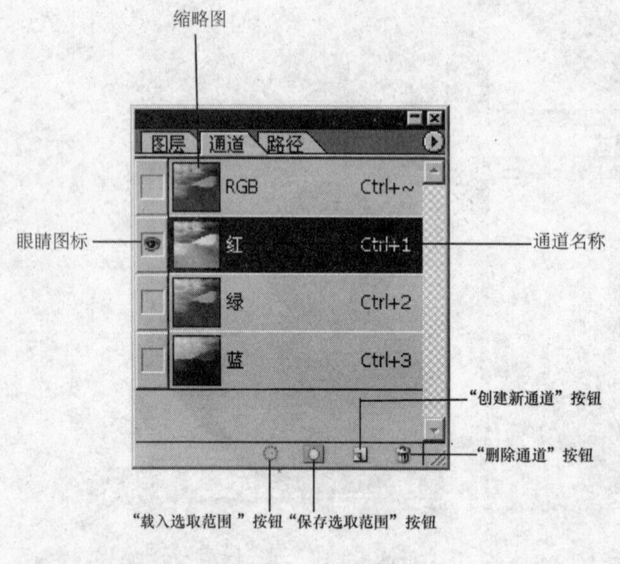

图7-2 "通道"调板

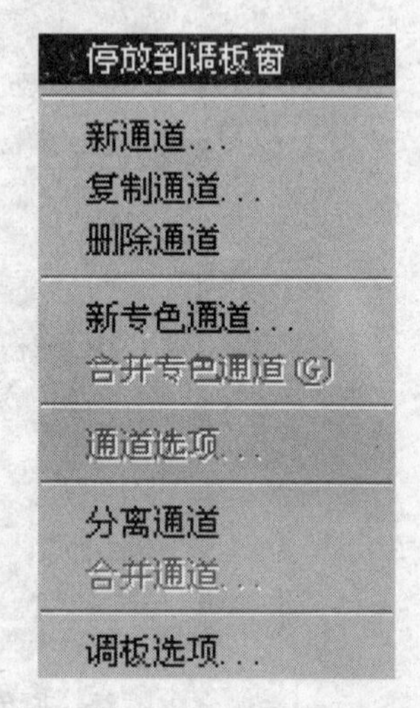

图7-3 "通道"面板菜单

6. 调整通道缩览图大小或将其隐藏

"通道"面板菜单中选择"调板选项"命令,弹出如图7-4所示对话框。选择一个显示选项,单击缩览图大小。较小的缩览图可以减少面板所需的空间——当使用较小的显示器时,这非常有帮助。选中"无"单选按钮可以关闭缩览图的显示。

任务2 通道基本操作

可以重新排列通道,在图像内部或图像之间复制通道,将一个通道分离为单独的图像,将单独图像中的通道合并为新图像,以及在完成这些操作后删除Alpha通道和专色通道。

7.2.1 新建Alpha通道

要创建新通道,可在"通道"面板的快捷菜单中选择"新通道"命令。此时Photoshop将打开如图7-5所示的对话框。

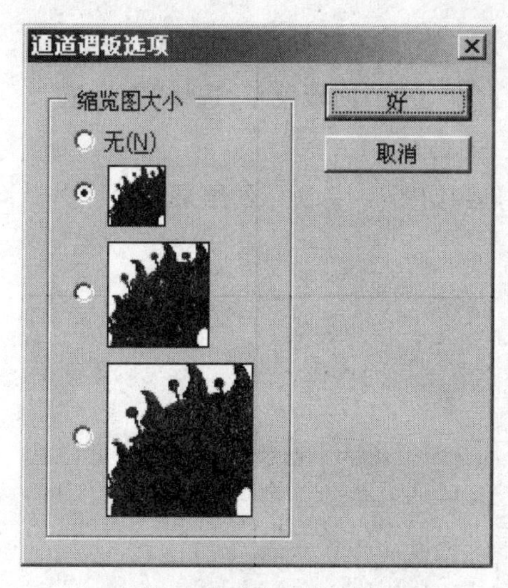

图7-4 “通道调板选项”对话框

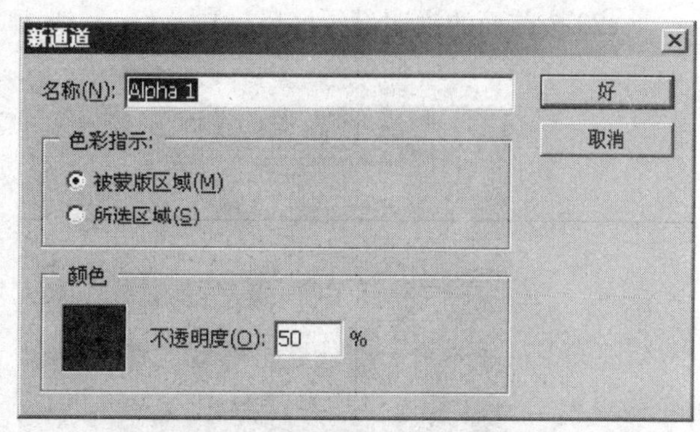

图7-5 “新通道”对话框

对话框中各项的意义如下。

(1)“名称”:设置新通道的名称。

(2)“色彩指示”:若选中“被蒙版区域”单选按钮,则表示新通道中有颜色的区域代表被遮蔽的区域,没有颜色的区域代表选择区;如果选中“所选区域”单选按钮,则意义与此相反。

图7-6 原始图像

(3)“颜色”:用于设置遮蔽图像的颜色。

(4)“不透明度”:遮蔽图像时的不透明度。

下面用一个例子来进一步说明这个对话框。打开一幅如图 7－6 所示的图像。

(1)单击“通道”面板右上角的小三角按钮，打开“通道”面板菜单，选择“新通道”命令。

(2)按前面的说明设置好后，单击“好”按钮，则得到如图 7－7 所示的结果。

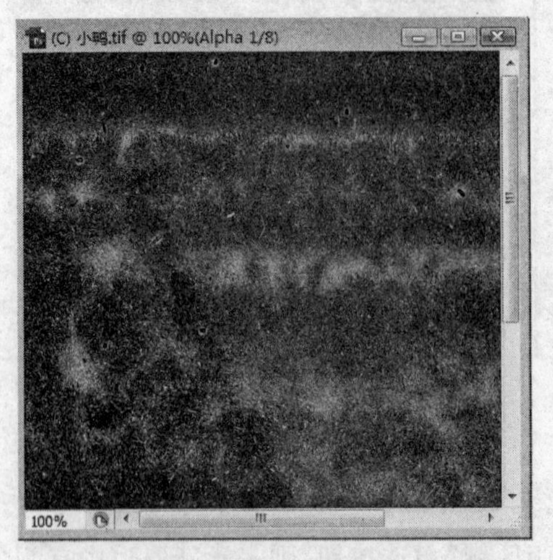

图 7－7　新建 Alpha 通道

(3)单击“通道”面板中“RGB”通道左侧的显示控制图标显示图像，则图像窗口和通道面板将如图 7－8 所示。此时图像上蒙上了一层红色，图像被完全遮蔽。

图 7－8　显示图像

(4)选择“橡皮擦工具”，擦拭自己要选择的部分(也即修改蒙版)，其结果如图 7－9 所示。

(5)在"通道"面板中,按住 Ctrl 键并单击"Alphal"通道,则将前一步中擦除的部分转换为选择区,如图 7－10 所示。

图 7－9　调整通道蒙版

图 7－10　由通道生成选区

创建通道时,也可以先在图像中选取区域,然后单击"通道"面板下部的"将选区存储为通道"按钮,即可将选区变为通道。

7.2.2　复制和删除通道

在编辑通道之前,可以复制图像的通道以创建一个备份。或者可以将 Alpha 通道复制到新图像中以创建一个选区库,将选区逐个载入当前图像,这样可以保持文件较小。复制通道的方法如下。

(1)单击选中通道,打开"通道"面板菜单,或者在通道上右击,在弹出的快捷菜单中选择"复制通道"命令,打开如图 7－11 所示的对话框。其中各项的意义介绍如下。

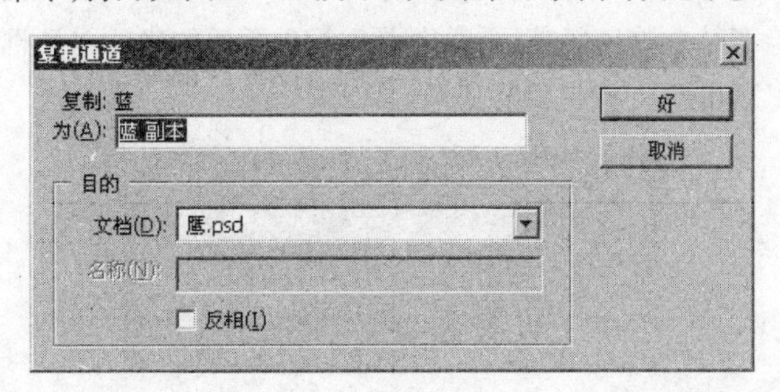

图 7－11　"复制通道"对话框

①"为":设置通道的名称。

②“文档”:要复制的文件,默认为通道所在的文件。如果选择“新建”,则会在新的图像窗口打开复制的通道。

③“反相”:选中该复选框后,复制通道时将会把通道内容反相。

(2)复制通道后的面板如图 7－12 所示。

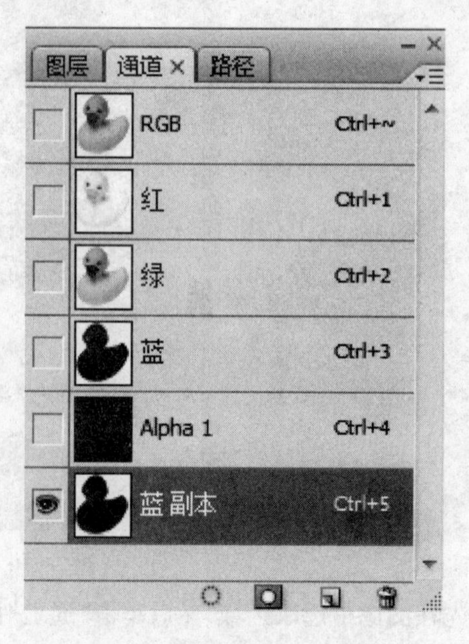

图 7－12　复制的 Alpha 通道

为了节省文件存储空间和提高图像处理速度,用户还可以删除一些不再使用的通道。有以下三种方法可以删除通道。

①选择要删除的通道,打开“通道”面板菜单,或在通道上右击,选择“删除通道”命令。

②选择要删除的通道,单击面板下部的“删除”按钮 。弹出如图 7－13 所示的对话框。单击“是”按钮删除通道,单击“否”按钮取消删除。

③将要删除的通道直接拖到面板下部的删除按钮 上,也可以删除通道。

如果用户删除了某个单色通道,会弹出图 7－13 所示的确认对话框。询问用户是否要删除原色通道。单击“是”按钮删除通道。

图 7－13　确认对话框

7.2.3　分离和合并通道

利用“通道”面板的“分离通道”命令，可以将一个图像中的各个通道分离出来，各自成为一个单独的文件，步骤如下。

选择“通道”面板菜单中的“分离通道”命令，分离后的各个文件都将以单独的窗口显示在屏幕上，且均为灰度图。其文件名为原文件名加上通道的缩写，分离后的通道可以分别进行加工和编辑。修改完后，可以用“通道”面板菜单中的“合并通道”命令合并通道。

7.2.4　重新排列和重命名通道

默认颜色通道一般出现在“通道”面板的顶部，其后是专色通道，然后是 Alpha 通道。不能移动或重命名默认通道，但用户可以根据自己的工作方式重新排列和重命名专色通道和 Alpha 通道。更改 Alpha 通道或专色通道的顺序，上下拖移通道。当在需要的位置上出现一条线条时，释放鼠标按钮，如图 7－14(a) 所示。重命名 Alpha 或专色通道时，在“通道”面板中双击该通道的名称，然后输入新名称即可[如图 7－14(b) 所示]。

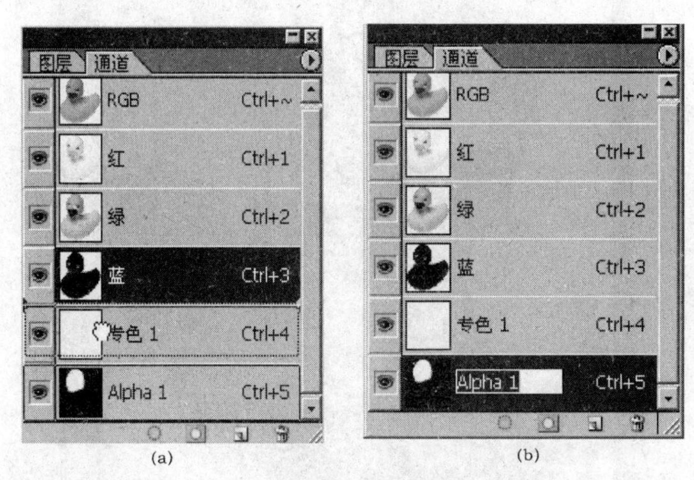

图 7－14　移动通道顺序与重命名通道

7.2.5　专色通道

专色是特殊的预混油墨，用于替代或补充印刷色 CMYK 油墨。在印刷时每种专色都要求有专用的印版。专色常用作第五色(除 CMYK 色外的一种颜色)，为徽标或文本添加引人注目的效果。在处理专色时，请注意下列事项。

(1) 对于具有锐边并挖空下层图像的专色图形，应考虑在页面排版或图形应用程序中创建附加图片。

(2) 若要将专色作为色调应用于整个图像，须将图像转换为双色调模式，并在其中一

个双色调印版上应用专色。最多可使用 4 种专色,每个印版一种。

(3)专色名称打印在分色片上。

(4)在完全复合的图像顶部压印专色。按照专色在“通道”面板中显示的顺序对其进行压印。

(5)除非在“多通道”模式中,否则不能在“通道”面板中将专色移动到默认通道的上面。

(6)不能将专色应用到单个图层。

(7)在使用复合彩色打印机打印带有专色通道的图像时,将按照“强度”设置指示的不透明度打印专色。

(8)可以将颜色通道与专色通道合并,或者将专色通道分离成颜色通道的成分。

创建专色通道的方法如下。

(1)打开一幅要应用专色的图像。

(2)在图像上创建选区,如图 7 – 15 所示。

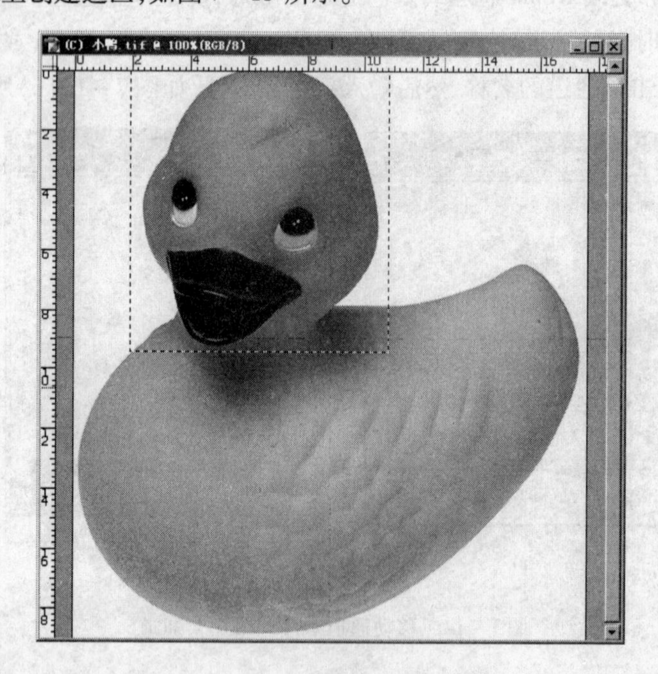

图 7 – 15　在图像上添加选区

(3)按住 Ctrl 键单击“通道”面板中的“新通道”按钮,或者单击“通道”面板右上角的小箭头,在出现的面板中选择“新专色通道”命令,弹出如图 7 – 16 所示的对话框。

对话框中各项的意义如下。

①“名称”:设置新通道的名称。

②“油墨特性”:用于选择油墨的“颜色”和“密度”。

(4)单击“好”按钮即可应用专色(如图 7 – 17 所示)。

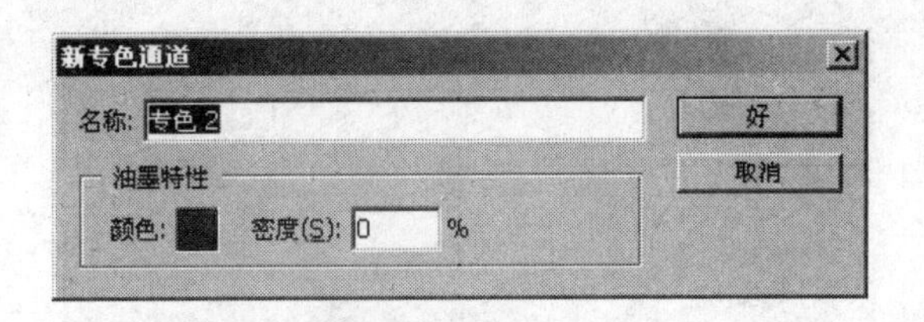

图 7－16　“新专色通道”对话框

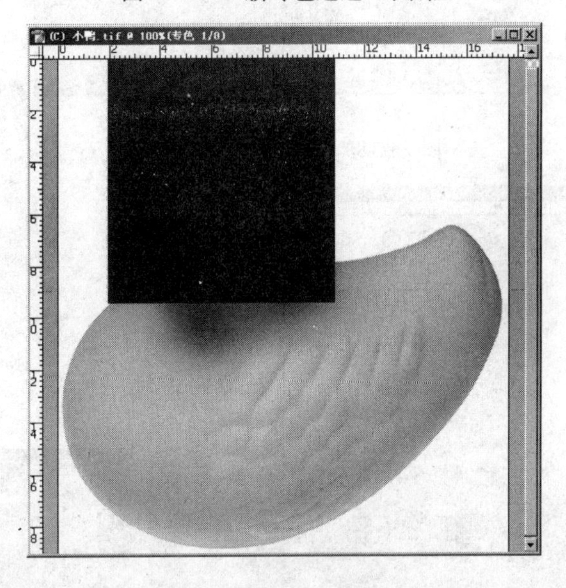

图 7－17　应用专色

(5) 如果需要修改专色通道的属性，双击“通道”面板中的专色通道，或者选择该通道，再选取“通道”面板菜单中的“通道选项”命令。

除了用选区来创建专色通道，还可以将 Alpha 通道转换为专色通道，方法如下。

(1) 打开包含 Alpha 通道的图像，如有必要，重命名通道。

(2) 双击“通道”面板中的 Alpha 通道缩览图，或者在“通道”面板中选择 Alpha 通道，并从面板菜单中选取“通道选项”命令。

(3) 在弹出的“通道选项”对话框中，选中“专色”单选按钮，如图 7－18 所示。

(4) 单击颜色框，在“拾色器”对话框中选取颜色。

(5) 单击“好”按钮。包含灰度值的通道区域即转换为专色。

7.2.6　合并专色通道

专色通道通常可以直接合并到各原色通道中，方法如下。

选择“通道”面板菜单中的“合并专色通道”命令，在执行该命令时，系统要求所有的图层必须是合并的。下面用一个例子来进一步说明专色通道的建立与合并。

(1) 打开一幅带有文字的图像。

(2) 新建一个专色通道，此时图像和“通道”面板，如图 7－19 所示。

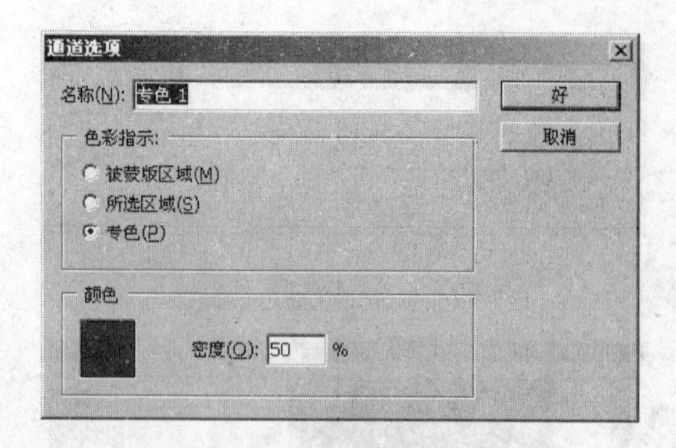

图 7－18 “通道选项”对话框

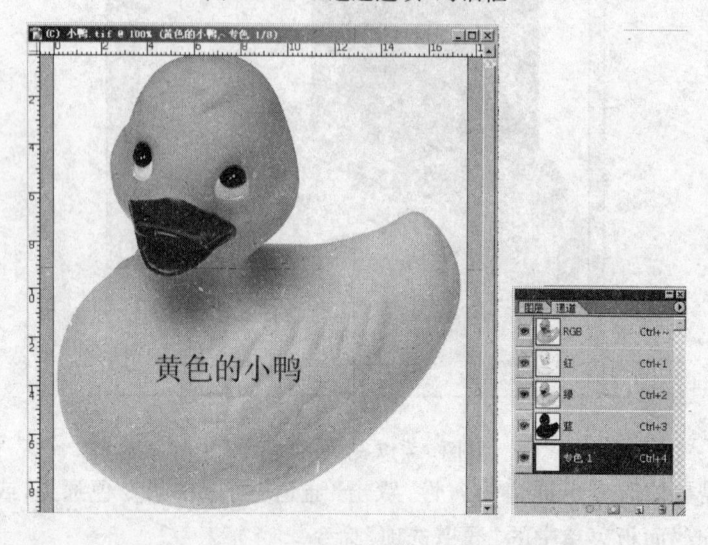

图 7－19 对带有文字的图像创建专色通道

(3)选取“通道”面板菜单中的“合并专色通道”命令，弹出如图 7－20 所示的对话框。询问用户是否要拼合图层。单击“好”按钮，合并专色通道到图像中。此时文字将融合到图像中，最后的效果如图 7－21 所示，“通道”面板中专色通道和“图层”面板中的文字图层都已没有了。

图 7－20 确认对话框

1. 用绘图工具修改专色

修改时，将前景色设置为黑色，用画笔工具添加专色。要绘制密度较低的专色，可选

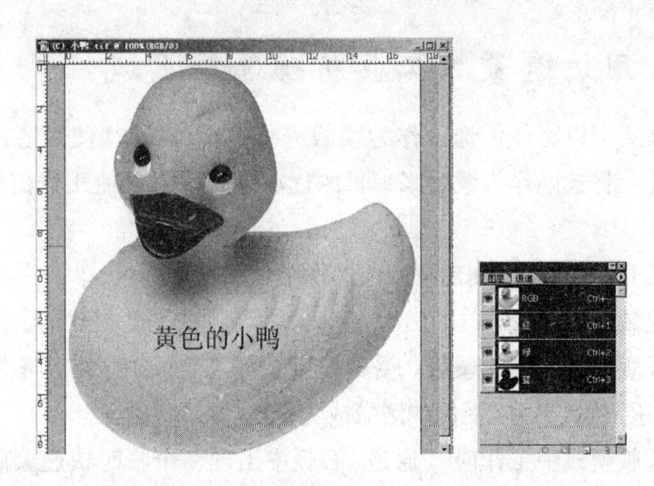

图 7－21　合并“专色”通道后的效果

择灰色前景色进行描绘。用橡皮擦工具或白色描绘时，就会删除专色。

任务 3　图层蒙版

图层蒙版虽然是在【图层】调板中创建和显示，但其关系与通道更为紧密，因此与通道一起介绍。本节主要介绍图层蒙版的概念和使用方法。

图层蒙版在 Photoshop 的英文版本中称为“mask”，意思是面具。在 Photoshop 的早期版.本中，称之为遮罩。其功能是可以遮盖与其链接的图层，只显示指定部分，非常适合于无损修图。

图层蒙版与 Alpha 通道类似，可以显示 256 级灰度，可以使用【画笔工具】等进行编辑。在图层蒙版中，黑色是遮盖部分，白色是显示部分。

形象地说，可以将图层蒙版视为覆盖在图层上的玻璃。白色为透明，可以看到玻璃下面的内容；黑色为不透明，完全看不到玻璃下面的内容；灰色为半透明，玻璃下面的内容比较朦胧。

图层蒙版不能应用于背景图层。创建图层蒙版后，在【通道】调板中会出现相应的蒙版通道。

7.3.1　创建蒙版的方法

概括起来，创建蒙版的方法有以下几种。

(1)在选择了一个区域后，选择“选择”|“存储选区”命令，或单击“通道”面板中的“将选区存储为通道”按钮。

(2)利用“通道”面板，首先创建一个 Alpha 通道，然用绘图工具或其他编辑工具在该通道上编辑，以产生一个蒙版。

(3)利用工具箱中的“快速蒙版工具”产生一个快速蒙版。

7.3.2 用快速蒙版工具精确选择区域

快速蒙版模式可以将任何选区作为蒙版进行编辑，而无须使用通道面板，且在查看图像时也可如此。将选区作为蒙版来编辑的优点是几乎可以使用任何 Photoshop 工具或滤镜修改蒙版。

从选中区域开始，在没有创建蒙版的图像中定义一个选区，单击一次“快速蒙版”，将在该区域中创建蒙版区域，再单击一次“快速蒙版”，将减去已创建的蒙版区域。另外，也可完全在快速蒙版模式中创建蒙版。受保护区域和未受保护区域以不同颜色进行区分。当离开“快速蒙版”模式时，未受保护区域成为选区。

当在快速蒙版模式中工作时，“通道”面版中出现一个临时快速蒙版通道。但是，所有的蒙版编辑均在图像窗口中完成。可以使用快速蒙版方法定义选择范围，方法如下。

(1)打开“小鸭. tif 文件”，选取其中的小白兔的头。

(2)用套索工具创建选区，然后单击工具箱中的“快速蒙版工具”。此时将显示如图 7－22 的效果，同时在“通道”面版中新增一个“快速蒙版”通道。

(3)设置前景色为黑色，用“画笔工具”可以扩大蒙版区，用“橡皮擦工具”可以扩大选择区。用这两个工具反复涂抹，精确选择边界。最终效果如图 7－23 所示。

图 7－22 初步选定区域并进入快速蒙版

图 7－23 修改快速蒙版

(4)单击工具箱中的“标准模式”按钮，切换至标准显示模式，可以看到选取范围的效果，如图 7－24 所示。

图 7－24　最终选取区域

7.3.3　将蒙版转换为选区

创建蒙版后,用户还可根据需要随时将蒙版转换为选区。只需在“图层”调板中右击蒙版缩略图打开快捷菜单,并从中选择相应的命令即可,如图 7－25 所示。其中,与选区制作相关的各命令的含义如下。

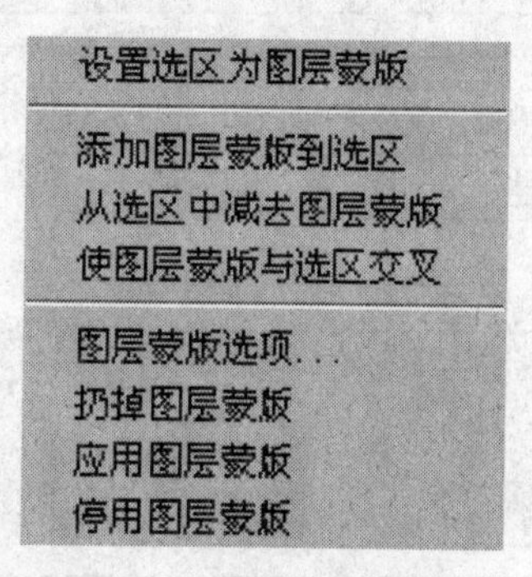

图 7－25　蒙版快捷菜单

(1)设置选区为图层蒙版:根据蒙版设置选区。按住 Ctrl 键并单击蒙版缩略图,也可根据蒙版制作选区。

(2)添加图层蒙版到选区:将由蒙版得到的选区增加到现有选区。

(3)从选区中减去图层蒙版:从现有的选区中减去由蒙版得到的选区。

(4)使图层蒙版与选区交叉:将现有的选区和蒙版得到的选区交叉。

此外,如果选择“图层蒙版选项”命令,则系统打开如图 7－26 所示的对话框,用户可通过该对话框设置蒙版显示的颜色和不透明度。但此设置仅在打开与层蒙版相应的通道后才能看出来。

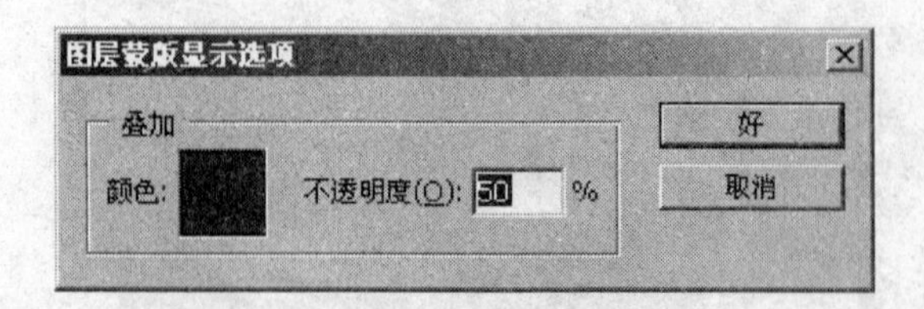

图 7－26 “图层蒙版显示选项”对话框

7.3.4 将蒙版存储在 Alpha 通道中

1. 存储蒙版选区

在新的或现有的 Alpha 通道中,可以将任意选区存储为蒙版。用默认选项将选区存储到新通道中的方法如下。

(1)选择要隔离的图像的一个或多个区域。

(2)单击“通道”面板底部的“将选区存储为通道”按钮。新通道即出现,并按照创建的顺序命名。

将选区存储到新的或现有的通道的方法如下。

(1)选择要隔离的图像的一个或多个区域。

(2)选取“选择”|“存储选区”命令,弹出如图 7－27 所示的对话框。

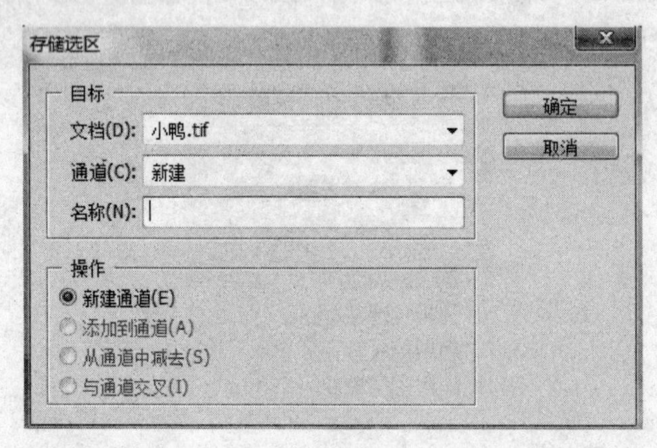

图 7－27 “存储选区”对话框

(3)在“存储选区”对话框中执行下列操作。

①在“文档”下拉列表框中为选区选取目标图像。默认情况下,选区放在现用图像的通道内。可以选取将选区存储到其他打开的且具有相同像素尺寸的图像的通道中,或存储到新图像中。

②从“通道”下拉列表框中为选区选取目标通道。默认情况下,选区存储在“新建”通道中。可以选取将选区存储到选中图像的任意现有通道中,或存储到图层蒙版中(如果

图像包含图层)。

③如果要将选区存储为新通道,请在“名称”文本框中为该通道输入一个名称。

④如果要将选区存储到现有通道中,需要在“操作”中选择组合选区的方式。

·“新通道”:把当前选区保存在通道中。

·“添加到通道”:可以将选区添加到当前通道的内容中。

·“从通道中减去”:可以从通道内容中删除选区部分。

·“与通道交叉”:可以保存通道内容与选区交叉的区域。

⑤单击“好”按钮即可。

2. 将选区载入图像

通过将选区载入图像可以重新使用以前存储的选区。在 Photoshop 中,当 Alpha 通道的修改完成后,也可将选区载入图像。

1)使用快捷方式

使用快捷方式载入已存储选区,有以下几种方法。

(1)在“通道”面板中选择 Alpha 通道,单击在面板底部的“将通道作为选区载入”按钮,然后单击面板顶部旁边的复合颜色通道。

(2)将包含要载入的选区的通道拖移到“将通道作为选区载入”按钮上方。

(3)按住 Ctrl 键并单击包含要载入的选区的通道。

(4)若要将蒙版添加到现有选区,按 Ctrl + Shift 组合键并单击通道。

(5)若要从现有选区中减去蒙版,按 Ctrl + Alt 组合键并单击通道。

(6)若要载入存储的选区和现有的选区的交集,请按 Ctrl + Alt + Shit 组合键并选择通道。

2)菜单方式

将存储的选区载入图像,方法如下。

(1)选择“选择”|“载入选区”命令,弹出如图 7 – 28 所示的对话框。

(2)在“文档”中选取现有文件名。

(3)在“通道”中选取包含要载入选区的通道。

(4)选中“反相”复选框以反选选中区域或反选未选中区域。

(5)如果目标图像已经有一个选区,需要在“操作”中指明如何组合该选区。设置方法与“存储选区”对话框中相同。

从其他图像载入选区,方法如下。

(1)打开要使用的两个图像。

(2)选择目标图像成为现用图像,并选择“选择”|“载入选区”命令,弹出如图 7 – 28 所示的对话框。

(3)在“文档”中选取源图像。

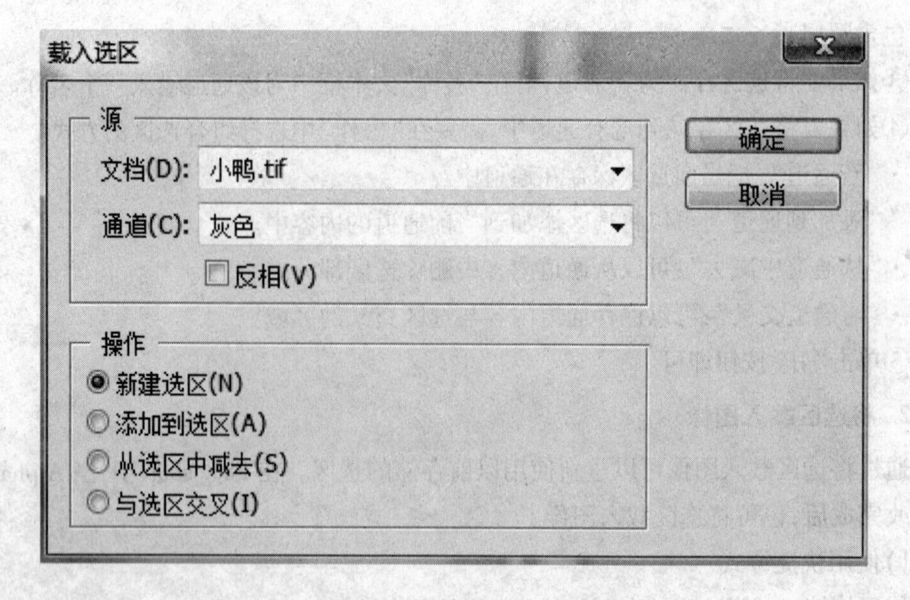

图 7－28 “载入选区”对话框

(4)在“通道”中选取包含要用作蒙版的选区的通道。

(5)如果要反选选中区域或反选未选中区域,选中“反相”复选框。

(6)如果目标图像已经有一个选区,应指明如何组合该选区。

模块8 动作

· 理解动作的概念；
· 学会使用动作调板；
· 能创建动作与动作组；
· 掌握批处理的创建与应用；
· 掌握自动化任务操作。

动作(Actions)是Photoshop从4.0版之后引入的概念，是指将Photoshop中对图像操作的一系列命令组合为单个动作。它相当于DOS操作系统中的批处理命令和Word中的宏，是一种对图像需要进行多个步骤的批处理操作。

动作与自动化是Photoshop和ImageReady一个方便的批量图片处理工具，动作与自动化最大的作用是能够批量处理图片。在网页制作的时候，经常会处理一批属性设置不相同的图片，如果单张处理，要重复许多的操作，利用自动化动作就以将这些重复的动作程序化，交给程序处理，而设计者要做的工作只是设置动作。

任务1 动作调板

在默认的情况下，“动作”调板中只有一个默认动作，单击调板中的按钮，就可看到预设的动作。要显示“动作”调板，可选择“窗口”|“执行”命令，调出“动作”调板，如图8-1所示。

(1)动作集与动作：在“动作”调板上的符号代表是动作集。在动作集中有许多动作，单击动作集旁边的按钮可以显示这些动作。

(2)动作与记录的命令：每个动作可以有许多命令，单击动作旁边的按钮，可以显示这些记录在动作中的命令。

(3)可执行命令图标“√”：动作调板左侧的方框中有“√”图标，表示某命令是打开

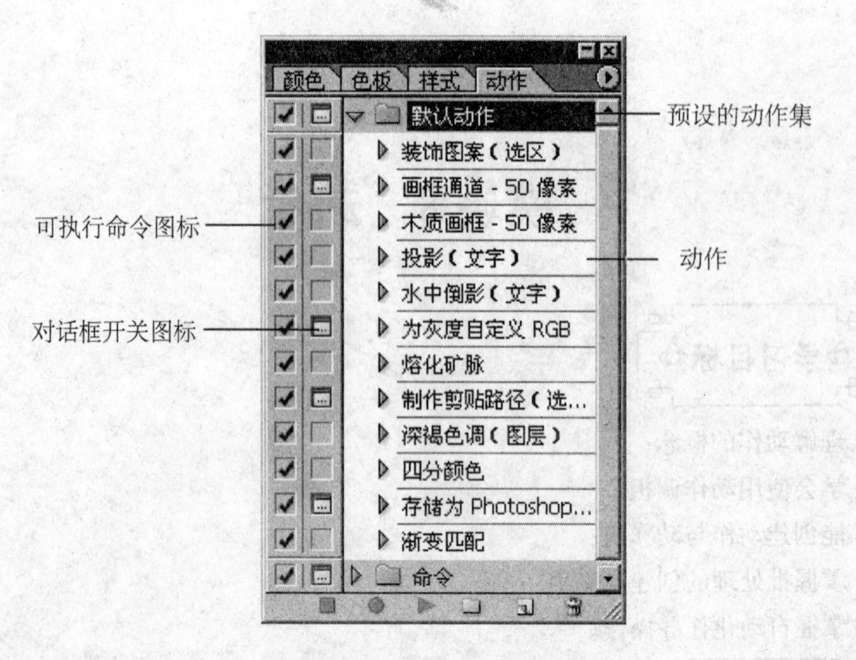

图 8－1 “动作”控制面板

的，也就是可执行的。单击“√”图标，“√”图标就消失，表明其所对应的命令暂时关闭，是不可执行的。

(4)对话框开关图标：如果有图标出现，当动作进行到此命令时，会弹出对话框，可进行相应的参数设置。如果不需要变更对话框中的参数，可用鼠标单击图标，使之消失。

在 Photoshop CS3 中，还可以将动作调板菜单的显示模式简化为按钮模式，只要从“动作”调板菜单中选择“按钮模式”即可，这样，就可以将复杂的动作简化为一个按钮，如图 8－2 所示。

任务2　播放及录制动作

8.2.1　创建和记录动作

要创建新的动作，用户可以单击调板上的“创建新动作”按钮，也可以在调板菜单中选择“新动作”命令，弹出如图 8－3 所示的对话框。

其中包括如下几种选项供用户设置。

(1)“名称”文本框：用户可以在该文本框中给新建的动作取一个合适的名称。

(2)“序列”下拉列表框：可以选择新增的动作所属的序列。

(3)“功能键”下拉列表框：用于设置该动作的热键。

(4)“颜色”下拉列表框：用于设置该动作在按钮模式下显示的颜色。

设置好相应的选项后，单击“记录”按钮，此时可看到录制按钮已经开启，之后用户进行的操作都记录在这个新建的动作中（如图8－4所示）。完成所有的操作后即可完成“动作1”的创建。

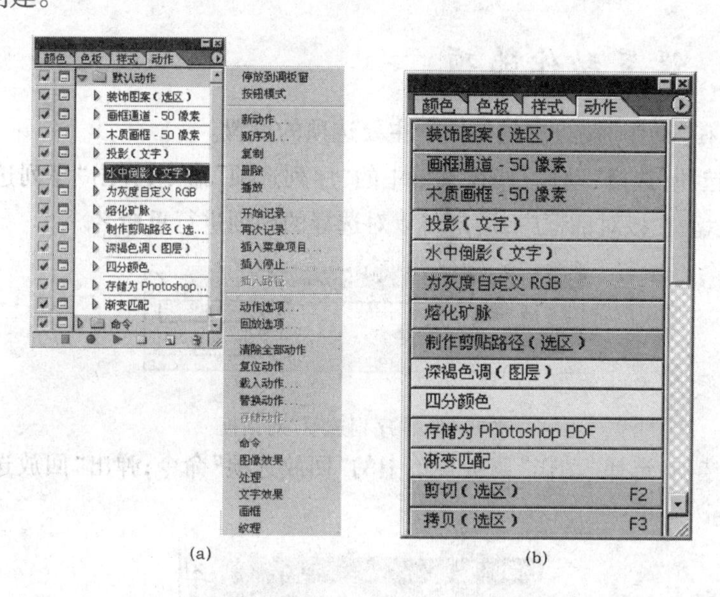

(a)　　　　(b)

图8－2　将复杂的动作简化为一个按钮

（a）选择“按钮模式；（b）转换为按钮模式后的调板

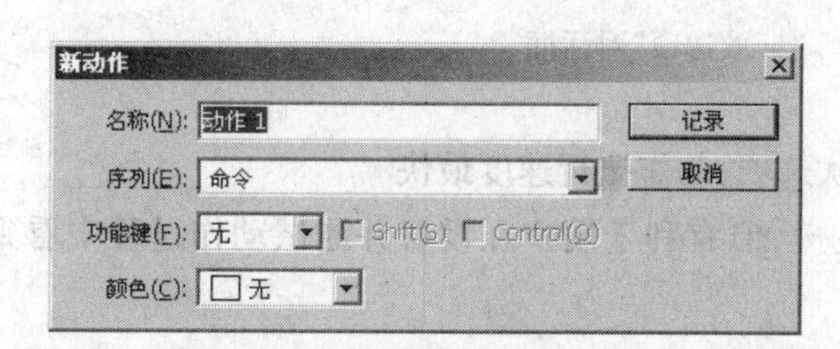

图8－3　“新动作”对话框

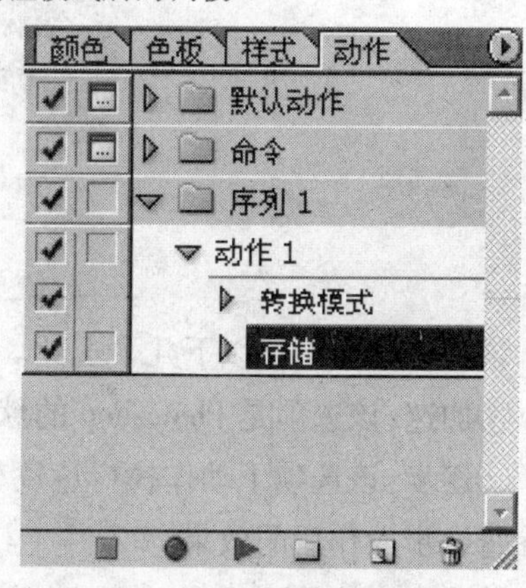

图8－4　正在录制“动作1”

8.2.2　播放动作

完成动作的记录后，可重新打开一幅新的图像来测试一下刚才所创建的动作。打开图像后，在“动作”调板中选择刚才新建的动作，单击“播放”按钮，即可自动将所定制的动作应用到新的图像中。

任务3　调整及编辑动作

8.3.1　设置动作选项

下面介绍在“动作”调板中其他两个主要选项的设置。

(1)序列选项:选择“动作”调板菜单中的“序列选项”命令,弹出“序列选项”对话框,如图8－5所示。在该对话框中,用户可以对选择的序列进行重命名。

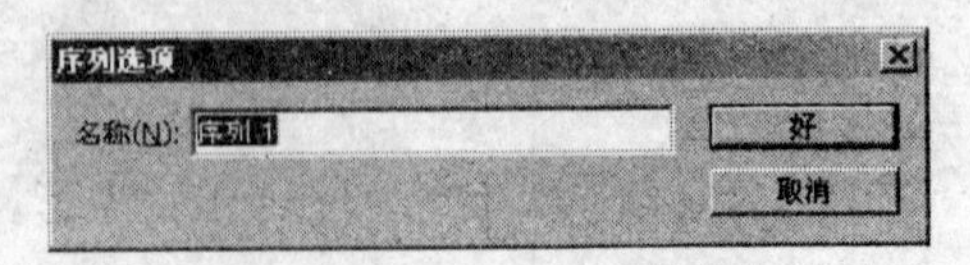

图8－5　“序列选项”对话框

(2)回放选项:选择“动作”调板菜单中的“回放选项”命令,弹出“回放选项”对话框,如图8－6所示。

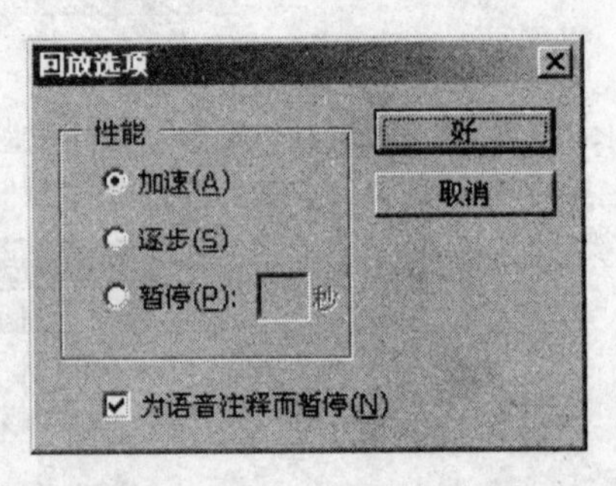

图8－6　“回放选项”对话框

该对话框中包括以下几个选项。

①加速:该选项是 Photoshop 的默认选项,动作执行速度最快。

②逐步:该选项下动作执行速度较慢,但有利于用户在设置并测试动作过程中看到清除每一步操作后的效果。

③为语音注释而暂停:选中该复选框可确保动作中的每个语音注释播放完后,再开始动作中的下一步。如果想在语音注释正在播放时继续动作,则取消选中该复选框。

8.3.2　存储和载入动作

在“动作”调板菜单中,还有“存储动作”和“载入动作”命令,用于将用户设置的动作进行和重新载入。

1. 存储动作

“存储动作”命令用于存储用户自己录制的动作。尽管当时录制的动作并不会在调板中消失,但用户可能经常使用“复位动作”命令。复位动作后,用户所编制的动作将不

再保留在“动作”调板中。因此,如果用户认为某个自行设置的动作有用,那么就有必要将该动作进行存储。操作步骤如下。

(1)选择要保存的动作序列或动作,然后选择“动作”调板菜单中的“存储动作”命令,弹出如图8-7所示的对话框。

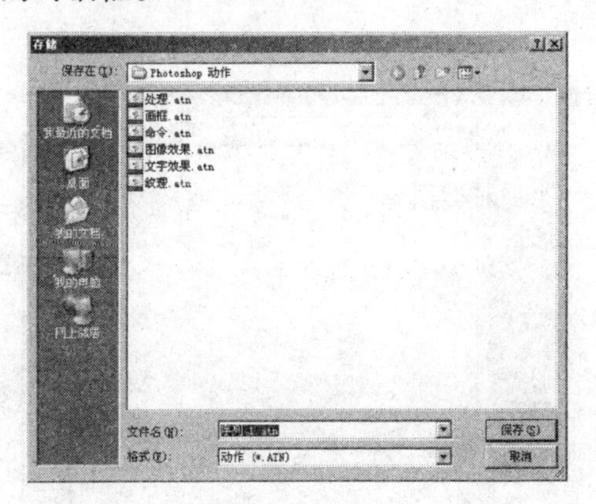

图8-7 “存储”对话框

(2)在其中设置存储的位置及文件名。

(3)单击“保存”按钮。

2. 载入动作

载入动作的过程和保存动作的过程一样,选择“动作”菜单中的“载入动作”命令,弹出“载入”对话框。在该对话框中双击需要的动作即可调出 Photoshop CS3 中文版自带的或用户定义的动作。

8.3.3 编辑动作

用户在记录动作以后,若感觉动作的效果并不是特别的理想,或者想要复制一个新的动作,以方便在此基础上制作出该动作更多的版本。此时,需要掌握动作编辑方面的相关知识。

1. 重命名、移动、复制、删除动作

(1)重命名动作:在列表模式下双击动作的名称后,即可在“动作”调板中重新命名已定义的动作。

(2)移动动作:单击某个动作,然后拖动该动作到相应的序列中。

(3)复制动作:选中该动作,然后拖动该动作到调板下方的“创建新动作”按钮上,即可完成对该动作的复制。

(4)删除动作:选中该动作,然后拖动该动作到调板下方的“删除”按钮上,即可完成对该动作的删除。

2. 编辑动作中的内容

要编辑动作中的内容,可以进行如下操作。

(1)单击“开始记录”按钮,可开始录制动作。通过该操作,用户可以在选中的动作中增加录制动作,即在原有操作的基础上,插入新的操作。

(2)如果需要修改某一具体操作中的内容,比如:需要修改图 8-3 中“动作 1”的“存储”操作的具体属性,可双击该操作,此时弹出“存储为”对话框,重新设置参数即可,如图 8-8 所示。

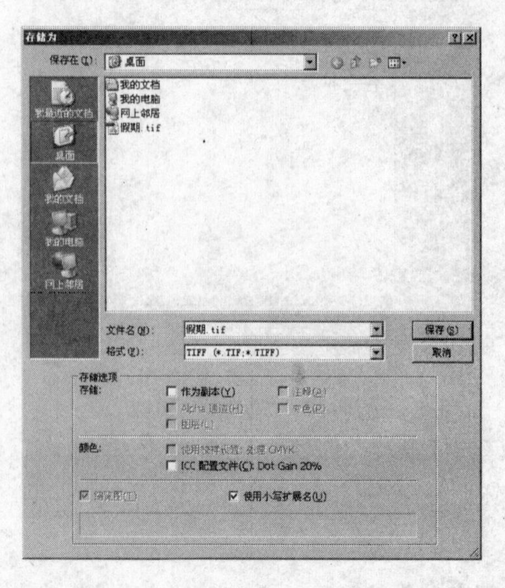

图 8-8　重新设置“另存为”参数

对于 Photoshop CS3 中文版的用户来说,经常会发现动作中设置的某些参数和实际需要的不是很吻合,而用户又经常需要用到这个动作,此时可按照上述步骤对动作进行修改。

当用户应用完修改后的动作后,如果想要将先前对“动作”调板中默认的动作中的一些修改再次恢复时,可选择调板菜单中的“复位动作”命令,恢复 Photoshop CS3 中文版默认的参数设置。

任务 4　批处理

用户除了可以通过“动作”调板执行自动化任务操作外,还可以利用 Photoshop CS3 自带的一些批处理命令来完成指定的图像处理工作。在使用这些命令时,用户只需进行简单的几项设置,就可按照设定动作进行自动化任务操作。

8.4.1　批处理操作

录制动作后,利用“批处理”命令,用户可以对多个图像文件执行相同的动作,从而实现图像处理操作的自动化。不过,在执行操作自动化之前应先确定需要处理的图像文件。例如,将所需要处理的图像都打开或将所有需要处理的图像文件都移动到一个文件夹。

选择“文件”|“自动”|“批处理”命令后,系统打开“批处理”对话框,如图 8-9 所示。

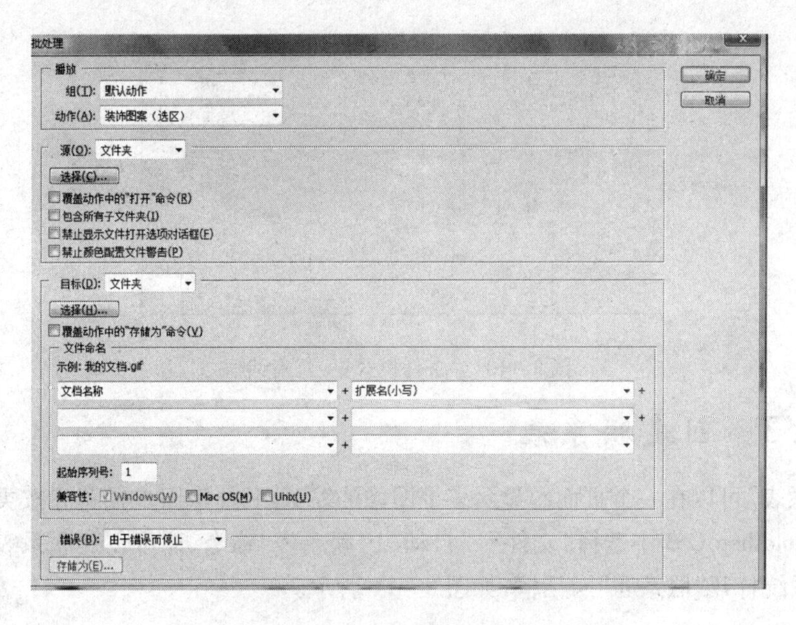

图 8-9　“批处理”对话框

该对话框中的各选项含义如下。

(1)“组合”下拉列表框:用于选择在“动作”调板内出现的需要应用的动作文件夹。

(2)“动作”下拉列表框:用于选择要具体执行的动作。

(3)“源”下拉列表框:用于选择图像文件的来源,若选择“文件夹”选取,则可通过单击下面的“选取”按钮来确定图像文件的位置。

(4)“目的”下拉列表框:用于选择存放目的文件的位置。若选择“文件夹”选项,则可以将批处理后的图像以指定的目录保存。

(5)“错误”下拉列表框:用于指定出现操作错误时 Photoshop CS3 的处理方法。

根据需要设置上述选项后,单击“好”按钮,即可进行对指定的多个图像应用动作的批处理操作,并将处理后的图像放置到指定的位置。

8.4.2　颜色模式转换

如果用户已经打开了多个图像,需要为这些图像进行相同的颜色模式转换。但选择“图像”|“模式”命令的合集逐一进行转换,是非常麻烦的。为此,Photoshop CS3 提供了一个批处理命令,可以对所有已经打开的图像进行相同的模式转换。

要对已打开的多个图像进行颜色模式转换,可选择“文件”|“自动”|“条件模式更改”命令,此时系统将打开“条件模式更改”对话框,如图 8-10 所示。

在“源模式”选项组中,用户可选择哪些模式的图像需要进行模式转换,如果所有的模式都需要进行模式转换,可单击“全部”按钮。确定要转换的图像之后,在“目标模式”选项组的“模式”下拉列表框中,选择要转换的目标模式,最后,单击“好”按钮,即可进行模式转换。

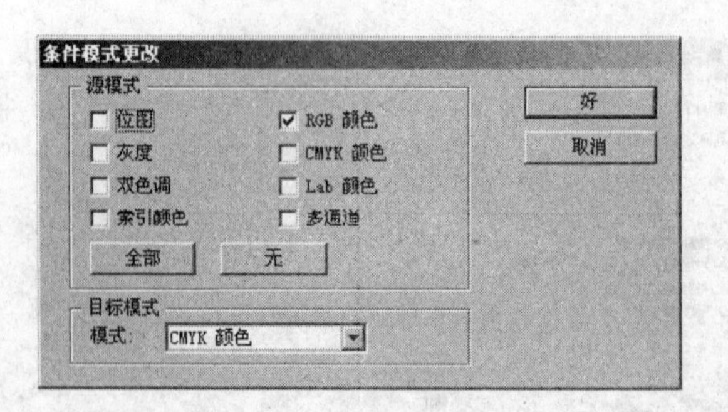

图 8－10 “条件模式更改”对话框

8.4.3 创建联系表

“联系表”可以在一个页面内显示多个图像的缩览图，便于用户预览和按类别分组图像。在 Photoshop CS3 中选择“文件”|“自动”|“联系表”命令，即可创建联系表。选择该命令后，系统打开“联系Ⅱ”对话框，如图 8－11 所示。

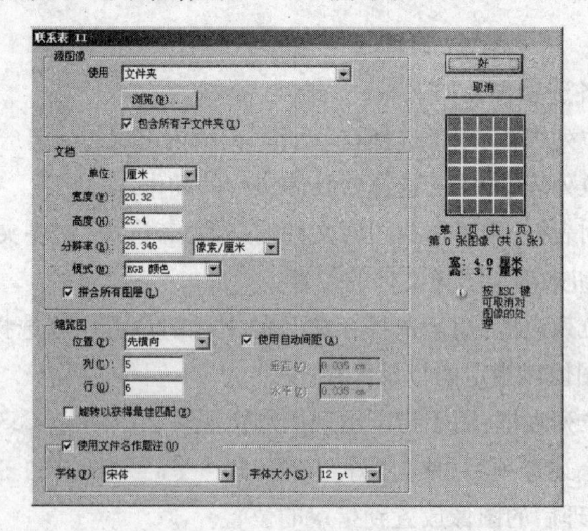

图 8－11 “联系表Ⅱ”对话框

该对话框中各选项含义如下。

（1）“源图像”选项组：用于指定联系表的图像来源文件夹，用户可单击“浏览”按钮进行选择。若选择“包含所有子文件夹”复选框，则制作联系表时，图像来源文件夹下的子文件夹中的图像也将被包括在内。

（2）“文档”选项组：用于设置联系表中的图像页面的大小，指定图像的分辨率及色彩模式等。

（3）“缩览图”选项组：用于设置联系表中的图像排列位置及每行和每列的图像数目。

（4）“使用文件名作题注”复选框：用于设置是否将图像的文件名作为图像的题注。选中该复选框后，可从“字体”和“字体大小”下拉列表中选择题注的字体和字体大小。

附录　Photoshop 快捷键

1. 常用快捷键

功能	按钮
帮助	F1。
剪切	F2。
复制	F3。
粘贴	F4。
隐藏/显示“画笔”调板	F5。
隐藏/显示“颜”色调板	F6。
隐藏/显示“图层”调板	F7。
隐藏/显示“信息”调板	F8。
隐藏/显示“动作”调板	F9。
恢复	F12。
填充	Shift + F5。
羽化	Shift + F6。
选择|反选	Shift + F7。
隐藏选定区域	Ctrl + H。
取消选定区域	Ctrl + D。
关闭文件	Ctrl + W。
退出 Photoshop	Ctrl + Q。
取消操作	Esc。
显示或隐藏工具箱和调板	Tab;
显示或隐藏除工具以外的其他调板	Shift + Tab。
按住 Shift 键用绘画工具在画面单击	就可以在每两点间画出直线
使用“其他工具”时，按住 Ctrl 键	可切换到“移动工具”的功能(除了选择“抓手工具”时)
按住“空格”	可切换到“抓手工具”的功能
同时按住 Alt 和 Ctrl 和 + 或 - 组合键	可让画框与画面同时缩放。
使用“其他工具”时，按 Ctrl + 空格组合键	可切换到“缩放工具”放大图像

功能	按钮
按 Alt + Ctrl + 空格组合键	可切换到“缩放工具”缩小图像显示比例。
在“抓手工具”上双击	可以显示图像匹配窗口的大小。
在“缩放工具”上双击	可以使图像按实际像素显示。
双击 Photoshop 底板	相当于“打开”。
按住 Alt 键双击 Photoshop 底板	相当于“打开为”。
按住 Shift 键双击:Photoshop 底板	相当于打开“文件浏览器”窗口。
按住 Ctrl 键双击 Photoshop 底板	相当于“新建文件”。
按住 Alt 键单击工具箱中“带小点”的工具	可循环选择隐藏的工具。
按 Ctrl + Alt + O 组合键或在“缩放工具”上双击	可使图像文件以 1:1 比例显示。
在各种设置框内,只要按住 Alt 键	“取消”按钮会变成“恢复”按钮,单击“恢复”按钮便可恢复默认设置。
按 Shift + Backspace 组合键	可直接调用“填充”对话框。
按 Alt + Backspace(Delete)组合键	用前景色填充
按 Ctrl + Backspace(Delete)组合键	用背景色填充。
同时按住 Ctrl + Alt 组合键	移动可复制到新的图层并可同时移动对象。

2. 工具箱相关快捷键

功能	按钮
矩形、椭圆选框工具	M
裁剪工具	C
移动工具	V
套索、多边形套索、磁性套索	L
魔棒工具	W
喷枪工具	J
画笔工具	B
橡皮图章、图案图章	S
历史记录画笔工具	Y
橡皮擦工具	E
铅笔、直线工具	N
模糊、锐化、涂抹工具	R
减淡、加深、海绵工具	O
钢笔、自由钢笔、磁性钢笔	P

功能	按钮
添加锚点工具	+
删除锚点工具	–
直接选取工具	A
文字、文字蒙版、直排文字、直排文字蒙版	T
度量工具	U
直线渐变、径向渐变、对称渐变、角度渐变、菱形渐变	G
油漆桶工具	K
吸管、颜色取样器	I
抓手工具	H
缩放工具	Z
默认前景色和背景色	D
切换前景色和背景色	X
切换标准模式和快速蒙版模式	Q
标准屏幕模式、带有菜单栏的全屏模式、全屏模式	F
临时使用移动工具	Ctrl
临时使用吸色工具	Alt
临时使用抓手工具	空格
打开工具选项面板	Enter
快速输入工具选项（当前工具选项面板中至少有一个可调节数字）	0～9
循环选择画笔	[或]
选择第一个画笔	Shift + [
选择最后一个画笔	Shift +]
建立新渐变（在“渐变编辑器”中）	Ctrl + N

3. 文件操作相关快捷键

功能	按钮
新建图形文件	Ctrl + N
用默认设置创建新文件	Ctrl + Alt + N
打开已有的图像	Ctrl + O
打开为	Ctrl + Alt + O
关闭当前图像	Ctrl + W
保存当前图像	Ctrl + S
另存为	Ctrl + Shift + S
存储副本	Ctrl + Alt + S

功能	按钮
页面设置	Ctrl + Shift + P
打印	Ctrl + P
打开“预置”对话框	Ctrl + K
显示最后一次显示的“预置”对话框	Alt + Ctrl + K
设置“常规”选项(在“预置”对话框中)	Ctrl + 1
设置“存储文件”(在“预置”对话框中)	Ctrl + 2
设置“显示和光标”(在“预置”对话框中)	Ctrl + 3
设置“透明区域与色域”(在“预置”对话框中)	Ctrl + 4
设置“单位与标尺”(在“预置”对话框中)	Ctrl + 5
设置“参考线与网格”(在“预置”对话框中)	Ctrl + 6
设置“增效工具与暂存盘”(在“预置”对话框中)	Ctrl + 7
设置“内存与图像高速缓存”(在“预置”对话框中)	Ctrl + 8

4. 编辑操作相关快捷键

功能	按钮
还原/重做前一步操作	Ctrl + Z
还原两步以上操作	Ctrl + Alt + Z
重做两步以上操作	Ctrl + Shift + Z
剪切选取的图像或路径	Ctrl + X 或 F2
复制选取的图像或路径	Ctrl + C
合并拷贝	Ctrl + Shift + C
将剪贴板的内容粘到当前图形中	Ctrl + V 或 F4
将剪贴板的内容粘到选框中	Ctrl + Shift + V
自由变换	Ctrl + T
应用自由变换(在自由变换模式下)	Enter
从中心或对称点开始变换(在自由变换模式下)	Alt
限制(在自由变换模式下)	Shift
扭曲(在自由变换模式下)	Ctrl
取消变形(在自由变换模式下)	Esc
自由变换复制的像素数据	Ctrl + shift + T
再次变换复制的像素数据并建立一个副本	Ctrl + Shift + Alt + T
删除选框中的图案或选取的路径	Del
用背景色填充所选区域或整个图层	Ctrl + BackSpace 或 Ctrl + Del
用前景色填充所选区域或整个图层	Alt + BackSpace 或 Alt + Del

功能	按钮
弹出“填充”对话框	Shift + BackSpace
从历史记录中填充	Alt + Ctrl + Backspace

5. **图像调整相关快捷键**

功能	按钮
调整色阶	Ctrl + L
自动调整色阶	Ctrl + Shift + L
打开曲线调整对话框	ctrl + M
在所选通道的曲线上添加新的点(“曲线”对话框中)	在图像中按住 Ctrl 键并单击
在复合曲线以外的所有曲线上添加新的点(“曲线”对话框中)	按 Ctrl + Shift 组合键并单击
移动所选点(“曲线”对话框中)	↑/↓/←/→
以 10 点为增幅移动所选点(“曲线”对话框中)	Shift 加方向键
选择多个控制点(“曲线”对话框中)	按 Shift 键并单击点
前移控制点(“曲线”对话框中)	Ctrl + Tab
后移控制点(“曲线”对话框中)	Ctrl + Shift + Tab
添加新的点(“曲线”对话框中)点击网格	
取消选择所选通道上的所有点(“曲线”对话框中)	Ctrl + D
使曲线网格更精细或更粗糙(“曲线”对话框中)	按 Alt 键并单击网格
选择彩色通道(“曲线”对话框中)	Ctd + ~
选择单色通道(“曲线”对话框中)	Ctrl + 数字
打开“色彩平衡”对话框	Ctrl + B
打开“色相/饱和度”对话框	Ctrl + U
全图调整(在“色相/饱和度”对话框中)	Ctrl + ~
只调整红色(在“色相/饱和度”对话框中)	Ctrl + 1
只调整黄色(在“色相/饱和度”对话框中)	Ctrl + 2
只调整绿色(在“色相/饱和度”对话框中)	Ctrl + 3
只调整青色(在“色相/饱和度”对话框中)	Ctrl + 4
只调整蓝色(在“色相/饱和度”对话框中)	Ctrl + 5
只调整洋红(在“色相/饱和度”对话框中)	Ctrl + 6
去色	Ctrl + Shift + U
反相	Ctrl + I

6. **图层操作相关快捷键**

功能	按钮
从对话框新建一个图层	Ctrl + Shift + N

功能	按钮
以默认选项建立一个新的图层	Ctrl + Alt + Shift + N
通过复制建立一个图层	Ctrl + J
通过剪切建立一个图层	ctrl + Shift + J
与前一图层编组	Ctrl + G
取消编组	Ctrl + Shift + G
向下合并或合并连接图层	Ctrl + E
合并可见图层	Ctrl + Shift + E
盖印或盖印连接图层	Ctrl + Alt + E
盖印可见图层	Ctrl + Alt + Shift + E
将当前层下移一层	Ctrl + [
将当前层上移一层	Ctrl +]
将当前层移到最下面	Ctrl + Shift + [
将当前层移到最上面	Ctrl + Shift +]
激活下一个图层	Alt + [
激活上一个图层	Alt +]
激活底部图层	Shift + Alt + [
激活顶部图层	Shift + Alt +]
调整当前图层的透明度(当前工具为无数字参数的,如"移动工具")	"0" ~ "9"
保留当前图层的透明区域(开关)	/
"投影"效果(在"效果"对话框中)	Ctrl + 1
"内阴影"效果(在"效果"对话框中)	Ctrl + 2
"外发光"效果(在"效果"对话框中)	Ctrl + 3
"内发光"效果(在"效果"对话框中)	Ctrl + 4
"斜面和浮雕"效果(在"效果"对话框中)	Ctrl + 5
应用当前所选效果并使参数可调(在"效果"对话框中)	A

7. **图层混合模式相关快捷键**

功能	按钮
循环选择混合模式	Alt + －或 +
正常	Ctrl + Alt + N
阈值(位图模式)	Ctrl + Alt + L
溶解	Ctrl + Alt + I
背后	Ctrl + Alt + Q

功能	按钮
清除	Ctrl + Alt + R
正片叠底	Ctrl + Alt + M
屏幕	Ctrl + Alt + S
叠力	Ctrl + Alt + O
柔光	Ctrl + Alt + F
强光	Ctrl + Alt + H
颜色减淡	Ctrl + Alt + D
颜色加深	Ctrl + Alt + B
变暗	Ctrl + Alt + K
变亮	Ctrl + Alt + G
差值	Ctrl + Alt + E
排除	Ctrl + Alt + X
色相	Ctrl + Alt + U
饱和度	Ctrl + Alt + T
颜色	Ctrl + Alt + C
光度	Ctrl + Alt + Y
去色	海绵工具 + Ctrl + Alt + J
加色	海绵工具 + Ctrl + Alt + A
暗调	减淡/加深工具 + Ctrl + Alt + W
中间调	减淡/加深工具 + Ctrl + Alt + V
高光	减淡/加深工具 + Ctrl + Alt + Z

8. 选择功能相关快捷键

功能	按钮
全部选取	Ctrl + A
取消选择	Ctrl + D
重新选择	Ctrl + Shift + D
羽化选择	Ctrl + Alt + D
反向选择	Ctrl + Shift + I
路径变选区	数字键盘的 Enter
载入选区	Ctrl + 点击“图层”“路径”“通道”调板中的缩约图

9. 滤镜相关快捷键

功能	按钮
按上次的参数再做一次上次的滤镜	Ctrl + F
退去上次所做滤镜的效果	Ctrl + Shift + F
重复上次所做的滤镜(可调参数)	Ctrl + Alt + F
选择工具(在“3D 变化”滤镜中)	V
立方体工具(在“3D 变化”滤镜中)	M
球体工具(在“3D 变化”滤镜中)	N
柱体工具(在“3D 变化”滤镜中)	C
轨迹球(在“3D 变化”滤镜中)	R
全景相机工具(在“3D 变化”滤镜中)	E

10. 视图操作相关快捷键

功能	按钮
显示彩色通道	Ctrl + ~
显示单色通道	Ctrl + 数字
显示复合通道	~
以 CMYK 方式预览(开关)	Ctrl + Y
打开/关闭色域警告	Ctrl + Shift + Y
放大视图	Ctrl + +
缩小视图	Ctrl + -
满画布显示	Ctrl + 0
实际像素显示	Ctrl + Alt + 0
向上卷动一屏	PageUp
向下卷动一屏	PageDown
向左卷动一屏	Ctrl + PageUp
向右卷动一屏	Ctrl + PageDown
向上卷动 10 个单位	Shift + Page[Up
向下卷动 10 个单位	Shift + PageDown
向左卷动 10 个单位	Shift + Ctrl + Page Up
向右卷动 10 个单位	Shift + Ctrl + PageDown
将视图移到左上角	Home
将视图移到右下角	End
显示/隐藏选择区域	Ctrl + H
显示/隐藏路径	Ctrl + Shift + H

功能	按钮
显示/隐藏标尺	Ctrl + R
显示/隐藏参考线	Ctrl + ;
显示/隐藏网格	Ctrl +
贴紧参考线	Ctrl + Shift + ;
锁定参考线	Ctrl + Alt + ;
贴紧网格	Ctrl + Shift + 。
显示/隐藏“画笔”调板	F5
显示/隐藏“颜色”调板	F6
显示/隐藏“图层”调板	F7
显示/隐藏“信息”调板	F8
显示/隐藏“动作”调板	F9
显示/隐藏所有命令调板	Tab
显示或隐藏工具箱以外的所有调板	Shift + Tab

11. 文字处理(在“文字工具”对话框中)

功能	按钮
左对齐或顶对齐	Ctrl + Shift + L
中对齐	Ctrl + Shift + C
右对齐或底对齐	Ctrl + Shift + R
左/右选择 1 个字符	Shift + ←/→
上/下选择 1 行	Shift + ↑/↓
选择所有字符	Ctrl + A
选择从插入点到鼠标单击点的字符	按住 Shift 键并单击
左/右移动 1 个字符	←/→
上/下移动 1 行	↑/↓
左/右移动 1 个字	Ctrl + ←/→
将所选文本的文字大小减小 2 个像素	Ctrl + Shift + <
将所选文本的文字大小增大 2 个像素	Ctrl + Shift + >
将所选文本的文字大小减小 10 个像素	Ctrl + Alt + Shift + “ <
将所选文本的文字大小增大 10 个像素	Ctrl + Alt + Shift + “ >
将行距减小 2 个像素	Alt + ↓
将行距增大 2 个像素	Alt + ↑
将基线位移减小 2 个像素	Shift + Alt + ↓
将基线位移增加 2 个像素	Shift + Alt + ↑

功能	按钮
将字距微调或字距调整减小 20/1000ems	Alt + ←
将字距微调或字距调整增加 20/1000ems	Alt + →
将字距微调或字距调整减小 100/1000ems	Ctrl + Alt + ←
将字距微调或字距调整增加 100/1000ems	Ctrl + Alt + →。

12. **其它**

用"裁切工具"裁切图片并调整裁切点时按住 Ctrl 键便不会贴近画面边缘。

在"图层""通道""路径"调板上，按 Alt 键单击这些调板底部的工具图标时，对于有对话框的工具可调出相应的对话框来更改设置。

空格 + Ctrl 组合键(注意顺序)　快速调出放大镜，再按 Alt 键变成缩小镜。

在使用自由变形功能时，按住 Ctrl 键并拖动某一控制点可以进行随意变形的调整；按 Shift + Ctrl 组合键并拖动某一控制点可以进行倾斜调整；按 Alt 键并拖动某一控制点可以进行对称调整；按 Shift + Ctrl + Alt 组合键并拖动某一控制点可以进行透视效果的调整。

大部分工具在使用时按 Caps Lock 键可使工具图标与精确" + "线相互切换。

)按 F 键可把 Photoshop 面板的显示模式顺序替换为：标准显示、带菜单的全屏显示、全屏显示。

想从中心开始画选取框可按住 Alt 键拖动。

若要在两个窗口间拖放复制，拖动过程中按住 Shift 键，图像拖动到目的窗口后会自动居中。

按住 Shift 键选择区域时可在原区域上增加新选区域；按住 Alt 键选择区域时，可在原区域上减去新选区域；同时按住 Shift + Alt 组合键选择区域时，可取得与原选择区域相交的部分。

移动图层和选取框时，按住 Shift 键可做水平、垂直或 45°角的移动，按方向键，可做每次 1 像素的移动，按住 Shift 键再方向键可做每次 10 像素的移动。

使用"笔形工具"制作路径时按住 Shift 键可以强制路径或方向线成水平、垂直或 45°角；按住 Ctrl 键可暂时切换到"路径选取工具"；按住 Alt 键将笔形光标在黑色的接点上单击可以改变方向线的方向，使曲线可以转折；按 Alt 键用"路径选取工具"单击路径会选取整个路径；要同时选取多个路径可按住 Shift 键后逐个单击；用"路径选取工具"时按住 Ctrl + Alt 组合键移近路径会切换到加节点与减节点的"钢笔工具"。

在使用"选取工具"时，按住 Shift 键拖动可以在原选取框外增加选取范围；同时按 Shift + Alt 键拖动鼠标可以选取与原选取框重叠的范围(交集)。